Oh, du fröhliche

ECON **Krimi**

Aus der Serie um Jane Jeffry erschien im ECON Taschenbuch Verlag: Schmutz und Sühne (TB 25088)

Zum Buch

Jane Jeffrys Weihnachtsbesuch, ihre alte Freundin Phyllis und deren Sohn, wird kurz vor dem Fest ermordet. Doch wer hatte ein Motiv? Der Exmann? Der Stiefsohn? Oder der Nachbar? Gegen die Anweisung des attraktiven Inspectors Mel VanDyne beginnt Jane mit den Ermittlungen, denn spannender als Weihnachtsbasare ist so ein Kriminalfall allemal!

Die Autorin

Jill Churchill ist das Pseudonym von Janice Young Brooks, Autorin zahlreicher historischer Romane. Für ihren Krimi »Schmutz und Sühne« (TB 25088) wurde sie mit dem AGATHA AWARD for Best First Mystery und dem MACAVITY Award for Best First Mystery ausgezeichnet.

Jill Churchill

Oh, du fröhliche

Ein Jane-Jeffry-Krimi

Aus dem Amerikanischen von
Angelika Naujokat

ECON Taschenbuch Verlag

Dieses Buch ist gedruckt auf 100 % Recyclingpapier.

Deutsche Erstausgabe

First published by Avon Books, in the United States of America
Titel des amerikanischen Originals: *A Farewell To Yarns*
Aus dem Amerikanischen übersetzt von Angelika Naujokat
Umschlaggestaltung: Molesch/Niedertubbesing, Bielefeld
Illustration: Reiner Tintel
Lektorat: Gisela Klemt
Gesetzt aus der Baskerville
Satz: Formsatz GmbH, Diepholz
Druck und Bindearbeiten: Ebner Ulm
Printed in Germany
ISBN 3-612-25087-6

Barbara Mertz
gewidmet,
der weitsichtigen Förderin,
die Jane wieder ins Leben gerufen hat.
Und in Dankbarkeit
Gladys Staab
und dem Shawnee Mission
Garden Club

10. Dezember, 8:37 Uhr

Das Haus der Jeffrys in einem Vorort von Chicago war leer, aber es war eine unruhige Leere. Im tragbaren Fernseher in der Küche lief die *Today Show* mit voller Lautstärke. Janes Tochter Katie, die in die neunte Klasse ging, hatte ihn angestellt, in der verzweifelten Hoffnung, irgendeinen Nachrichtenschnipsel aufschnappen zu können, der ihr die Hausaufgaben für den Sozialkundeunterricht erleichterte. Natürlich hatte sie nicht mehr daran gedacht, ihn auszustellen, bevor sie zur Schule ging. Solche Dinge kamen Katie nie in den Sinn. Von oben ertönte das Geplärre der Stereoanlage des sechzehnjährigen Mike, die extrem laut eine Platte von Queen spielte. Mike entwickelte auch keinen besonderen Ehrgeiz, wenn es darum ging, Geräte abzustellen.

Die Kaffeemaschine gab ein seltsames Blubbern von sich, denn in ihrer Hast, die Kinder rechtzeitig zur Schule zu bekommen, hatte Jane Wasser auf der Heizplatte verschüttet. Der Heizkessel lief auf vollen Touren und machte ein eigenartiges, klickendes Geräusch, das Jane bereits seit Tagen nicht mehr aus dem Kopf ging, und aus dem Keller schließlich war das Geräusch irgendeines einsamen Kleidungsstücks mit Metallknopf zu hören, das im Trockner herumgewirbelt wurde.

Das Telefon in der Küche läutete hartnäckig. Es wurde von einer Katze, die sich ganz in der Nähe aufhielt, ignoriert. Die Katze war ein rundlicher, graugetigerter Kater namens Max. Er stand in der Spüle und fischte im Abfallzerkleinerer gekonnt nach irgendwelchen kleinen Schätzen, die noch nicht gründlich genug zerkleinert worden waren.

Im Abstand von einigen Sekunden tropfte es aus dem Hahn auf seinen fast nicht vorhandenen Hals, aber das schien ihn nicht zu stören. Sein Gegenstück, ein geschmeidiges, beigefarbenes Ding mit Namen Miau, schlich auf der Suche nach Krümeln wählerisch über den Frühstückstisch.

Im Eßzimmer kläffte ein großer, tolpatschiger Hund, der Willard gerufen wurde, wie ein Verrückter den Nachbarn an, der wie jeden Morgen mit seinem Pudel am Haus vorbeispazierte. Willard hatte von diesem Pudel einmal kräftig Prügel bezogen und verbrachte nun täglich einige belebende Momente damit, dem Eindringling vom sicheren Eßzimmer aus mitzuteilen, was passieren würde, wenn sie sich das nächste Mal träfen. Wegen seiner speichelhaltigen, morgendlichen Kläfferei mußte Jane mindestens einmal in der Woche die unteren Fenster putzen.

Zu alledem kam um 8 : 38 Uhr das Dröhnen von Janes Wagen hinzu, mit dem sie in die Einfahrt bog. »Es ist nur ein kleines Loch im Auspufftopf, Mom«, hatte Mike ihr versichert. Jane fand, daß es sich jedes Mal, wenn sie Gas gab, anhörte, als würde die Concorde abheben.

Einen Moment später trat Jane Jeffry durch die äußere Küchentür. Normalerweise war sie eine attraktive und gepflegte Frau Ende Dreißig, auch wenn sie sich selbst nicht dafür hielt, aber an diesem Morgen war Jane ein Wrack. Einen großen Teil ihrer blonden Haare hatte sie unter eine Häkelmütze gestopft, die ihren ungekämmten Zustand eher betonte als verdeckte. Sie trug einen alten und schäbigen sogenannten Nerz, den sie vor ein paar Jahren auf einem Secondhandmarkt erstanden hatte. Im Grunde lehnte sie es ab, Pelz zu tragen – sowohl vom ökonomischen als auch vom ethischen Standpunkt aus betrachtet –, aber dieser hier stammte von einem Tier, das ausgesehen hatte, als *sollte* es ausgerottet werden. Der Mantel war eine Schande, und sie wußte es, aber er war unglaublich warm, genau das, was sie als Fahrerin von Schulkinder-Fahrgemeinschaften an einem Wintermorgen benötigte. Zu diesem uneleganten Kleidungsstück trug sie Jeans, ein Sweatshirt, auf dem zu lesen war: »Glauben Sie nicht, daß sie es mit einer gewöhnlichen Hausfrau zu tun haben«, und Schaffellschuhe, die sie auszog und über die Spüle hielt, um den Schnee auszuschütteln – allerdings erst, nachdem sie Max hinausgehievt hatte. Sie lehnte sich für einen Moment auf die Küchenplatte und schaute sich widerwillig in der Küche um. »Man könnte glauben, hier würden Penner hausen, und das ist dein Fehler!« teilte sie der Katze mit. Dann schnauzte sie den Hund an: »Willard! Ich werde diesen Pudel hier hereinholen, damit er dich verprügeln kann, wenn du nicht sofort aufhörst zu bellen!«

Es klopfte an der Küchentür. Jane öffnete und stand ihrer Freundin und nächsten Nachbarin Shelley Nowack gegenüber. Einige Schneeflocken schmückten Shelleys ordentliche, dunkle Haarpracht und den Samtbesatz ihres Mantels. Zu Ehren der bevorstehenden Feiertage trug sie eine glänzende Weihnachtsbaumbrosche am Kragen. Selbst in ihrem zerstreuten Zustand bemerkte Jane, daß Shelleys hochhackige Stiefel exakt den gleichen Farbton wie ihre Handschuhe und ihre Tasche hatten. »Wie kannst du es wagen, um diese Zeit schon so gut auszusehen!«

»Mein Gott, Jane. Was ist denn mit dir passiert? Du siehst ja aus, als wärst du von einer Motorradgang in die Mangel genommen worden.«

»... was ungefähr das gleiche ist, wie Mutter dreier Kinder zu sein. Letzte Nacht muß mindestens eine Stunde lang der Strom ausgefallen sein. Wir haben verschlafen. Du nicht auch?«

»Mein Radiowecker läuft auf Batterie. Du solltest auch so einen haben. Jetzt weiß ich, was ich dir zu Weihnachten schenken kann.«

»Ich sollte eine Menge Sachen haben. Eine Haushälterin wäre für den Anfang nicht schlecht. Dann vielleicht einen nachsichtigen Millionär als Ehemann. Shelley, schenk uns doch bitte schon mal Kaffee ein, ja?«

Shelley zog ihren Mantel aus und drapierte ihn ordentlich zusammengelegt über eine Stuhllehne. Dann legte sie ihre Handschuhe und die Tasche auf den Sitz. Sie nahm zwei Kaffeebecher aus dem Regal, während Jane hastig den Tisch abräumte.

»Ganz ruhig. Wir haben massig Zeit«, sagte Shelley, als Jane einige Müslipackungen auf nicht gerade zimperliche Weise in den Schrank beförderte.

»Ja, wahrscheinlich hast du recht. Aber ich bin eben schon in Panikstimmung wach geworden und kann mich jetzt nicht davon freimachen.« Sie setzte sich hin und blies in ihren Kaffee. »Gott, wie ich Tage hasse, die so anfangen. Mike war der Ansicht, sie könnten doch ganz zu Hause bleiben, weil sie sowieso zu spät zur Schule kommen würden, und war wütend, weil ich das nicht einmal in Erwägung ziehen wollte. Katie benahm sich so, als hätte ich die Uhren mit Absicht abgestellt, damit sie irgendeine Mädchentratschsitzung verpaßt, die auf der Schultoilette im zweiten Stockwerk stattfindet. Und Todd nutzte die Situation, um mich reinzulegen: ich habe einen Zettel unterschrieben, auf dem stand, daß ich dabei helfen würde, die fünfte Klasse irgendwann irgendwohin zu fahren. Wenn Steve nicht schon tot wäre, dann würde ich ihn umbringen, weil er mich mit all dem zurückgelassen hat. Er sollte hier sein, um mir zu helfen.«

»Komm schon, Jane. Steve hätte dir heute morgen auch nicht geholfen. Er hätte hilflos im Weg herumgestanden und erwartet, daß du ihm ein Hemd bügelst oder so was in der Art.«

»Du hast recht. Auf jeden Fall bin ich sauer auf ihn. Uhhh! Dieser Kaffee ist schrecklich.«

»Das ist wahrscheinlich auch Steves Schuld«, sagte Shelley mit einem Grinsen.

Jane lächelte auch. »Das ist es tatsächlich. Ich kaufe ihn, weil es *seine* Lieblingsmarke war. Er ist nun schon seit einem Jahr tot, und ich trinke immer noch seinen abscheulichen Kaffee. Was ist nur mit mir los.?«

»Nichts, was sich nicht mit der Zeit von selbst regeln wird. Denk doch nur einmal nach. Du kannst etwas von diesem wunderbaren Versicherungsgeld dazu benutzen, um alle möglichen teuren Luxussorten auszuprobieren. So, und jetzt zieh dich an und mach etwas aus deinem Gesicht. Ich werde inzwischen die Küche aufräumen.«

»Du wirst dich hüten! Ich möchte nicht, daß du in meine Schränke schaust und siehst, was ich in Wirklichkeit für eine Schlampe bin.«

Shelley legte eine gut manikürte Hand auf Janes Handgelenk und sagte: »Darf ich ehrlich zu dir sein?«

»Warum bei ›ehrlich‹ haltmachen? Sag doch gleich ›grausam‹!«

»Ich muß nicht erst in die Schränke schauen, um hinter dein Geheimnis zu kommen. Zieh dich an – es sei denn, du hast vor, so auszusehen, wenn du deine alte Freundin triffst.«

»Ich glaube, daß es Phyllis ziemlich egal wäre. So, wie ich sie kenne, ist es fraglich, ob es ihr überhaupt auffallen würde, aber ich möchte vermeiden, irgendeinen mitleidigen Ausdruck in ihrem Blick zu entdecken. Ich werde Willard füttern müssen; er wäre zu Tode erschreckt, wenn er etwas essen sollte, das eine andere Hand berührt hat. Seiner Meinung nach ist die ganze Welt darauf aus, ihn zu vergiften, aber das Katzenfutter ist unter dem Spülstein im Gästebadezimmer.«

»Du wirst schon wissen, warum«, erwiderte Shelley ruhig. Sie akzeptierte schon seit geraumer Zeit die meisten Schrullen in Janes eigenwilligem Haushaltssystem.

»Es ist mein Vorrat für den Notfall, wenn ich einmal nichts mehr da haben sollte, und sie anfangen, meine Fußknöchel zu attackieren.« Jane verschwand die Kellerstufen hinunter und wand sich unterwegs aus ihrem Sweatshirt.

Einige Minuten später kam sie wieder zurück. Sie trug nun einen Baumwollrock und eine blau-weiß gestreifte Bluse. »Es geht doch nichts darüber, die Klamotten direkt aus dem Trockner zu nehmen und hineinzuschlüpfen. Sie sind kuschelig und warm.«

Sie setzte sich auf einen Küchenstuhl und kämpfte sich in eine Strumpfhose. Die Katzen saßen sich an ihren Futternäpfen gegenüber und starrten sich an – aus Angst, von der anderen möglicherweise einen Schlag auf den Kopf zu erhalten, traute sich keine, als erste zu fressen. Willard stupste Jane immer wieder mit seiner feuchten Nase in die Kniekehlen. »Ja, ja. Einen Augenblick noch«, sagte sie.

Als sie aufstand, um noch ein letztes Mal an ihrer Strumpfhose zu ziehen, bohrten sich ihre Fingernägel durch das Nylon, und eine breite Laufmasche glitt an ihrem Bein hinunter. »Ich bin davon überzeugt, daß ein Mann die Strumpfhose erfunden hat«, bemerkte Shelley.

»Bestimmt ein Enkel jenes Mannes, der das Korsett erfunden hat!« erwiderte Jane, streifte das ruinierte Ding ab und warf es in den Mülleimer. Sie gab Willard hastig sein Futter und rannte dann nach oben, während Shelley weiterhin die Küche aufräumte.

Als Jane zurückkam, war sie ein neuer Mensch. Ihr kurzes, gesträhntes, blondes Haar war gekämmt und in einen zerzausten, nach oben toupierten Zustand gesprüht. Shelley hatte sie überredet, zu einem Frisör zu gehen, der ihr beibrachte, dieses Wunder zu vollbringen. Sie trug blaue, kniehohe Stiefel, die ganze fünf Zentimeter zu ihrer Größe beisteuerten. Mit ihrem Make-up sah sie gut um fünf Jahre jünger aus und eine ganze Portion weniger gestreßt. »Du hast dich ja mächtig rausgeputzt«, sagte Shelley anerkennend.

Jane schaute sich in der makellos sauberen Küche um. »Du aber auch. Sollte Paul jemals bankrott gehen und du brauchst einen Job, dann werde ich dich mit Vergnügen einstellen.«

»Das Traurige ist, daß es mir wirklich Spaß macht«, antwortete Shelley. »Ich weiß, es klingt fürchterlich, aber ich putze für mein Leben gern. Es ist nicht so, als ob ich davon besessen wäre, aber man sieht einfach den Unterschied, wenn man durch ist. Anders als beim Kindererziehen, wo man jahrzehntelang nicht weiß, was dabei herauskommen wird.«

Jane setzte sich und nahm einen weiteren Schluck von ihrem mittlerweile kalt gewordenen Kaffee. »Und ich hasse es, zu putzen, denn egal, wie oft oder gut man es anstellt, es muß immer und immer wieder gemacht werden. Wie liegen wir in der Zeit?«

»Sehr gut. Deine Freundin kommt erst in anderthalb Stunden an, und es dauert nur eine Stunde, bis wir am Flughafen sind.«

»Trotzdem würde ich ganz gerne jetzt schon losfahren. Macht es dir etwas aus?«

»Kein bißchen. Fährst du oder soll ich?«

Diese Frage weckte einige widersprüchliche Emotionen in Jane. Obwohl Shelley normalerweise die bedächtigste, umsichtigste Person der Welt war, ging etwas mit ihr vor, sobald sie hinter dem Steuer eines Wagens saß. Irgendein wilder, kämpferischer Zug kam zum Vorschein. Andererseits war sich Jane nicht sicher, ob ihr Auspufftopf den Weg bis nach O'Hare überstehen würde, und sie hatte zudem den fürchterlichen Verdacht, daß ihre Kinder McDonald's-Packungen und anderen Müll auf dem Rücksitz, wo Phyllis sitzen würde, liegengelassen hatten. Natürlich war Phyllis Wagner nicht so weltfremd, daß sie sich darüber aufregen würde. Der ausschlaggebende Faktor war allerdings die Decke ...

»Warum fährst du nicht, dann kann ich häkeln?« schlug Jane also nach dieser Überlegung vor. »Ich habe

Fiona angelogen. Ich hab' ihr gesagt, daß die Decke bereits fertig sei und ich nur vergessen hätte, sie vorbeizubringen. Ich muß das verdammte Ding fertig bekommen.«

»Kannst du denn im Wagen häkeln?«

»Mit dir am Steuer häkel ich lieber, statt dir beim Fahren zuzusehen.« Jane ging ins Wohnzimmer und griff nach einer großen, gelben Plastiktüte, die die halbfertige Decke enthielt.

Shelley folgte ihr. »Warum hast du noch keinen Baum aufgestellt?«

»Ich werde morgen oder übermorgen einen kaufen. Du könntest zumindest diese ganzen Kartons in der Ecke entsprechend würdigen. Das ist die Weihnachtsdekoration frisch aus dem Keller und bereit, angebracht zu werden, wann immer ich jetzt Zeit dazu habe.«

Wie erwartet vollführte Shelley ein spektakuläres angriffslustiges Abbiegemanöver auf die Hauptstraße am Ende der Straße. Jane sah nicht einmal von dem Gewirr aus roter, grüner und weißer Wolle in ihrem Schoß hoch. Sie lehnte sich einfach mit dem Wagen in die Kurve und murmelte weiter vor sich hin: »Dreifach, dreifach, dreifach, einfach, einfach, einfach. Dreifach ...«

»Halt, Jane! Du hast gerade zwei einfache gemacht«, sagte Shelley.

»Ich habe eine neue Reihe angefangen.«

»Dann wird es wohl seine Richtigkeit haben. Ich verstehe nur nicht, warum du beim Häkeln vor dich hin brummen mußt.«

»Einfach, weil ich es nicht besonders gut kann. Die Maschen laut vor mich hinzusagen, ist meine einzige Chance, zu wissen, wo ich bin und was ich tue.«

Shelley vollbrachte an einem Stoppschild, was sie

einen ›Pseudo-Stop‹ nannte und sagte: »Es macht bestimmt sehr viel Spaß, abends mit dir am Kamin zu sitzen.«

Jane hörte einen Moment lang auf zu arbeiten. »Kamin wäre in Ordnung. Aber der Fernseher verursacht Schwierigkeiten. Ich darf nicht häkelnd daneben sitzen, wenn die Kinder fernsehen. Das bringt sie zur Raserei.«

»Natürlich bringst du sie zur Raserei. Schon allein deshalb, weil du ihre Mutter bist.«

»Ich weiß nicht, was bei mir falsch gelaufen ist. Die Frauen in meiner Familie sind eigentlich zum Häkeln geboren. Du kennst doch diese kleinen Mützen, die die Säuglinge tragen, wenn sie aus dem Krankenhaus kommen? Meine Tanten fertigten ihre selbst an, um sich die Zeit im Krankenhaus zu vertreiben. Ich schwöre es. Stricken und häkeln steckt in unseren Genen. Selbst Katie bringt Topflappen zustande. Wie konnte ich nur diese Fähigkeit an meine Tochter weitergeben, ohne daß etwas davon an mir hängenblieb? Meine Mutter kann an einem komplizierten Zopfmuster in drei Farben arbeiten, ohne einen Blick auf die Nadel zu werfen, und dabei gleichzeitig über die Geschichte der Reformation diskutieren. Irgendein entscheidender Teil des Gehirns muß bei mir fehlen.«

»Wahrscheinlich der Teil, der die Verbindung zu deinen Händen herstellt. Oder vielleicht der Teil, der die Reformation diskutieren möchte. Wir sind nur einen Häuserblock von Fiona entfernt. Ich habe das ganze Zeug dabei, das ich für den Kirchenbasar abgeben muß. Wir haben doch noch Zeit, bis wir am Flughafen sein müssen, oder?«

»Damit du dann die Strecke rast, um die verlorene

Zeit wieder aufzuholen? Ich würde lieber zum Zahnarzt gehen, als mich darauf einzulassen. Nein, ich werde dir nachher helfen, es bei Fiona abzuladen. Fiona ist auch so eine – sie könnte eine ganze Stadt aus Wollresten fabrizieren, wenn sie nur wollte. Natürlich, sie ist Engländerin, das erklärt einiges. Wahrscheinlich haben sie ihr schon im Kindergarten beigebracht, wie der Bayeuxteppich gestickt wurde.«

»Ist das nicht in Frankreich?«

Jane zog eine Augenbraue in die Höhe. »Wenn du jetzt alles wörtlich nehmen willst, was ich sage, dann bin ich nicht mehr deine Freundin.«

»Wenn du nicht mehr meine Freundin bist, dann werde ich dich nicht zum Flughafen fahren, um diese schon verloren geglaubte Busenfreundin abzuholen, und du wirst deine Decke nie fertig bekommen – was langfristig betrachtet mein ultimativer Beitrag zum Wohl der Menschheit sein könnte. So, und jetzt erzähl mir etwas über diese Frau.«

»Phyllis Wagner kommt ursprünglich von der Ostküste und hat als Teenager bei irgendeiner Tante in Chicago gelebt. Als wir beide gerade frisch verheiratet waren, wohnten wir nebeneinander«, sagte Jane, häkelte dabei an ihrer Decke weiter und versuchte, nicht bewußt an diese Arbeit zu denken. Ganz bestimmt war es möglich. Ganz bestimmt brachte es eine erwachsene Frau, die in der Lage war, die komplizierten Zeitpläne der Fahrgemeinschaften dreier Kinder zu managen, fertig, zu häkeln, ohne deswegen pausenlos vor sich hin zu murmeln.

»Wir lebten in einem schäbigen Apartmenthaus in der Stadt. Überwiegend ältere Leute und Studenten. Du kennst ja diese Art von Gebäuden. Steve studierte damals noch, und ich arbeitete in einer der Apotheken seiner Familie.«

»Hat Phyllis auch studiert?«

»Nein, Phyllis war keine Intellektuelle. Aber sie arbeitete auch nicht. Du weißt doch, damals erwartete man das nicht unbedingt von den Frauen – außer, es war unbedingt nötig. Soweit ich das beurteilen konnte, verbrachte sie ihre Tage damit, andere Leute im Haus zu besuchen. Sie brachte ein wenig Sonnenschein in viele Leben. Abends kam sie zu mir, und wir gingen ins Kino oder unternahmen etwas anderes. Steve lernte die ganze Zeit und bekam kaum mit, daß ich weg war.«

»Und ihr Mann?«

»Sie hatte Chet Wagner erst einige Monate, bevor sie ins Apartmenthaus einzogen, geheiratet. Er war etliche Jahre älter. Phyllis war gerade neunzehn oder so, und Chet muß ungefähr Mitte dreißig gewesen sein. Das kam mir damals fürchterlich alt vor. Chet war auch nie zu Hause. Ich weiß nur, daß er nach einer Scheidung alles verloren hatte – auch seine Söhne und sein Geschäft – und jetzt einen Neuanfang startete. Deshalb hockten sie wie wir in so einer Bude. Er war an dem Aufbau einer Firma beteiligt, die etwas mit Computern zu tun hatte.«

»Keine schlechte Zeit, um ins Computergeschäft einzusteigen.«

»Das kann man wohl sagen. Innerhalb kürzester Zeit machte er ein Vermögen. Wir alle wohnten dort ungefähr sechs Monate lang, dann machte Steve seinen Abschluß, und ich stellte fest, daß ich mit Mike schwanger war. Wir begannen unser Haus zu bauen. Ungefähr zur selben Zeit, als wir hierherzogen, zogen Phyllis und Chet in ein kleines Haus in Evanston. Das nächste, was ich von ihr hörte, war, daß sie in ein größeres Haus umzogen. Ich war einmal zum Mittagessen dort, und es war wirklich wunderschön bei ihnen. Phyllis und ich blieben in Kontakt, aber eher lose. Sie hatten keine Kinder – außer Chets Jungen in den Ferien –, und ich denke, das war irgendwie das Problem. Gleich nachdem wir hier eingezogen waren, wurde Mike geboren, und dann kam

Katie, und ich steckte knietief in Babys, Windeln und Schnullern. Meine Umstandskleider waren mir zu groß geworden, und ich konnte mir keine neuen Sachen erlauben, die zu ihrem Lebensstil gepaßt hätten. Und du weißt ja, wie es ist, wenn man so von den Kindern in Anspruch genommen wird, daß man den Kontakt zur restlichen Welt verliert.«

Shelley kämpfte sich gekonnt durch eine Schlange von Autos und sagte: »Meine Güte, und wie ich mich an diese Zeit erinnere. Ich benötigte immer drei Leute, um mich in das Kleidungsstück zu zwängen, das ich mit ins Krankenhaus genommen hatte, um es bei der Entlassung zu tragen.«

»Im Grunde lag es nicht daran, daß es Phyllis gestört hätte, wenn ich in ausgebeulten Jeans und einem Sweatshirt aufgetaucht wäre. Egal, wieviel Geld Chet auch machte, Phyllis blieb immer die alte. Glücklicherweise – oder unglücklicherweise. Sie fand wohl immer, daß es gut war, Geld zu haben, wußte aber nicht so recht, warum sie so viel davon benötigen sollten. Offen gesagt, es machte mich manchmal ganz schön eifersüchtig. Wir mußten jeden Pfennig zweimal umdrehen, und Phyllis gab das Geld mit beiden Händen aus. Es war nicht ihr Fehler, und ich gab ihr nicht die Schuld dafür, aber es stand trotzdem wie eine Mauer zwischen uns.

Wie auch immer, auf jeden Fall sahen wir uns immer seltener und telefonierten immer weniger miteinander. Schließlich hatte Phyllis zu der Zeit, als Katie noch ein Baby war, eine Art Zusammenbruch. Ich habe nie richtig erfahren, warum – wir standen uns nicht wirklich nah genug, um über die Dinge zu sprechen, die uns im tiefsten Innern bewegten. Ehrlich gesagt, hätte ich nie gedacht, daß Phyllis tatsächlich so etwas wie ein tiefes

Inneres besaß. Sie war ein so einfacher Mensch, so geradeaus. Chet machte mit ihr irgendeine Kreuzfahrt, damit sie sich erholen konnte, und als ich das nächste Mal etwas von ihr hörte, teilte sie mir in einem Brief mit, daß sie auf einer kleinen Insel in der Karibik gewesen seien, die ihnen so gut gefiel, daß Chet sie gekauft hatte.«

»Er hat eine ganze Insel gekauft?«

»Nun, den größten Teil davon, denke ich. Es gab dort ein Hotel und ein kleines Dorf, in dem die Hotelangestellten lebten, aber soweit ich es verstanden habe, gehörte ihnen der Rest. Ihren späteren Briefen entnahm ich, daß sie schließlich auch das Hotel gekauft und dort einige Häuser für Freunde und Chets Geschäftspartner gebaut haben.«

»Eine Insel in der Karibik, und sie kommt im Dezember nach Illinois? Sie muß verrückt geworden sein, oder?«

»Es ist wohl eher Heimweh. Ich weiß nicht, warum ihr nach all den Jahren plötzlich soviel daran liegt, zurückzukommen, aber so ist es nun einmal. Wir schreiben uns zu Weihnachten immer einen langen Brief und gelegentlich auch eine Geburtstagskarte, aber das ist es auch schon. Oder zumindest war es das, bis zum letzten Winter. Irgendwie hatte sie von Steves Tod erfahren ...«

»Bei dieser Entfernung? Man soll nicht schlecht über die Toten reden, aber Steves Ableben war wohl kaum ein internationales Ereignis!«

Jane lächelte. Die meisten ihrer Bekannten vermieden es krampfhaft, Steves Namen zu erwähnen, und hätten sie niemals auf seinen Tod angesprochen. Nur eine echte Freundin wie Shelley war in der Lage, beiläufig, ja sogar leichtfertig darüber zu reden. Das Leben – nicht nur eine Unterhaltung – war so viel einfacher mit einer richtigen Freundin.

»Ich weiß nicht, wie sie es herausgefunden hat. Ich vermute allerdings, daß sie immer die Chicagoer Zeitungen bekommt, denn in ihren Briefen erwähnt sie häufig lokale Ereignisse, von denen sie erfahren hat. Vielleicht tut sie es wegen Chets Söhnen. Einer von ihnen lebt irgendwo in unserer Nähe, oder hat zumindest mal da gelebt. Sie hat ihn einige Male erwähnt, und ich schätze, daß sie hoffte, ich würde einen Versuch unternehmen, ihn kennenzulernen, aber das habe ich nie getan. Du kennst nicht zufällig irgendwelche Wagners in der Nachbarschaft, oder?«

»Hmmm, es gibt da eine Joannie Wagner, mit einem Jungen in der vierten Klasse. Ich habe beim Schulkarneval mit ihr zusammengearbeitet.«

»Kommt mir bekannt vor. Egal, auf jeden Fall rief mich Phyllis bald nach Steves Tod an und machte mir das Angebot, eine Weile zu ihr zu kommen, da meine Mutter doch damals gerade im Krankenhaus war und nicht hier sein konnte.«

»Oh, jetzt erinnere ich mich dunkel daran, daß du sie einmal erwähnt hast. Ich glaube, ich habe an dem Tag sogar den Anruf entgegengenommen.«

»Das könnte sein. Natürlich hatte ich dich und Steves Mutter Thelma und brauchte Phyllis nicht – ich wollte sie nicht um mich haben, um ehrlich zu sein. Zu dem Zeitpunkt war Phyllis im Grunde schon eine Fremde geworden. Aber ungefähr einen Monat später, als ich langsam wieder in der Lage war, geradeaus zu denken und mich ein wenig zu unterhalten, rief sie wieder an und fragte mich, ob ich Lust hätte, die Kinder zu einem Besuch auf die Insel zu bringen. Ich redete mich raus und muß wohl, ohne daß es meine Absicht war, den Eindruck erweckt haben, daß ich es mir nicht leisten könnte. Nicht, daß ich es mir tatsächlich hätte erlauben können, aber das war nicht der Grund für meine Absage. Jedenfalls kam mit der nächsten Post ein Einschreibebrief, in dem sich vier Flugtickets befanden.«

»Das hast du mir nie erzählt! Warum bist du nicht hingeflogen?«

»Ich habe es dir nicht erzählt, weil ich Angst hatte, daß du mich überreden würdest, zu fliegen. Ich konnte mich nicht einmal genug zusammenreißen, um zu entscheiden, was ich mit dem Hund und den Katzen, der Kleidung und dem Zeitungsabo anfangen sollte. Du weißt doch, was für ein Zombie ich für eine Weile war. Außerdem ..., nun ja, ich wollte meinen Kummer nicht noch weiter verbreiten. Der einzige Ort, an dem ich glaubte, mich innerlich heilen zu können, war mein Zuhause.«

Shelley nickte verständnisvoll.

»Ich schickte also die Tickets mit dem nettesten Dankeschön, das ich zustande bringen konnte, an Phyllis zurück«, fuhr Jane fort. »Sie sandte daraufhin einen herzzerreißend lieben Brief, voller Verständnis, in dem sie schrieb, daß sie egoistisch gewesen sei bei ihrem Versuch, mich auf die Insel zu locken, daß sie mich aber all die Jahre so sehr vermißt hätte. Natürlich mußte ich ihr nun, nach allem, was sie für mich hatte tun wollen, in meinem nächsten Brief anbieten, mich hier zu besuchen. Zu meiner Überraschung nahm sie mich beim Wort. Zwar nicht sofort, aber sie schrieb, daß sie gerne diesen Winter zu einem Besuch käme. Und deshalb holen wir sie heute ab. Ich weiß nicht, warum sie nicht lieber bei Chets Sohn und seiner Joannie wohnt. Ich glaube nicht, daß sie sich sehr nahestehen, aber sie hat auch nie eine Andeutung gemacht, daß sie nicht miteinander auskommen. Obwohl die Jungen ihr früher einmal, kurz nach ihrer Heirat mit Chet, Schwierigkeiten gemacht haben. Einer von ihnen – John, glaube ich – stand seinem Vater besonders nah.«

»Wie ist Phyllis denn so? Wird es Spaß machen, mit ihr zusammenzusein, oder ist sie unerträglich?«

Jane hatte die Häkelnadel zwischen den Zähnen, während sie die Wolle neu aufwickelte. Sie nahm sie heraus und klopfte nachdenklich damit auf ihr Knie. »Bloß langweilig, würde ich sagen. Sie ist sehr nett. Sehr, sehr nett. Sie ist so ein Mensch, den man einfach mögen muß. Aber es ist zugleich unmöglich, verrückt nach ihr zu sein, und das verursachte mir immer ein schlechtes Gewissen. Ich habe das Gefühl, ich *müßte* sie noch viel mehr mögen, als ich es tatsächlich tue. Sie ist ein wirklich guter Mensch, der eine Freundschaft, wie wir sie haben, verdient. Ich fühle mich dazu verpflichtet, bin aber nicht imstande, diese Freundschaft zu pflegen. Sie ist ziemlich ruhig. Ich habe sie als eine Art Mädchen vom Lande in Erinnerung, das gerade in die Großstadt gekommen ist, obwohl sie doch in Boston, Washington oder sonstwo aufgewachsen war. Sie hatte die meiste Zeit über diesen großäugigen, halb verschreckten, halb aufgewühlten Blick.«

»Das dürfte sich wohl mittlerweile gegeben haben. Ich glaube nicht, daß ich taufrische Unschuld ertragen könnte«, sagte Shelley. »Warum kommt sie ohne ihren Mann? Will sie Weihnachtseinkäufe machen oder so etwas Ähnliches?«

»Wahrscheinlich. Sie kommt über New York. Ich denke, daß sie einige Tage dort verbracht hat. Wahrscheinlich hat sie bereits ein paar Millionen ausgegeben. Aber ich finde diese ganze Reise etwas seltsam. Sie und Chet waren immer unzertrennlich. In ihrem letzten Brief gab es einen winzig kleinen Hinweis darauf, daß es Probleme im Paradies gibt. Ich fände es fürchterlich, wenn ihre Ehe kaputtginge. Sie hat diese Art von Unglück nicht verdient, und außerdem ..., wahrscheinlich ist es egoistisch von mir, aber ich glaube nicht, daß ich imstande wäre, stundenlang über eine auseinanderbrechende Beziehung zu reden.«

»Und du glaubst, daß sie das tut? Daß sie auseinanderbricht?«

»Ich hoffe nicht.«

»Wie lange wird sie bleiben?«

»Das hat sie nicht gesagt. Ich schätze zwei oder drei Tage. Nun ja, wir können sie für den Basar einspannen. Das wird ihr gefallen – sonst müßte sie sich schon sehr verändert haben. Sie war immer mit irgendeiner kleinen Handarbeit beschäftigt. Sie ist auch eine von diesen verdammten geborenen Strickerinnen und die einzige unserer Generation, die ich kenne, die weiß, wie man Spitzen klöppelt.«

»Klöppeln! Ich dachte, das sei eine verlorengegange Kunst.«

»In dem Jahr, als wir in dem Apartment lebten, bastelte sie Weihnachtsschmuck aus Styroporbällchen und Pailletten mit dieser gestärkten und geklöppelten Spitze für alle im Haus. Hört sich kitschig an, aber sie waren wunderschön. Die ganzen einsamen alten Leute im Haus waren gerührt. Und ich auch. Ich habe meine Kugel immer noch.«

»Dann paßt sie wunderbar zu den Leuten vom Kirchenbasar. Sie werden wahrscheinlich denken, daß du sie extra zu ihrer Hilfe importiert hast.«

Jane war einen Moment lang ruhig. Sie näherten sich dem Flughafen, und der Himmel war voller Flugzeuge. »Jetzt, wo wir über den Basar reden, erinnert mich das an etwas. Phyllis war fürchterlich in Richie Divine verliebt. Sie wird sicher gespannt darauf sein, Fiona kennenzulernen – die berühmte Witwe. Phyllis hatte ein Album ihrer Lieblingsstars und ein anderes nur für Richie. Ich fand es eigenartig, aber auch irgendwie rührend, daß eine erwachsene – nun ja, verheiratete – Frau ein Fanalbum besitzt.«

Shelley erwiderte nichts, sondern verdrehte nur die Augen. Jane sah sie von der Seite an und fügte hinzu:

»Sie legte auch Puzzles, Bilder von Hunde- und Katzenbabys, und klebte sie zusammen, damit sie sie an die Wand hängen konnte.«

»Großer Gott, Jane! Das kann doch nicht dein Ernst sein!«

Jane kicherte. »Ist es auch nicht, ich wollte nur testen, ob du mir zuhörst.«

»Zu welchem Terminal müssen wir?« erkundigte sich Shelley mit verärgerter Stimme.

»Verdammt noch mal, Shelley! Ich habe den Türgriff mit in meine Decke gehäkelt!«

Jane erkannte die schlanke, teuer gekleidete Frau nicht, die ihr zuwinkte. Gemeinsam mit der Menge rückten sie in der Ankunftshalle nach vorn. »Ist sie das?« erkundigte sich Shelley.

»Ich schätze, das muß sie wohl sein«, erwiderte Jane durch den Mundwinkel. Sie warf einen flüchtigen Blick nach hinten, um zu sehen, ob die Frau vielleicht jemand anderem zuwinkte. Aber es reagierte niemand. Jane setzte ein Lächeln auf, das einladend wirken sollte, aber nicht zu vertraulich, damit sie sich nicht blamierte, falls diese Frau doch nicht Phyllis sein sollte.

Die Menge staute sich hinter einem kleinen Mädchen, das hingefallen war und nun wie am Spieß schrie. Jane nutzte die Zeit, um sich die Frau genauer anzusehen, von der sie annahm, daß es die kleine, jetzt erwachsene und reiche Phyllis war. Die Phyllis, an die sie sich erinnerte, hatte mausbraunes Haar und machte ständig einen unordentlichen Eindruck. Es hatte nie viel gefehlt, sie schlampig nennen zu können. Dies hier war eine äußerst gepflegte Frau. Sorgfältig gesträhntes Haar lag kunstvoll um ein Gesicht, das die Titelseite einer Zeitschrift hätte zieren können. Sie war eine dieser schönen, reifen Frauen, die in den Zeitschriften Werbung für Pelzmoden machten, die Jane manchmal in den Buchläden durchblätterte, ohne daß sie es sich leisten konnte, die darin gezeigten Sachen zu kaufen. Sonnengebräunt. Prachtvolle Zähne. Prachtvolle Zähne? Damals, in ihrer gemeinsamen Chicagoer Zeit, waren Phyllis' Zähne eine wahre Schande gewesen. Sie hatten den einzigen, wirklichen Makel in ihrer Erscheinung dargestellt.

Während Jane sie beobachtete, drehte sich die Frau zu einem jungen Mann um, der einen Schritt hinter ihr stand. Sie sagte etwas und deutete auf Jane. Der blonde, gebräunte, umwerfend gutaussehende junge Mann, der ohne Zweifel das mürrischste Individuum im ganzen Flughafen war, starrte sie an.

»Wen hat sie da bei sich?« erkundigte sich Shelley.

»Du lieber Gott! Ich hoffe, es ist jemand, den sie im Flugzeug kennengelernt hat«, antwortete Jane. Sie fühlte, wie ihr Gipslächeln zu bröckeln begann.

»Könnte er einer der Söhne ihres Mannes sein?« fragte Shelley.

»Zu jung. Sie müßten jetzt Ende Zwanzig sein. Dieser Junge da ist nicht älter als achtzehn oder neunzehn. Er ist bestimmt irgendeiner von Chets Lakaien, der mitgeschickt wurde, um ihr beim Besteigen und Verlassen der Flugzeuge zu helfen.«

Die Frau, die vermutlich Phyllis war, hatte ihre Reisetasche und mehrere ausgebeulte Plastiktüten in die linke Hand genommen und ihren rechten Arm mit einer unmißverständlich intimen Gebärde um den Jungen gelegt. Es sah so aus als bemühe er sich, von ihr wegzukommen.

Shelley fragte: »Meinst du, er könnte ihr Liebhaber sein?«

»Beiß dir auf die Zunge! Ich habe Unterwäsche, die älter ist als dieser Junge!«

»Na ja, im Flugzeug hat sie ihn zumindest nicht kennengelernt. Schau nur, ihr Handgepäck paßt zusammen.«

»Oh, Scheiße!« sagte Jane mit einem Zischen. »Bekomme ich jetzt etwa eine Frau mittleren Alters mit ihrem Gigolo ins Haus? Oh, Shelley – was soll ich tun? Wie konnte sie nur? Er ist noch ein Kind. Wie demütigend. Wie soll ich das denn meinen Kindern erklären?«

»Das wird gar nicht nötig sein. Sie werden es direkt mitbekommen.«

»Sag so etwas nicht! Das ist ja das Schlimme!«

»Dann bezeichne sie nicht als Frau mittleren Alters. Sie ist unser Jahrgang.«

Jane überkam plötzlich eine Woge der Sympathie für das kleine Mädchen, das den ganzen Verkehr aufhielt und nun schreiend und um sich tretend auf dem Boden saß. Es war genau das, was Jane jetzt selbst gerne getan hätte.

Irgend jemand hob das brüllende Kind auf und machte dem Geschrei eine Ende. Die Menge wogte vorwärts. »Jane! Liebste Jane!« rief Phyllis und zerrte den jungen Mann hinter sich her, während sie sich durch die Leute hindurchkämpfte, die ihr im Weg standen. Jane fand sich in einer Umarmung wieder, Nerz kitzelte ihre Nase, und Phyllis' Duft war der eines sehr neuen Hundertdollarscheines, der in Giorgio getaucht worden war. Eine von Phyllis' Plastiktüten war zwischen sie geraten, und Jane wurde von etwas gepiekst, das sich wie eine Stricknadel anfühlte.

»Du hast dich überhaupt nicht verändert!« sagte Phyllis, hielt Jane mit ausgestreckten Armen von sich weg und studierte ihr Gesicht.

»Du aber«, platzte Jane heraus, ohne ganz sicher zu sein, ob sie sich über Phyllis' Bemerkung freuen oder beleidigt sein sollte. Immerhin hatte Jane gehofft, daß die Reife sie positiv verändert habe.

»Nein, habe ich nicht«, erwiderte Phyllis. »Das liegt nur an den Zähnen. Chet hat darauf bestanden, daß ich dieses ganze Porzellan in den Mund bekomme. Er dachte, es wäre wichtig, der Gute. Also ließ ich ihn in dem Glauben. Es machte ihn glücklich.«

»Phyllis ...«, es war schwer, sie so zu nennen. Jane fragte sich, wie dieses teuer gekleidete Individuum dieselbe Frau sein konnte, die sie einmal gekannt hatte. »Schade, daß Chet nicht mitkommen konnte. Wie geht es ihm?«

Phyllis' Augen begannen sich mit Tränen zu füllen, und ihr Kinn zitterte fast unmerklich. »Es geht ihm gut, Jane. Wir brauchten nur einfach mal jeder etwas Zeit für sich.« Sie schniefte, und es dauerte einen Moment, bis sie sich unter Kontrolle hatte.

Und in diesem Augenblick, als ihr Kinn wegen der bevorstehenden Tränen zu zittern begann, da wurde die Frau, die vor ihr stand, wieder zur alten Phyllis – zu der armen, kleinen, unsicheren Phyllis, die ihre Tage damit verbrachte, sich mit alten Leuten im Haus anzufreunden, und Weihnachtsschmuck bastelte. Zugleich wurde Jane bewußt, daß ihre Ängste in bezug auf Eheprobleme berechtigt waren und sie wahrscheinlich zu stundenlangen Von-Frau-zu-Frau-Gesprächen verdammt war. Aber im Augenblick hatte Phyllis ihre eigenen Sorgen zur Seite geschoben, um Jane ihr Mitgefühl auszusprechen. »Ich kann dir gar nicht sagen, wie leid mir Steves Tod getan hat. Ich kann es immer noch nicht glauben. Du – eine Witwe mit noch nicht einmal vierzig.«

Jane wußte nicht, was sie darauf antworten sollte. Sie hatte keine Lust, über Witwenschaft zu reden. Mit Sicherheit würde sie Phyllis auch nicht erzählen, daß Steve in jener rauhen Februarnacht auf einer vereisten Straße unterwegs gewesen war, weil er sie gerade wegen einer anderen Frau verlassen hatte. Das war etwas, das

Phyllis von ihr bestimmt nicht erfahren würde. Weder jetzt noch später. Statt dessen sagte sie:

»Deine Zähne sind wirklich schön. Das war sehr freundlich von Chet.«

»Oh, aber Chet hat noch etwas viel Besseres für mich getan. Ich konnte es kaum erwarten, dir davon zu erzählen, aber ich habe es mir verkniffen, weil ich dein Gesicht dabei sehen wollte. Jane, ich möchte dir Bobby Bryant vorstellen.«

Sie zog den mürrischen jungen Mann nach vorne. Jane hatte am Rande wahrgenommen, daß er im Hintergrund wartete und ihr Wiedersehen ungefähr mit der gleichen Begeisterung beobachtete, die Jane verspürte, wenn sie das Katzenklo saubermachte. Von nahem betrachtet, sah er sogar noch besser aus. Er hatte dichtes, blondes Haar, das wundervoll geschnitten und von der Sonne zu einem perfekten Weizenblond gebleicht worden war. Seine Nase war vielleicht ein bißchen zu lang und spitz, aber sie paßte zu seinem dünnen, gebräunten Gesicht und lenkte nicht von seinem schönen, wenn auch verdrießlichen Mund ab. Großer Gott, Katie würde bei seinem bloßen Anblick in Ohnmacht fallen! Jane war sicher, daß bereits ein schrecklicher Liebeskummer vorprogrammiert war.

»Hallo, Bobby«, sagte sie.

Er erwiderte ihren Gruß mit einem schlaffen Händedruck. Es war keine weibische Geste, sondern Ausdruck dafür, daß er sich im höchsten Grade langweilte. »Hallo«, erwiderte er lustlos.

»Sieht er nicht gut aus?« schwärmte Phyllis.

»Em, ja, und wie«, antwortete Jane, der es peinlich war, über ihn zu sprechen, als sei er ein Hund.

Während sie sich noch den Kopf zerbrach, was sie als

nächstes sagen sollte, versetzte ihr Shelley einen Stoß in die Rippen und machte ihr so auf schmerzhafte Weise deutlich, daß es noch jemanden vorzustellen gab. Phyllis war sehr höflich zu Shelley, bemühte sich aber gleich, wieder zum Thema Bobby zurückzukehren. »Jane, weißt du, wer Bobby ist?«

»Komm schon, Phyl«, sagte der junge Mann. »Müssen wir die Sache hier vor allen Leuten durchkauen?« Jane war überrascht, einen deutlichen Chicagoer Akzent in seiner Stimme zu entdecken.

»Dieser Junge braucht was hinter die Ohren«, murmelte Shelley.

Phyllis klammerte sich an Bobby und blickte bewundernd zu ihm auf. Jane war so verlegen, daß sie sich kaum rühren konnte. Sie hatte davon gehört, daß sich ältere Frauen gutaussehende junge Männer nahmen. Aber natürlich kam das nicht in ihren Kreisen vor. Die meisten Frauen aus ihrem Bekanntenkreis verbrachten ihre Zeit in ihrem Kombi auf dem Schulparkplatz oder im Supermarkt. Aber für Angehörige des Jet-set war es wohl ziemlich normal, etwas mit einem hübschen Jungen anzufangen, wenn man gerade eine kleine Meinungsverschiedenheit mit dem eigenen Mann hatte. Zumindest, wenn man solch verläßlichen Autoritäten wie den Zeitschriften *People* und *TV Guide* Glauben schenken durfte, die Janes Fenster zur Welt darstellten.

Aber es war schockierend, daß die brave, ein wenig langweilige Phyllis auf so jämmerliche Abwege geraten war. Außerdem war es eigenartig. Sie schien über ihre Probleme mit Chet – welcher Art auch immer sie sein mochten – aufrichtig bekümmert zu sein. Die ganze Angelegenheit wäre auch nur halb so furchtbar, wenn der Junge sich ihr gegenüber nicht so unhöflich und geringschätzig verhalten würde. Verdienten sich bezahlte Liebhaber ihr Geld nicht gerade dadurch, daß sie Liebe heuchelten? Oder zumindest Höflichkeit? Sicherlich existierten doch auch bei solchen Dingen Regeln.

»Liebling, warum siehst du nicht einmal nach unserem Gepäck, während ich mich mit Jane und Shelley unterhalte?« fragte ihn Phyllis, die offensichtlich nicht über sein Verhalten verärgert war.

Er zuckte die Schultern und schlenderte davon.

»Ist er nicht ein wunderbarer Junge?« fragte Phyllis verzückt und sah ihm nach, bis er außer Sichtweite war. Sie wechselte ihre Plastiktüten auf den anderen Arm. »Oh, Jane, sag mir, daß du ihn wundervoll findest. Ich könnte es nicht ertragen, wenn es anders wäre.«

»Aber Phyllis, wie kann ich das sagen? Wir haben uns ja eben erst kennengelernt. Aber ich bin sicher, daß du recht hast«, antwortete Jane. Sie konnte beinahe fühlen, wie ihre Nase bei diesen Worten immer länger wurde.

»Kann man denn nicht sehen, wer er ist?« fragte Phyllis. Die Ähnlichkeit ist wohl nicht sehr groß, außer, was die Augen betrifft.«

»Ähnlichkeit mit wem?« erkundigte sich Shelley, die sah, daß Jane mit ihrer Verwirrung zu kämpfen hatte.

»Mit mir natürlich. Er ist mein Sohn! Aber das hast du doch sicher schon vermutet!«

»Dein ... Sohn? Du meinst Chets Sohn?«

»Nein, Jane. Mein eigener kleiner Junge. Oh, es ist mir wirklich gelungen, dich zu überraschen, nicht wahr? Wie schön!«

Jane schüttelte den Kopf. »Phyllis, du hattest nie Kinder, und dieser Junge ist älter als meine Kinder ...«

»Das ist er deshalb, weil ich ihn vor deinen bekommen habe, noch bevor ich dich überhaupt kannte.« Sie kicherte, als sei dies eine ausgesprochen kluge Bemerkung gewesen, und wurde dann plötzlich ernst. »Ich habe es einfach niemandem gesagt. Weißt du, ich hatte ihn zur Adoption freigegeben, bevor ich dich kennenlernte. Und wir sind erst seit einigen wundervollen Monaten wieder vereint. Chet hat das alles fertiggebracht – der liebe, verständnisvolle Chet.«

Sie sah wieder so aus, als wolle sie in Tränen ausbrechen, und Jane starrte sie an, als sei ihr ein zweiter Kopf gewachsen. Shelley packte Jane mit festem Griff am Arm und sagte: »Jane und ich werden das Auto holen, während Sie und Ihr Sohn sich um das Gepäck kümmern. Sehen Sie diesen Gang da vorne? Gehen Sie dort hinein bis zu den Türen. Wir holen Sie dort ab, in Ordnung?«

Bevor Jane wieder alle fünf Sinne beisammen hatte, war sie schon draußen an der kalten Luft.

»Shelley! Was für ein Alptraum! Ich fand schon schlimm genug, daß er ihr Liebhaber sein könnte, aber das ist nun noch schrecklicher! Einen hübschen Jungen kann man fallenlassen, aber nicht den eigenen Sohn! Einfach schauderhaft. Sie denkt tatsächlich, daß er großartig sei.«

»Er ist ein Kotzbrocken«, sagte Shelley und schritt über den Parkplatz. »Ihr Chet hätte sich darauf beschränken sollen, ihre Zähne in Ordnung bringen zu lassen. Was glaubst du, meinte sie damit, daß Chet das alles fertiggebracht hat? Ist er Chets Kind?«

Jane versuchte, sich in die Zeit vor siebzehn Jahren zurückzuversetzen, was bei dem aufregenden Durcheinander von Geschehnissen, die dazwischenlagen, gar nicht so einfach war. »Ich glaube nicht, daß das sein kann. Phyllis hat immer viel Wind darum gemacht, daß sie und Chet sich erst einen Monat kannten, bevor sie heirateten. Alles sehr romantisch. Es konnte vielleicht gelogen sein, aber ich glaube nicht, daß sie damals überhaupt wußte, wie man es anfängt.«

»Ein Monat wäre eine ziemlich kurze Schwangerschaft«, sagte Shelley. Sie hatte den Transporter gefunden und fischte in den Tiefen ihrer Handtasche nach den Schlüsseln, bis sie sie fand. Die beiden kletterten in den Wagen. Jane fand eine halbe, arg mitgenommene Packung Zigaretten in ihrer Handtasche. Sie versuchte schon länger das Rauchen einzuschränken, in der Hoffnung, daß es ihr zu einem vage festgelegten Zeitpunkt in der Zukunft leichter fallen würde, tatsächlich ganz damit aufzuhören. Aber dies alles hier verlangte nach einer Zigarette. Wenn sie eine Trinkerin gewesen wäre, hätte die Situation wohl nach einem Fünftel Wodka verlangt.

Shelley boxte den Transporter in den Verkehr und sagte unheilverkündend: »Jane, mir gefällt die Sache nicht. Das ist alles sehr obskur.«

»Oh, Shelley, die Versuchung, mich aus der Tür hinaus in den Verkehr zu werfen, ist sehr stark«, sagte Jane und paffte wie wahnsinnig, so daß es sie ein wenig schwindlig machte. »Als ob nicht der Streß wegen der Weihnachtsfeiertage, gar nicht davon zu reden, daß es mein erstes Weihnachtsfest als Witwe ist, nicht schon genug wäre... Du weißt ja, was dies zu bedeuten hat, nicht wahr? Sie bringt dieses ausgewachsene Balg mit in mein Haus. *Mein* Haus! Er wird knurrend und mit hängendem Kopf durch die Gegend schleichen – Mike wird ihn auf Anhieb verachten, und ich fürchte Katie wird genau das Gegenteil empfinden.«

»Nun ja, es ist ja nicht für immer«, wandte Shelley ein.

»Du hast doch gesagt, sie würde nur zwei oder drei Tage bleiben.«

»Ich sagte, daß ich das annehmen würde, aber scheinbar liege ich mit meinen Vermutungen ja nicht immer goldrichtig. Wir haben über kein bestimmtes Abreisedatum gesprochen. Sie hat mir nur mitgeteilt, daß sie heute ankommt. Es ist mit gar nicht in den Sinn gekommen, sie zu fragen, wann sie uns wieder verlassen wird. Es spielte bisher auch keine Rolle. Es ist so angenehm, mit ihr zusammenzusein, und ich dachte, daß sie so lange bleiben könnte, wie sie Lust hat, ohne mir in die Quere zu kommen. Oh, was habe ich getan?«

Sie arbeiteten sich durch den Flughafenverkehr. Phyllis stand allein am Eingang zur Gepäckabholung. Sie nahm auf dem Rücksitz des Lieferwagens Platz und sagte eine Weile lang nichts. Sie war sehr blaß und hatte auffällige, leuchtendrote Kreise auf den Wangen.

»Der arme Bobby«, sagte sie schließlich, aber es klang nicht sehr mitfühlend. Dann rang sie sich zu einem verständnisvollen Tonfall durch. »Ich glaube nicht, daß er besonders gerne reist. Natürlich würde er es nie zugeben, aber ich frage mich, ob er Angst vor dem Fliegen hat. Vielen Leuten geht es so, aber ein Junge in seinem Alter würde es wohl nicht zugeben. Ja, das muß es wohl sein. Er war sehr – nun ja, er war sehr empfindlich, seitdem ich ihm von unseren Plänen für Weihnachten erzählt hatte.«

»Deine Pläne für Weihnachten?« erkundigte sich Jane, und ihr Herz machte einen Hüpfer.

»Den Besuch bei dir, meine ich natürlich.« Sie begann, in ihrer Tasche nach einem Taschentuch zu wühlen.

Jane warf Shelley einen verzweifelten Blick zu und

formte mit den Lippen lautlos die Worte: »Zwei Wochen!«

»Wo ist Bobby?« fragte Shelley. Sie blockierte den Verkehr, und die Leute begannen zu hupen und um sie herumzukurven.

»Es gibt ein Problem mit einem seiner Koffer«, erwiderte Phyllis mit einem letzten Schnüffeln.

Jane dachte sofort an Verhaftung wegen Drogenbesitzes. Was würde wohl passieren, falls jemand, der sie besuchen wollte, den Koffer voller Kokain hatte? Würden die Behörden annehmen, daß sie etwas damit zu tun hatte?

»Die Mitarbeiter der Fluggesellschaft haben einen Koffer fürchterlich zerkratzt, und Bobby ist ganz außer sich. Er ist nicht daran gewöhnt, schöne Dinge zu besitzen, und macht nun viel Aufhebens darum. Das ist nur natürlich.«

In diesem Moment stieß Bobby ärgerlich die Tür auf und trat nach draußen. In seinem Kielwasser folgte ein Gepäckwagen, beladen mit Koffern und Taschen. Shelley stieg aus, öffnete die hinteren Türen des Lieferwagens und beaufsichtigte das Beladen, während Jane und Phyllis schweigend im Wagen saßen. Jane bemerkte, daß Bobby keine Anstalten machte, dem Mann Trinkgeld zu geben, und sich Shelley statt dessen darum kümmern mußte. Sie mußte unbedingt daran denken, es Shelley später zurückzuzahlen.

Bobby und Shelley erreichten die Fahrertür zur selben Zeit. »Ich fahre«, sagte er.

»Wie bitte?« sagte Shelley in einem Tonfall, bei dem jeder andere erstarrt wäre.

»Ich sagte, ich fahre. Ich setze mich nicht in einen Wagen mit einer Frau am Steuer.«

»Bobby, Schatz …«, sagte Phyllis mit flehender Stimme.

Aber Shelley benötigte keine Hilfe. Sie bedachte Bobby mit ihrem berüchtigten Blick, der bereits Automechaniker und Schuldirektoren hatte zu Kreuze kriechen lassen. »Dieser ›Frau‹ gehört der Wagen, und sie bezahlt die Versicherung. Entweder Sie fahren mit mir, oder Sie gehen zu Fuß.«

»Oh, je …« , sagte Phyllis.

Bobby öffnete die hintere Tür, riß sie dabei fast aus den Angeln und warf sich neben Phyllis. Shelley kletterte mit eisiger Würde auf den Fahrersitz. Ihre Knöchel auf dem Lenkrad waren weiß. Bevor sie sich in den Verkehr einordnete, stieß sie mit einer wilden Geste eine Kassette mit Weihnachtsmusik in den Kassettenrecorder.

Jane steckte sich eine weitere Zigarette an.

Alle taten so, als verfolgten sie mit Interesse den Verkehr. Sie waren gut drei Kilometer vom Flughafen entfernt, bevor sich einer von ihnen zu sprechen traute. Phyllis sagte mit einer leicht zitternden Stimme über die Klänge von »It Came Upon a Midnight Clear« hinweg: »Oh, schaut nur, es beginnt zu schneien. Wie wundervoll. Ihr könnt euch nicht vorstellen, wie sehr ich all die Jahre den Schnee vermißt habe. Und auch Chicago. Das soll nicht heißen, daß ich nicht gerne auf der Insel lebe – aber wenn Weihnachten ist, dann werde ich immer ein bißchen traurig. Chet läßt natürlich jedes Jahr eine Kiefer von Kanada einfliegen, aber es ist nicht das gleiche, wenn man in Shorts herumsitzt und die Fenster geöffnet hat. Der Duft einer Kiefer ist einfach nicht der gleiche in einem warmen Klima.«

»Scheiß auf den Schnee«, murmelte Bobby.

»Oh, also Bobby, mein Liebling! Mich kannst du nicht an der Nase herumführen«, sagte Phyllis mit gewollter Fröhlichkeit.

»Du bist glücklich, wieder hier zu sein. Du würdest ein Chicagoer Weihnachtsfest genauso vermissen, wie ich es getan habe.«

»Es gibt nichts an Chicago, was ich vermissen würde.«

»Sind Sie aus Chicago?« fragte ihn Jane, die verzweifelt versuchte, die Unterhaltung auf einer etwas freundlicheren Ebene zu führen.

Dies war nicht der richtige Weg.

»Soll das etwa heißen, daß Phyl Ihnen nichts über Mamis kleinen Bastard erzählt hat?« erkundigte er sich.

»Bobby, ich habe dich gebeten, nicht solche Sachen zu sagen«, warf Phyllis nervös ein.

»Warum nicht? Es ist doch die Wahrheit.«

»Phyllis, ich habe Shelley von dem wundervollen Weihnachtsschmuck erzählt, den du gebastelt hast, als wir noch in dem Appartement wohnten«, unterbrach sie Jane eilig. »Erinnerst du dich noch an den Anhänger mit der gestärkten Spitze, den du mir gegeben hast? Ich habe ihn immer noch.«

»Das kann doch nicht wahr sein! Oh, Jane, wie lieb von dir.«

»Du mußt mir zeigen, wie du sie gemacht hast. Wir stellen gerade einen Kirchenbasar zusammen, und wir benötigen jede Hilfe, die wir bekommen können. Vielleicht können wir ja, nachdem du ausgepackt hast, zum Bastelgeschäft gehen ...«

»Oh, da hätte ich große Lust zu!« erwiderte Phyllis. »Ein Weihnachtsbasar! Du kannst dir gar nicht vorstellen, wie ich diese Dinge vermisse. Wir führen so ein isoliertes Leben auf der Insel.« Sie schwieg einen Augenblick, vielleicht fühlte sie, daß sie sich schnurstracks wieder auf das Thema zubewegte, vor dem Jane sie retten wollte. »Ja, ich denke schon, daß ich mich noch daran erinnern kann, wie ich diesen Schmuck gemacht habe. Er war geklöppelt, nicht wahr?«

»Vielleicht könntest du meiner Tochter Katie beibringen, wie man klöppelt. Ich bin ein hoffnungsloser Fall, aber sie ist in diesen Dingen ziemlich begabt«, sagte Jane.

»Hast du da Strickzeug in deiner Tasche?« erkundigte sich Phyllis.

»Es ist Häkelzeug. Hast du etwas zu Stricken bei dir?«

»Nur ein paar kleine Mützen und Handschuhe, die ich für wohltätige Zwecke mache. So kann ich etwas mit meinen Händen anfangen. Und ich arbeite auch an einem Pullover für Bobby. In einer Art Karmesinrot, die Farbe steht ihm, glaube ich, sehr gut.«

Bobby war in mürrisches Schweigen versunken. Er starrte mit einem bösen Blick aus dem Fenster auf den Schnee, als ob er ihm durch pure Mißbilligung Einhalt gebieten könne. Shelley fuhr mittlerweile nicht mehr so, als ob sie auf der Suche nach einer Klippe wäre, von der sie sie alle hinunterstürzen konnte. Der Rest des Nachhausewegs verging mit einer friedlichen Unterhaltung über Handarbeiten. Jane zerrte ihre Decke hervor und zeigte sie Phyllis, die sie ausgiebig bewunderte und ihrerseits einen sorgfältig entworfenen Pullover hervorzog.

Schließlich konnte Jane wieder normal atmen, aber in ihrem Hinterkopf beschäftigte sie sich nach wie vor mit der problematischen Frage, was sie mit ihren Gästen anfangen sollte. Phyllis schien offensichtlich der Ansicht zu sein, daß diese Einladung ein offenes Ende hatte. Jane nahm an, daß ein einmonatiger Besuch in Phyllis' Welt überhaupt nichts Ungewöhnliches war. Wenn man ein ganzes Hotel zur Verfügung hätte, um seine Gäste unterzubringen, dann könnten diese wohl jahrelang bleiben, ohne einem zur Last zu fallen. Jane war sich sicher, daß Phyllis nicht wußte, daß sie eine Belastung darstellte.

Ein Monat mit Phyllis – mit jedem Fremden, der so eng neben ihr lebte – würde schon schlimm genug sein. Aber ein Monat mit Bobby Bryant? Unmöglich. Innerhalb einer Woche würde irgend jemand, höchstwahrscheinlich sogar Jane selbst, diesen Jungen umbringen.

Shelley bog in Janes Einfahrt. Sie öffnete die hinteren Türen des Transporters, und beobachtete dann, wie Jane und Phyllis das Gepäck zwischen Kirchenbasarkartons hervorzogen. »Ich nehme nicht an, daß es Ihnen in den Sinn kommt, zu helfen?« sagte Shelley zu Bobby, der grinste und keine Antwort gab.

Jane, die dies mitbekommen hatte, reichte ihm mit solchem Schwung einen Koffer, daß ihm fast die Luft wegblieb. »Wir haben jetzt alles sortiert. Sie können die Sachen hineintragen, Bobby.«

»Was für ein entzückendes Haus, Jane!« rief Phyllis.

»Danke, Phyllis«, erwiderte Jane bestimmt. *Entzückend* verband sie immer mit niedlich und behaglich. Als ob es sich lediglich um ein Sommerhäuschen handelte. Nun, mit Phyllis' Augen betrachtet, war es das wohl auch. Sie sagte sich dann aber, daß Phyllis es bestimmt nicht böse gemeint hatte.

»Warte, ich werde dir helfen, Bobby!« sagte Phyllis. Jane war fast versucht, ihr den Arm zu brechen.

Shelley schloß gerade die Schiebetür an der Seite, und

Jane ging nach vorn, um ihre Tasche mit dem Häkelzeug vom Boden vor dem Beifahrersitz zu nehmen. »Shelley, ich kann dir gar nicht sagen, wie leid mir das alles tut ...«, sagte sie leise.

»Jane, meine Liebe, es wird dir noch mehr leid tun, bis du sie wieder losgeworden bist. Ich weiß nicht, wen ich weniger mag – Bobby, weil er solch ein Mistkerl ist, oder deine Freundin Phyllis, weil sie es nicht merkt.«

»Glaubst du wirklich, daß sie es nicht weiß? Oder will sie es sich einfach nicht eingestehen?«

»Die Feinheiten interessieren mich nicht. Wie auch immer, meiner Meinung nach läuft es auf dasselbe hinaus«, erwiderte Shelley.

»Es tut mir wirklich leid ...«

Shelley beruhigte sich langsam. »Ich sollte dir gegenüber nicht so gemein sein. Es liegt wohl daran, daß ich schon lange nicht mehr so wütend gewesen bin. Er ist wirklich ein Bastard, einmal ganz abgesehen von den Umständen seiner Geburt. Diesen Status kann man sich auch verdienen. Aber es ist nicht dein Fehler. Du hattest ja keine Ahnung, was da auf dich zukommen würde.«

»Was soll ich nun nur mit ihnen anfangen?«

»Wir werden sie schon irgendwie los. Vertraue mir. Laß diesen Jungen nur nicht wieder zu nah an mich ran.«

»Vielen Dank fürs Fahren. Laß mich jetzt nur nicht hängen.«

»Jane, du hast mir zur Seite gestanden, als ich meine Weisheitszähne ziehen lassen mußte, während meine Schwiegermutter zu Besuch war. Das ist eine moralische Schuld dir gegenüber, und ich habe vor, sie in dieser Woche zu begleichen.«

Sie gesellten sich zu Phyllis und Bobby, die ihr ganzes

Gepäck – einen gehörigen Haufen enorm teurer Lederfabrikate – an der Küchentür seitlich der Einfahrt abgestellt hatten. Phyllis und Bobby befanden sich mitten in einer Auseinandersetzung. Oder zumindest betrachtete es Bobby wohl als solche. »Ich kann hier unmöglich ohne fahrbaren Untersatz festsitzen, Phyl.«

»Natürlich kannst du das nicht, Liebling. Ich werde sofort einen Autoverleih anrufen.«

»Ich will nicht irgendeine komische, alte Karre. Ich will einen sportlichen Schlitten, den ich ins alte Viertel mitnehmen kann.«

»Oh, Bobby, glaubst du wirklich, du solltest ...?«

»Willst du mich an die Kette legen oder so was?«

»Natürlich nicht, Liebling. Du weißt, daß ich mich nie in das einmischen würde, was du vorhast. Ich finde einfach, daß es nicht sehr klug ist, wenn du ...«

Sie verstummte, als sich Jane einen Weg zwischen ihnen hindurchbahnte, um die Küchentür aufzuschließen. Sie war zu der Überzeugung gekommen, daß, wenn Phyllis gerne Koffer durch die Gegend schleppte, während ein gesunder, junger Mann in der Nähe war, sie dies tun konnte, daß Jane Jeffry allerdings nicht so verrückt war. Sie spazierte in die Küche und hielt die Tür auf. Shelley schaffte es, ihr direkt auf den Fersen zu folgen, ohne sich auch nur mit einem Gramm von Phyllis' oder Bobbys Gepäck zu belasten.

»Komm raus, Willard, es sind keine Einbrecher«, rief Jane, während Phyllis und Bobby mit ihren Koffern kämpften. Einen Moment später tauchte der große Hund mißtrauisch hinter der Tür auf, die zum Wohnzimmer führte. Er wedelte feige mit dem Schwanz, so als wolle er den Eindruck erwecken, daß er lediglich auf die günstigste Situation für einen Angriff wartete.

»Ich vermute, falls hier wirklich einmal Einbrecher auftauchen sollten, würde er ihnen ihre Rechte vorlesen«, sagte Jane verächtlich, als Willard angeschlichen kam und Phyllis' Füße beschnüffelte. »Es gibt auch noch eine ganze Armee von Katzen, die sich hier irgendwo herumtreibt. Max und Miau tauchen meist dann auf, wenn man gar nicht mit ihnen rechnet.«

»Was für ein liebes Hundchen! Ich habe seit Jahren kein Tier mehr gestreichelt«, sagte Phyllis und beugte sich hinunter, um ihn zu tätscheln. »Chet hat fürchterliche Allergien, der arme Mann. Er weiß, wie sehr ich Tiere liebe, und deshalb kauft er immer ganz entzückende Stofftiere für mich. Es gibt einen Laden in Paris, der jedes Jahr einen Mann mit Mustern vorbeischickt. Ist das nicht wahnsinnig? Der Mann verschenkt extra einige Arbeitstage, um zu uns zu fliegen. Ist das nicht süß von ihm?«

»Phyl, das Auto ...«

Einen Moment lang blickte Phyllis ihn an, als ob sie ihn noch nie zuvor gesehen hätte, aber dann erschien wieder der alte, liebevolle Ausdruck auf ihrem Gesicht. »Jane, hast du irgendein Telefonbuch?«

»Ja, ich werde es dir holen, während du auspackst.«

»Phyl, jetzt«, beharrte Bobby.

»Sicherlich können Sie noch ein paar Minuten warten und Ihre Mutter ein wenig zur Ruhe kommen lassen«, sagte Jane in dem Tonfall, den sie gewöhnlich benutzte, wenn sie ihre Fahrgemeinschaften durch die Gegend kutschierte und die Kinder sich danebenbenahmen. Aus den Augenwinkeln bemerkte sie, wie Shelley, die sich sonst nicht einmal dazu durchringen konnte, ihrem Hund einen Klaps zu versetzen, damit er gehorchte, ihre Hände zu Fäusten ballte und den Eindruck erweckte, als wolle sie im nächsten Moment auf jemanden einschlagen.

»Nein, Jane. Es ist schon in Ordnung. Ich ruf' eben schnell einen Autoverleih an«, sagte Phyllis.

Jane reichte ihr die Gelben Seiten und setzte sich an den Küchentisch. Ihr war danach, den Kopf in die Hände zu legen und zu weinen. Phyllis war nie eine der Allerschlausten gewesen, aber konnte sie wirklich derartig dumm sein? Der arme Mann vom Spielzeugladen, der extra einige Arbeitstage verpaßt, um von Paris herüberzufliegen? Du liebe Güte, Chet Wagner hatte sicherlich einige Tausender springen lassen, nur um ihn dorthin zu bekommen. Um einer erwachsenen Frau Stofftiere zu schenken?

Jane versuchte, sich an Chet zu erinnern. Sie hatte nur noch eine vage Vorstellung von einem älteren Mann (nicht wirklich so alt, bestimmt nur in dem Alter, in dem Jane selbst jetzt war), mit einem besorgten Gesichtsausdruck, wenn Phyllis nicht in der Nähe war und einem euphorischen, wenn sie zurückkam. Er mußte sie all die Jahre hindurch wirklich auf eine Weise geliebt haben, die keine Kritik zuließ und keine Fragen stellte. Ein Beweis dafür, was die Liebe mit dem Verstand eines Menschen anstellen konnte. Aber Chet war nicht dumm. Dummheit versetzte einen wohl kaum in die Lage, ganze Inseln kaufen zu können. Doch wenn die Beziehung in der Vergangenheit funktioniert hatte, was war nun der Grund dafür, daß es Schwierigkeiten gab? Jane war zwischen ihrer Neugierde und der Befürchtung, daß Phyllis es ihr in aller Ausführlichkeit erklären würde, hin- und hergerissen.

Und was hielt Chet wohl von Bobby? Viel wichtiger, was hielt er von der Art und Weise, wie sich Phyllis von diesem ausgewachsenen Blag herumschubsen ließ? Ganz bestimmt gefiel Chet das Ganze nicht. Oder akzeptierte er etwa automatisch alles, was Phyllis tat oder wollte? Der abscheuliche Bobby war vermutlich der eigentliche Grund für die Probleme, aber hatte Phyllis nicht erwähnt, daß es Chet war, der Bobby ausgegraben hatte? Was für eine seltsame Ehe.

Bobby war ins Wohnzimmer hinübergegangen, und Willard hatte sich an seine Fersen geheftet. Phyllis deckte das Mundstück des Hörers ab und flüsterte Jane zu: »Ist ein Jag ein luxuriöses Auto?«

»Sehr luxuriös. Schlag zu, Phyllis«, antwortete Jane und hoffte, daß ihre alte Freundin den unbeabsichtigt sarkastischen Unterton in ihrer Stimme nicht bemerkt hatte. Gott sei Dank war Shelley ins Gästezimmer gegangen und hatte ihren Dialog nicht mitangehört. Wahrscheinlich hätte sie Phyllis an den Haaren gepackt und ihren Kopf gegen die Wand geschlagen. Oder zumindest hätte sie so ausgesehen, als ob sie es gerne getan hätte. Wir war es Phyllis, die nicht einmal wußte, was ein Jaguar war, nur gelungen, eine Stelle aufzutreiben, wo diese vermietet wurden? Phyllis Wege waren manchmal wirklich mysteriös.

»Sie bringen ihn in einer Minute vorbei, Liebling«, rief sie Bobby zu, als sie aufgelegt hatte.

»Phyllis, du bekommst das Gästezimmer am Ende des Flurs oben. Bobby kann deine Taschen nach oben bringen«, sagte Jane, laut genug, damit der Junge es auch mitbekam. Sie fragte sich, ob es die Nachbarn auch gehört hatten. »Bobby wird auf dem ausziehbaren Sofa im Keller schlafen müssen.«

»Oh, nein. Gib Bobby ruhig das Gästezimmer. Ich bin im Keller gut untergebracht«, erwiderte Phyllis.

Nun wurde es Jane aber zu bunt. »Nein. Unmöglich. Bobby, bringen Sie die Sachen Ihrer Mutter nach oben.«

Phyllis lächelte. »Wir Mütter denken immer zuerst an die Kinder, nicht wahr?«

Shelley, die wieder aus dem Bad zurück war, gab ein Geräusch von sich, das zwischen einem empörten Schnauben und den Anfängen eines Hustenanfalls lag.

Jane wiederum erstaunte, daß jemand eine solche Bemerkung von sich geben konnte, ohne daran zu ersticken. »Ich sehe nicht ganz ein, warum wir das tun sollten, Phyllis. Kinder sind wesentlich widerstandsfähiger als wir. Mein Mike könnte auf einem Haufen Steine schlafen, ohne es zu bemerken. Komm mit nach oben, dann zeige ich dir dein Zimmer, das Bad und alles andere.« Aus Angst, was Shelley ohne Aufsicht mit Bobby anstellen könnte, zögerte Jane, sie mit ihm alleinzulassen, und brachte Phyllis nur widerstrebend nach oben. Die ganze Zeit mußte sie dabei gegen den Drang ankämpfen, sich für die Unterbringung zu entschuldigen.

Das »Gästezimmer« war in Wahrheit eine Art zufällig entstandenes Kabuff, das sie gewöhnlich für die Lagerung von Kartons benutzte (die nun alle in ihrem eigenen Schlafzimmer »lagerten«). Ein Doppelbett war vorhanden, ein Stuhl, ein winziger Schminktisch und ein Schrank in einer Größe, wie man sie in Zugabteilen fand. Schlimmer war, daß sich Phyllis das Badezimmer mit Janes Kindern teilen mußte, ein grauenvolles Schicksal.

Aber Phyllis fand an diesem Arrangement nichts Eigenartiges oder Unangenehmes. Sie bewunderte die hübsche Bettdecke, gab einen freundlichen Kommentar zu dem Blick auf das Feld hinter dem Haus, den man von dem einzigen kleinen Fenster aus hatte und beglückwünschte Jane zu dem Weihnachtsbanner aus Filz, das an der Wand über dem Bett hing.

»Phyllis, ich hasse es, unhöflich zu sein, aber ich muß noch etwas mit Shelley erledigen. Ich habe ihr versprochen zu helfen, einige Sachen aus dem Auto zu tragen, und ich möchte sie nicht mit der Arbeit sitzenlassen. Es wird nur ungefähr fünfzehn Minuten dauern. Macht es dir etwas aus, wenn ich dich solange allein lasse, und du deine Sachen auspackst?«

»Natürlich nicht«, erwiderte Phyllis und umarmte sie kurz, um ihrer Aufrichtigkeit Nachdruck zu verleihen. »Ich möchte dir in keiner Weise zur Last fallen.«

»Du fällst mir überhaupt nicht zur Last. Ich bin froh, daß ich dich hier habe«, log Jane. Und dennoch war es nicht ganz eine Lüge. Ohne Bobby hätte sie Phyllis' Gegenwart genossen.

Als Jane wieder nach unten kam, zappte Bobby durch die Fernsehkanäle und versuchte etwas zu finden, was seinem Geschmack entsprach. Shelley lief in der Küche hin und her.

»Bobby, ich muß noch etwas erledigen«, rief Jane. »Wenn ich zurückkomme, werde ich Ihr Zimmer im Keller fertig machen. Ich bin bald wieder da.«

Er fuhr fort, die Knöpfe der Fernbedienung zu drücken, bis er schließlich MTV gefunden hatte. Dann stellte er die Lautstärke höher. Wenn er eins von ihren Kindern gewesen wäre und sie so ignoriert hätte, wäre Jane zum Apparat hinübergegangen, um ihn auszuschalten – aber Gott sei Dank war er ja nicht ihr Kind!

Shelley war bereits zur Tür hinaus und hatte den Wagen gestartet, ehe Jane überhaupt hineinklettern konnte. Sie fuhren schweigend. Das Ausmaß von Janes Not hatte sie beide überwältigt. Einmal wimmerte Jane ein wenig, und Shelley tätschelte ihre Hand.

Shelley bog in die geschwungene, von einer Hecke begrenzten Einfahrt zu Fiona Howards Haus ein. Der

Bau dieses Hauses in Janes und Shelleys Nachbarschaft hatte wenige Jahre zuvor für einigen Wirbel gesorgt. Ein Großbrand, der von einem Ölfeuer, dessen Verursacher ein allgemein berüchtigter, schlechter Koch gewesen war, ausgelöst und als eine Art göttliche, kulinarische Vergeltung angesehen wurde, hatte auch die beiden angrenzenden Häuser schwer beschädigt. Alle drei Häuser waren dann von einem Ehepaar namens Fiona und Albert Howard gekauft worden, die zu jedermanns Überraschung gar nicht erst versuchten, die beschädigten Häuser wiederherzustellen. Statt dessen ließen sie sie abreißen und errichteten ein neues Haus auf dem gesamten Grundstück.

Dies galt als eine extravagante Geschichte, und die Überraschung war in Enttäuschung und schließlich in ein gewisses Maß an Feindseligkeit umgeschlagen, als eine für die Augen undurchdringliche Wand aus Hecken um das gesamte Grundstück gepflanzt wurde, noch bevor die Bauarbeiten überhaupt abgeschlossen waren. Schlimmer noch war, daß die Besitzer selbst sich während der Bauarbeiten kaum blicken ließen, und es daher fast keine Gelegenheit gab, sie oder ihren Bauplan kennenzulernen. Einer natürlichen Neugierde derartig in die Quere zu kommen, fanden die Nachbarn sehr unfreundlich.

Das Rätsel um die scheinbare Geheimnistuerei der Howards wurde allerdings eine knappe Woche vor ihrem Einzug gelöst. Der Grundstücksmakler ließ eine Bemerkung fallen, die aufgenommen und auseinandergepflückt wurde. Wie sich herausstellte, war die mysteriöse Mrs. Howard die Frau von Richie Divine gewesen, dem verstorbenen Rockstar, dessen verfrühter Tod das Land – oder zumindest die weibliche Hälfte seiner Bevölkerung – ebenso schlimm erschüttert hatte, wie der Tod von Elvis Presley.

Fiona Howard war bekannt dafür, daß sie sich in der Öffentlichkeit so unauffällig bewegte, daß sie fast unbekannt blieb. Sie war eine extrem unwillige Berühmtheit und in dieser Hinsicht fast schon eine Legende, in einem etwas abwertenden Sinne. Das machte die Hecke beinahe akzeptabel. Nach einer Weile begannen die Nachbarn jedoch einen gewissen Stolz darauf zu verspüren. »Oh, diese Hecke?« äußerten sie sich beiläufig gegenüber Besuchern, die sie auf einem Umweg von mehreren Straßenblöcken »zufällig« dort vorbeikutschierten. »Ach, das ist das Howard-Anwesen – Richie Divines Witwe, wißt ihr.«

Jane betrat heute zum ersten Mal das Grundstück hinter der Hecke.

»Jane, hilf mir bitte diese Kartons tragen«, sagte Shelley und öffnete die Seitentüren des Wagens.

Jane stieg aus und bereitete sich darauf vor, einen besonders schweren Karton hochzuheben. Sie schleuderte ihn deshalb beinahe über ihre Schulter, als sie ihn mit aller Kraft hochhob. »Du lieber Himmel, ist er etwa leer?«

»Nein, da sind die bestickten Nikolauskissen drin, die die Parslow-Schwestern gemacht haben.«

»O je, ...« Jane hatte im letzten Sommer den Prototyp des Kissens gesehen und war entsetzt gewesen. Der rosawangige Nikolaus hatte wie ein lüsterner, alter Alkoholiker ausgesehen. Die Stiche, die ihm eine rosige Nase verpassen sollten, sahen aus wie geplatzte Äderchen, und um die ganze Sache noch schlimmer zu machen, schien er den Betrachter auch noch boshaft anzuschielen.

Die Haustür wurde geöffnet, und Fiona Howard trat heraus, um sie zu begrüßen.

»Shelley, Jane«, sagte Fiona mit einem warmen Tonfall und in einem reizenden Akzent der englischen Oberklasse, der Jane das Gefühl gab, mitten in eine Produktion des *Masterpiece Theatre* geraten zu sein. »Ich habe gar nicht gehört, daß Sie vorgefahren sind. Warten Sie, ich werde Ihnen behilflich sein. Ich kann Albert rufen, damit er uns hilft, wenn Sie irgend etwas Schweres dabei haben.«

»Nein, wir schaffen es schon. Zeigen Sie mir nur, wohin damit «, antwortete Jane über den Karton mit den Nikolauskissen hinweg.

»Also dann einfach den Flur entlang. Ich werde sie später zusammen mit dem Hausmädchen auspacken.«

»Wir können auch zurückkommen und das erledigen«, sagte Shelley, die unter dem Gewicht eines Kartons mit glasierten Ingwerbrotmännern taumelte. »Sie sollen sich in keinster Weise Umstände machen, da Sie uns schon Ihr Haus für den Verkauf der Sachen zur Verfügung stellen.«

»Es macht mir überhaupt nichts aus. Aber können Sie nicht hierbleiben?«

Jane hatte ihren Karton abgestellt und war wieder zurückgekommen. »Leider nicht. Ich habe Besuch von einer ehemaligen Nachbarin, die für einige Tage in der Stadt ist.« Es einfach nur auszusprechen, verursachte ihr bereits eine Gänsehaut. »Sie ist im Moment bei mir zu Hause und packt ihre Koffer aus. Wenn es Ihnen paßt, werden wir morgen zurückkommen und dabei helfen, alles zu sortieren.«

»Können Sie nicht wenigstens auf eine Tasse Tee bleiben?« fragte Fiona.

»Diese leckere Jasminsorte?« erkundigte sich Jane.

»Wenn Sie möchten.«

Jane warf Shelley einen fragenden Blick zu. Diese schaute auf ihre Uhr und sagte: »Nur für fünf Minuten. Ich muß bald in der Schule sein, um der Krankenschwester dabei zu helfen, die Drittkläßler zu wiegen. Irgendeine Gesundheitsvorsorge-Veranstaltung.«

Fiona führte sie durch das Haus, und Jane trödelte so gut es ging und schaute sich um. Sie kannte Fiona nur flüchtig von der Kirche und war noch nie innerhalb der Hecken und schon gar nicht im Inneren des Hauses gewesen. Sie hatte es sich prunkvoll vorgestellt. Tatsächlich war es ziemlich schlicht eingerichtet, aber auf eine sehr teure, geschmackvolle Weise. Das einzig Englische daran war das formelle Wohnzimmer, das mit einem stark gemusterten Teppichboden ausgelegt war, der sicherlich mindestens achtzig Dollar pro Meter gekostet hatte und importiert war. Der Raum war mit eleganten, dunklen Möbeln ausgestattet, die bestimmt antik waren. Die restlichen Zimmer, an denen sie vorbeikamen, waren so wie bei jeder amerikanischen Familie, der es finanziell gutging Jane bedauerte, daß es keine vertäfelten Wände und Ahnenporträts gab, die von Bilderleisten herabhingen.

Fiona führte sie in ein kleines, sonniges Frühstückszimmer, von dem aus man auf den weitläufigen Garten hinausblicken konnte, der vor sich hin schimmerte, aber offensichtlich gut gepflegt wurde. Fiona und Shelley vertieften sich in eine Diskussion über die angemessene Verpackung und Preisfestsetzung der Bonbons, die auf dem Kirchenbasar verkauft werden sollten, und Jane betrachtete derweil Fiona genauer.

Im Gegensatz zu ihrem Haus war sie befriedigenderweise englisch. Ihr Haar hatte die Farbe von poliertem Kupfer und war nur ein ganz klein wenig gelockt. An einem feuchten Tag würde es sich vielleicht sogar kringeln. Ihre Haut war so weiß wie Milch und ihre Augen fast neonblau. Sie mußte einmal ein hübsches Mädchen gewesen sein, und sie war immer noch attraktiv, aber die ersten Anzeichen des einsetzenden Alterungsprozesses waren erkennbar und auch einige graue Haare zwischen dem Rot auszumachen. Die großen, weißen Zähne, die ihr in ihrer Jugend möglicherweise zu einem entzückenden Lächeln verholfen hatten, wirkten mit fünfunddreißig ein bißchen pferdehaft. Sie sah so aus, wie Fergie wohl in ein paar Jahren aussehen würde.

»Sie kennen nicht zufällig jemanden, der ein Haus sucht, oder?« erkundigte sich Fiona, während sie drei Tassen duftenden Tees einschenkte.

»Sie wollen doch nicht etwa verkaufen?« fragte Shelley.

»Du lieber Himmel, nein! Wir würden im Traum nicht daran denken, von hier wegzugehen. Es geht um das Nachbarhaus. Die Dame, die dort gewohnt hat, ist in ein Pflegeheim gezogen, und ihr Sohn versucht, das Haus zu verkaufen. Er hat Albert irgend etwas mit einer Steuersache erklärt, die es unbedingt notwendig macht, daß er das Haus noch vor Jahresende verkauft. Es hat nur zwei Schlafzimmer, glaube ich, aber es wäre ideal für Alleinstehende oder für ein junges Paar.«

»Alleinstehend? Kennen wir Leute, die alleinstehend sind, Jane?« fragte Shelley mit einem Lächeln. »Ich kann mich kaum an diesen Zustand erinnern.«

»Die einzigen Leute, die alleinstehend sind, haben eine Scheidung hinter sich und haufenweise Kinder. Wie ich selbst.«

»Ich wußte gar nicht, daß Sie geschieden sind, Jane«, sagte Fiona und reichte ihr eine elegante Zuckerschüssel.

»Ich habe mich schlecht ausgedrückt. Bin ich auch nicht. Ich wollte damit sagen, daß ich alleinerziehend bin mit einem Haufen Kinder. Ich bin Witwe.«

»Oh, entschuldigen Sie vielmals. Ich hatte keine Ahnung. Wie taktlos von mir«, antwortete Fiona, und ihre Wangen überzogen sich tatsächlich mit einem verlegenen Rotschimmer.

Jane mußte heimlich lächeln. Wie seltsam, daß sich Fiona, die selbst eine ziemlich bekannte Witwe war, bei ihr entschuldigte. »Kein Grund, sich zu entschuldigen. Es ist nun fast schon ein Jahr her, und ich habe mich bereits recht gut daran gewöhnt ...« Jane unterbrach sich. »Hören Sie sich das nur an! Ich beginne schon, mit Ihrem Akzent zu sprechen. Das ist eine schreckliche Angewohnheit. Es ist wirklich nicht beabsichtigt.«

»Jane ist überall auf der Welt großgeworden, und sie tendiert dazu, so zu sprechen wie die Person, mit der sie sich gerade unterhält«, erläuterte Shelley. »Selbst wenn jemand eine Sprachstörung hat, ahmt sie sie nach.«

»Tue ich nicht!«

»Und ob du das tust. Erinnerst du dich an die Frau im Lebensmittelladen letzte Woche, die kein *R* aussprechen konnte? Sie fragte dich, wo der Aufschnitt liegt, und du hast geantwortet: ›Dilekt am Ende von Leihe fünf‹.«

»Habe ich nicht.«

Fiona lächelte und sagte: »Wenn sie dennoch von jemandem hören, der auf der Suche nach einem kleinen Haus ist, rufen Sie mich an. Wir sind ein wenig unruhig, weil es leersteht. Man hat es nicht so gerne, wenn sich eine Einladung zum Vandalismus so ganz in der Nähe befindet, wissen Sie.«

Shelley fragte: »Lebt dieser Finch nicht auf der anderen Seite?«

Fiona sah so aus, als hätte man sie bei etwas ertappt. »Ja, das tut er. Aber ich bin sicher, daß er harmlos ist.«

»Harmlos! Jemanden, der Hunde vergiftet, würde ich nicht gerade als harmlos bezeichnen«, erwiderte Shelley.

»Es gibt keinen Beweis dafür, daß es Mr. Finch war«, sagte Fiona. Ihre Stimme klang nicht sehr überzeugend. »Wir hatten nie Probleme mit ihm.«

Jane hatte sich so interessiert Fionas Akzent angehört, daß sie kaum etwas von ihrem Tee getrunken hatte, als Shelley sie zum Aufbruch drängte. »Fiona, wir werden morgen wieder vorbeikommen, um beim Aufbau zu helfen. Machen Sie sich bitte keine Mühe.«

»Wenn Sie möchten, bringen Sie doch Ihren Gast mit, wenn sie Interesse daran hat«, sagte Fiona zu Jane. Es lag fast schon etwas Rührendes in ihrer Stimme. Einsamkeit? Nein, das konnte nicht sein, dachte Jane. Man konnte nicht reich und berühmt und zugleich einsam sein.

Als sie an der Haustür angekommen waren, trat ein Mann aus einer anderen Tür in die Diele. »Oh Fiona, ich wußte nicht, daß du Gäste hast.«

»Albert, dies sind Shelley Nowack und Jane Jeffry. Sie sind im Organisationskomitee des Kirchenbasars.«

»Schön, Sie kennenzulernen, meine Damen«, sagte Albert Howard. Er war Amerikaner – ein dicklicher Mann mit dünnem, langweilig-braunem Haar und einem dicken Schnäuzer, der sein sowieso fliehendes Kinn so aussehen ließ, als sei es gar nicht vorhanden.

Fiona hatte seinen Arm mit einer seltsam beschützenden Geste ergriffen und sah ihn an, als habe er gerade Worte von enormer Wichtigkeit ausgesprochen.

»Ich glaube, wir haben uns schon einmal getroffen«, sagte Jane. »Ich bin mal für Mary Ebert im Kirchenchor eingesprungen. Sie waren auch dort.«

Albert starrte sie eine Weile lang an, während ihm langsam dämmerte, wer sie war, und begann dann zu lachen.

»O, ja! Der Chorleiter hat sie dann schließlich gebeten, nur zu summen.«

»Ich habe nicht damit gerechnet, daß sie sich bis ins letzte Detail an die Begegnung erinnern!« erwiderte Jane. »Meine Begeisterung für Musik übersteigt ein klein wenig meine Fähigkeiten.«

»Jane ...?« drängte Shelley mit einem bedeutungsvollen Blick auf ihre Uhr.

»Sie sind seltsam, nicht wahr?« sagte Shelley, als sie einen Augenblick später aus der Einfahrt bogen.

»Du kannst Gedanken lesen«, erwiderte Jane lächelnd. »Ich hatte ja keine Ahnung, daß er Albert Howard ist. Ich sehe ihn oft im Kirchenchor, habe ihn aber nie mit Fiona in Verbindung gebracht. Wie konnte sie ihn nur heiraten?«

»Leute, die ihn kennen, sagen, daß er ein sehr netter Mann ist. Sehr zuvorkommend und witzig.«

»Mag sein, aber verheiratet mit Richie Divines Witwe? Ich meine ... Richie Divine war so ...«

»Sexy?« half Shelley nach.

»Schlank, jung, blond, talentiert, toll, berühmt, reich wollte ich sagen. Aber ich schätze, sexy faßt das Ganze recht gut zusammen. War er das wirklich, Shelley, oder spielten, als wir jung waren und er noch lebte, unsere Hormone gerade verrückt?«

»Es gibt Beweise, die dagegensprechen«, erwiderte Shelley und verrenkte den Kopf, um einen Blick auf den Verkehr hinter ihnen zu werfen. Sie wechselte in einer Weise die Spur, die einen Biertransporter fast dazu brachte, auf den Seitenstreifen auszuweichen.

»Was für Beweise?«

»Nun, zum Beispiel die Tatsache, daß meine Mutter und ihre Freundinnen der Meinung waren, daß er wundervoll sei, und keine von ihnen hatte ansonsten eine ausgesprochene Neigung, junge Männer zu bewundern. Ihre häufigere Reaktion war eher, ihnen wegen Frechheiten die Ohren langzuziehen. Dann gibt es da noch diesen alten Film, in dem er mitgespielt hat – ich haben ihn vor ungefähr einem Monat im Spätprogramm im Fernsehen gesehen und erwischte mich dabei, wie mir die Zunge aus dem Mund baumelte.«

»Kannst du dir vorstellen, nach Albert Howard zu lechzen, nachdem du mit Richie Divine verheiratet warst?«

»Nein, aber scheinbar geht es Fiona so. Du klingst wie die Presse. Erinnerst du dich, was es für einen Wirbel gab, als enthüllt wurde, daß Richie Divine schon einmal verheiratet gewesen war?«

»Aber sicher! Wer könnte das vergessen? Jedes Mädchen in Amerika hatte das Gefühl, sie selbst sei von ihm sitzengelassen worden.«

»Und dann haben die Journalisten Fiona fast gekreuzigt, als sie erneut geheiratet hat. Als ob es überhaupt jemanden etwas anging.«

»Das hatte ich vergessen, aber ich kann verstehen, warum es so war. Es ist ein bißchen so, als ob ein ehemaliger Präsident sich für den Job des Bezirkshundefängers bewirbt.«

Sie schwiegen einen Moment, dann sprach Jane weiter.

»Es macht mich traurig. Wenn ich mit Richie Divine verheiratet gewesen wäre, hätte ich eine neue Heirat nie in Erwägung gezogen.«

»Witwe bleiben und auf ewig den Schrein anbeten? Ist es das, was du gegenüber deinem Mann empfindest?«

»Großer Gott, nein! Aber Steve war wohl auch kaum Richie Divine.«

»Vielleicht war Richie Divine das auch nicht.«

»Was um alles in der Welt soll das denn heißen?«

»Ich weiß nicht«, erwiderte Shelley. »Es könnte doch durchaus sein, daß es nicht unbedingt so ›göttlich‹ war, mit ihm zusammenzuleben. So jung und schon als Idol verehrt zu werden, hat ihn zu Hause vielleicht zu einem egoistischen Bastard werden lassen. Es wäre fast seltsam, wenn es nicht so war. Und es kann keinen Spaß machen, immer im Scheinwerferlicht der Öffentlichkeit zu stehen – von Leibwächtern umgeben, nicht in der Lage zu sein, mal eben zum Einkaufscenter zu laufen und Besorgungen zu erledigen oder sonst etwas zu tun, wie jeder andere normale Mensch. Erinnerst du dich an das letzte Jahr, als Paul diese Tagung mit seinen Konzessionären hatte?«

»Ja?«

»Nun, ich habe bei dieser Tagung einen kleinen Eindruck davon bekommen, was es heißt, ein bißchen berühmt zu sein. Entweder krochen die Leute vor mir, oder sie lehnten mich ab, weil ich die Frau des Chefs war. Richtig gruselig. Ich kann verstehen, daß Fiona froh ist, all dem den Rücken gekehrt zu haben.«

»Wahrscheinlich hast du recht, aber warum sich jemanden wie Albert Howard aussuchen, den Ober-Konservativen?«

»Vielleicht ist er toll im Bett?« spekulierte Shelley.

»Hmmm ...«, Jane bedauerte sofort, daß dieses Thema angeschnitten worden war. Was solche Dinge betraf, begann sich ihre Vorstellungskraft nach fast einem Jahr Witwenschaft und Zölibat wiederzubeleben – wie eine Wüstenpflanze, die plötzlich gewässert worden war.

»Vergiß die Hormone«, empfahl ihr Shelley. »Laß uns lieber überlegen, wie wir deine Hausgäste loswerden.«

Die Fahrt war zu kurz, um einen klaren Plan zu fassen. Sie diskutierten und verwarfen Mord, Brandstiftung, Bestechung, Gerüchte von einer Epidemie und offene Unhöflichkeit. Shelley ließ Jane am Bürgersteig raus und zog los, um ihre Verpflichtung in der Schule zu erfüllen.

Jane hatte gerade das Haus betreten, als der Jaguar gebracht wurde. Sie war erstaunt, wie reibungslos die Dinge für Phyllis liefen. Vielleicht war da etwas an ihrer Kreditkartennummer, das den Händlern den Wink gab, daß sie einen dicken Fisch an der Angel hatten. Der Mann, der den Wagen ablieferte, hätte wohl am liebsten einen Umhang abgeworfen und ihr angeboten, darüber hinwegzuschreiten.

Innerhalb von wenigen Minuten, nachdem der Wagen gebracht worden war, hatte sich Bobby ohne Entschuldigung, Erklärung oder einen Hinweis auf seine zu erwartende Rückkehr aus dem Staub gemacht. Phyllis gab ihm eine Handvoll Geld und schaute zu, wie er mit quietschenden Reifen davonfuhr. Ein widerlich liebevoller Ausruck verblieb noch lange, nachdem er verschwunden war, auf ihrem Gesicht. Nach Janes Meinung standen die Chancen recht gut, daß er den Jag bis zum Abend zu Schrott gefahren hatte.

Phyllis ging zurück in ihr Zimmer, um ihre restlichen Sachen auszupacken. Jane bemerkte, daß es erst ein Uhr war. Dieser Tag kam ihr bereits sehr lang vor, und er war noch nicht einmal zur Hälfte vorbei. Sie setzte sich an den Küchentisch und rauchte eine weitere Zigarette. Wie viele hatte sie heute schon geraucht? Viel zu viel. Was *sollte* sie nur mit diesen Leuten anfangen?

»Bist du hungrig?« fragte sie Phyllis, als diese aus ihrem Zimmer nach unten kam. Sie hatte sich umgezogen und trug nun Jeans, eine karierte Bluse und einen roten Pullover. Eigentlich eine ziemlich gewöhnliche Garderobe, aber die Jeans saßen so perfekt und waren in einer Weise ausgewaschen, daß sie ein Vermögen gekostet haben mußten, da war sich Jane sicher. Und der Pullover war sicherlich handgestrickt mit Wolle von nachweislich jungfräulichen, schottischen Schafen.

»Ich bin am Verhungern«, antwortete Phyllis.

Jane griff nach einer Packung Frühstücksfleisch und einem Kopf Salat, nahm Mayonnaise aus dem Kühlschrank und zog einen Laib Vollkornbrot hervor, auf dem sich bisher noch keine grünen, pelzigen Flecken gebildet hatten. Phyllis, die sicherlich an Mahlzeiten gewöhnt war, die soviel kosteten, wie Janes Wagen wert war, machte sich über das Frühstücksfleischbutterbrot her, als sei es irgendein Feinschmeckergericht. Jane dachte darüber nach, daß Phyllis zwar irritierend sein konnte, aber dennoch einen Funken dauerhafter Unschuld in sich trug, der Jane auch vor vielen Jahren zu ihr hingezogen hatte. Sie vermutete, daß Phyllis wirklich keinen Unterschied zwischen Gänseleberpastete und in Plastik abgepacktem Frühstücksfleisch bemerkte.

Jane lächelte. Wie mußte sich Chet nur all die Jahre gefühlt haben, der einer Frau die Welt auf einem Silbertablett reichte, die auch mit kratzfestem Plastik zufrieden gewesen wäre?

»Nun, ich schätze, du bist gespannt darauf, alles über Bobby zu erfahren, nicht wahr?« erkundigte sich Phyllis, als sie sich zum Essen hinsetzten.

Jane hätte am liebsten geantwortet, daß sie eher einen Termin beim Frauenarzt wahrnehmen würde, als sich noch irgend etwas über Bobby anhören zu müssen, aber die Höflichkeit obsiegte. »Ja, du mußt mir unbedingt die ganze Geschichte erzählen.«

Die ›ganze Geschichte‹ mit Bobby entpuppte sich gnädigerweise als kurz. Laut Phyllis waren sie und ein Klassenkamerad aus der High-School zusammen durchgebrannt, um zu heiraten – sie war damals fünfzehn und er anderthalb Jahre älter gewesen.

Beide Elternpaare hatten sich auf die Suche gemacht und sie drei Tage später wieder nach Philadelphia zurückgeschleift. Der Annulierungsmechanismus wurde in Gang gesetzt, und ehe sie sich versahen, war es so, als hätte die Heirat nie stattgefunden.

Blieb die Tatsache, daß Phyllis schwanger war.

Ihre Eltern arrangierten, daß sie nach Chicago ging, um bei einer Tante zu wohnen, bis das Baby geboren war und zur Adoption freigegeben werden konnte. Nachdem sie das ordnungsgemäß hinter sich gebracht hatte, war Phyllis in Chicago geblieben, um einen Sekretärinnenkurs zu besuchen – nicht zuletzt auch deshalb, weil sie sich mit ihrer Tante viel besser verstand als mit den eigenen Eltern. Während sie als Sekretärin arbeitete, lernte sie Chet Wagner kennen, heiratete ihn und lebte von nun an glücklich und zufrieden.

»Was war mit dem Jungen? Den du geheiratet hast? Wußte er etwas von dem Baby?«

»Um Himmels willen, nein!« erwiderte Phyllis. »Anfangs wollte ich es ihm sagen. Ich habe mich wirklich darüber gefreut. Dann dachte ich noch einmal darüber nach. Meine Eltern brachten mich dazu, noch einmal darüber nachzudenken. Ich mag zwar kein Genie sein, aber ich war klug genug, zu erkennen, wie erleichtert er war, als die Ehe annulliert wurde. Ich konnte ihm das nicht verdenken. Es war nicht so, daß wir bis über beide Ohren ineinander verliebt gewesen wären oder so was. Tatsächlich hatten wir erst zwei oder drei Verabredungen hinter uns, als wir zusammen durchbrannten. Ich glaube, wir haben es nur getan, weil wir zu Hause nicht glücklich waren, und das schien ein Ausweg zu sein.«

Jane hatte das Gefühl, daß das nicht so ganz stimmte. Der Teil über die Erleichterung des Jungen mochte wahr sein, aber Phyllis klang so, als ob es sie doch sehr mitgenommen hatte, als sie herausfand, daß er froh war, von ihr loszukommen. War ihr diese Version der Geschichte – nicht wirklich verliebt, wollten nur rauskommen – damals eingefallen, oder war sie das Produkt langer Jahre des Nachdenkens und der Reflexion? Jane war erstaunt, daß Phyllis tatsächlich solch einen Aufruhr von Gefühlen durchlebt hatte. »Hast du denn nicht bedauert, daß es nicht geklappt hat?« fragte sie.

»Nein, wenn wir verheiratet geblieben wären, hätte ich nie Chet kennengelernt. Ich mochte ihn – den Jungen, mit dem ich durchgebrannt war –, vielleicht habe ich ihn sogar geliebt, aber wir waren zu verschieden. Er war so klug, weißt du. Auch ehrgeizig und all das. Er wäre mich bald leid geworden. Chet ist auch klug und ehrgeizig, aber auf eine ganz andere Art. Ich weiß nicht genau, wie ich es erklären soll.«

Ohne es zu wollen, war Jane fasziniert. Sie wünschte, Phyllis wäre ausführlicher. »Hast du den Jungen, den du geheiratet hast, jemals wiedergesehen?«

Phyllis schwieg, als versuchte sie sich zu erinnern. Einen Moment später sagte sie: »Wir haben uns nie wieder getroffen. Ich bin nur ein- oder zweimal zu Hause zu Besuch gewesen, und er zog auch sofort weg, nachdem er mit der High-School fertig geworden war.«

Jane wurde plötzlich mit erschreckender Deutlichkeit bewußt, worüber sie hier eigentlich sprachen. Die Phyllis, die sich weggeschlichen und geheiratet hatte, war ungefähr in dem gleichen Alter wie Janes Tochter Katie, und der Junge war so alt wie ihr Sohn Mike. Katie und Mike waren *Babys!* Ja, Jane hätte wahrscheinlich das gleiche getan wie Phyllis' Eltern, hätte sie auseinandergebracht, das Baby zur Adoption freigegeben, um den Kindern noch einmal eine neue Chance für ihr Leben zu geben.

Um ein unfreiwilliges Zittern zu überspielen, stand Jane auf, holte einen Beutel Kartoffelchips und einen Plastikbehälter mit Dip. »Und wie war das nun mit Bobby?« fragte sie, als sie wieder Platz genommen hatte. »Wie hast du ihn gefunden – und warum?«

»Tja, ich hatte keiner Seele davon erzählt, daß ich ein Baby bekommen hatte. Nicht einmal Chet. Es war das einzige Geheimnis, das ich vor ihm hatte, und es hat mich immer belastet. Ungefähr vor einem Jahr war dann

Chet mit seinem Boot draußen auf dem Ozean, und es gab einen schrecklichen Sturm. Während ich auf eine Nachricht von ihm wartete, wurde mir klar, daß, wenn Chet starb, dieses Geheimnis für immer auf meinem Gewissen lasten würde. Und als er dann sicher und gesund zurückgekehrt war, erzählte ich ihm von Bobby. Das heißt, von dem Baby. Ich wußte ja nicht, daß sein Name Bobby war.«

»Wie hat Chet es aufgenommen?«

»Oh Jane, ich hatte solche Angst, daß er mich verabscheuen würde, aber er war wundervoll. Er wußte, wie leid es mir tat, daß wir keine Kinder zusammen hatten. Er sagte, daß er seine Söhne habe, ich also zumindest mein Kind kennenlernen sollte. Er hat irgend jemanden, der für ihn arbeitet, beauftragt, Bobby ausfindig zu machen ...«

Irgend jemand, der für ihn arbeitet, dachte Jane. So erledigten die reichen Leute ihre Angelegenheiten. Der wunderbare, rücksichtsvolle Chet, der Phyllis mal wieder ein weiteres, neues Stofftier gekauft hatte. Aber dieses hier war in der Lage, zu beißen und ihr Leben in Unordnung zu bringen.

»Bobbys Adoptivmutter war gestorben, und sein Vater hatte eine Frau geheiratet, die mit dem armen Bobby überhaupt nicht auskam, und daher waren sie froh, ihn für einen Besuch auf die Insel fliegen lassen zu können. Und wir kamen alle so gut miteinander zurecht, daß er bei mir blieb.«

Ich kann mir vorstellen, daß er das gerne getan hat, dachte Jane. Nachdem er erst eine Stiefmutter um den Verstand gebracht hatte, war er plötzlich in unglaublichen Reichtum geworfen worden und an eine nagelneue Mutter geraten, die ihn anbetete. Welcher junge Mann wäre da nicht geblieben? Bobby mochte ein Kotzbrocken sein, aber selbst ein Kotzbrocken wußte, wann eine Sache lohnenswert war.

»Jane, ich kann dir gar nicht sagen, was es in den letzten Monaten für ein Trost gewesen ist, Bobby zu haben. Hätte ich mich nicht auf ihn stützen können, wäre ich wahrscheinlich vor die Hunde gegangen. Du mußt wissen, daß sich Chet sehr seltsam benommen hat. Nicht was Bobby sagt oder tut, ist so tröstlich für mich, sondern allein die Tatsache, daß ich ihn habe. Jemand, der zu mir gehört. Chets Jungen sind sehr nett, aber sie waren schon halb erwachsen, bevor ich sie kennenlernte, und sie benehmen sich so ... so geschäftsmäßig. Überhaupt nicht so wie Bobby.«

Oh, und ob Bobby sich geschäftsmäßig verhält, dachte Jane bitter. Er war über eine entzückende Investition gestolpert, und er wußte es. Nur schade, daß er nicht klug genug war, sie mit dem Respekt zu behandeln, den sie verdiente. »Was hält Chet von Bobby?« erkundigte sie sich.

»Er liebt ihn!« erwiderte Phyllis mit einem fast schrillen Ton der Überzeugung. »Er versteht ihn nicht ganz, aber er liebt ihn.«

»Inwieweit versteht er ihn nicht?« Jane konnte das Gefühl nicht loswerden, daß sie in dieser Richtung nicht weiter bohren sollte, aber sie wollte annähernd die Bestätigung haben, daß Chet sich nicht genauso närrisch verhielt wie Phyllis.

»Oh, es sind nur Kleinigkeiten. Chet ist ein sehr liebevoller und offener Mensch, und er ist lediglich ein wenig enttäuscht, daß Bobby so ... so reserviert ist.«

Enttäuscht darüber, daß Bobby ein verdrießlicher Lümmel ist, der dich wie Dreck behandelt, dachte Jane. Tja, ein Plus für den alten Chet. »Was ist mit Chets Söhnen? Was halten sie von Bobby?«

»Everett lebt in London und erledigt den ganzen europäischen Teil des Geschäfts. Er hat Bobby nie kennengelernt, aber John … Oh Jane, du mußt John und Joannie doch kennen, nicht wahr?«

»Ich glaube nicht, aber Shelley kennt sie.«

»Das ist gut. Ich habe dich John gegenüber erwähnt, und er sagte, daß er dich kennen würde. Irgend etwas mit einem Ballspiel. Basketball? Volleyball?«

»Oh, *der* John Wagner!« Jane erinnerte sich plötzlich an ihn. Junge, und ob sie sich an ihn erinnerte! Sie und Steve hatten im Herbst vor Steves Tod für eine gnädigerweise kurze Zeit zu einem Nachbarschaftsvolleyball-Team gehört. John Wagner, der Manschaftskapitän, war ein gutaussehender, athletischer Mann Mitte Vierzig, der Volleyball spielte, als ob die Zukunft der menschlichen Rasse vom Ausgang jedes einzelnen Spiels abhinge. Er war eine ehrgeizige Persönlichkeit, die Amok lief. Einige Leute hatten ihr versichert, daß er ein ziemlich netter Kerl sei, wenn man nicht gerade zuließ, ihn in Wettbewerbe irgendwelcher Art zu verwickeln, aber Jane hatte dem keinen Glauben geschenkt.

Jane hatte sich auf das erste Spiel gefreut, hatte sich hübsches, neues Sportzeug und neue Turnschuhe gekauft. Ihre Spielstrategie hatte so ausgesehen, daß sie herumstehen und überwältigend aussehen würde, während andere Leute so aufmunternde Dinge riefen, wie: »Kopf hoch« und »Ich hab' ihn«. Aber John Wagner hatte ihr innerhalb der ersten fünf Minuten einen Strich durch die Rechnung gemacht. Seine Bemerkungen ihr gegenüber hatten unter anderem gelautet: »Wenn ich gewußt hätte, daß Sie noch nicht einmal ein offenes Scheunentor treffen könnten, dann hätte ich diesen Ball angenommen« und »Sie haben wohl noch nie etwas von ›festnageln‹ gehört, oder?« und »Wenn Sie mit dem Jammern aufhören würden, dann täte es nicht mehr so weh«.

Sie war nie wieder hingegangen, und Steve hatte es auch nur drei Wochen lang ausgehalten, ehe er wutschnaubend nach Hause zurückgekehrt war, etwas über Leute murmelnd, die ihre Nachbarn tyrannisieren.

Sich John Wagner und Bobby Bryant durch Familienbande vereint vorzustellen, war fast unmöglich. »Ja, es war Volleyball«, sagte sie zu Phyllis und konnte sich gerade noch bremsen, sich frohlockend die Hände zu reiben. Statt dessen fragte sie: »Was sagt John denn zu Bobby?«

Phyllis sah verstört aus. »Es ist seltsam, Jane. Sie kommen überhaupt nicht miteinander aus. Die beiden Male, als sie sich getroffen haben, war John sehr unhöflich zu Bobby. Ich nehme an, es ist Eifersucht. Alle Männer sind einfach nur große Jungen, nicht wahr?«

»Eifersucht? Auf was?«

»Chets Zuneigung, natürlich.«

Oder Chets Geld, dachte Jane. Als Sohn von Phyllis könnte er einen finanziellen Anspruch an sie und daher auch an Chet haben. John Wagner war kein vorbildhafter Mensch, und es war nicht abwegig, anzunehmen, daß er Bobby noch weniger mochte, als es die meisten Leute taten.

Ob der Junge wohl, abgesehen von Phyllis, überhaupt einen Freund auf dieser Welt hatte?

Früher oder später würde sie sich sowieso die Eheprobleme von Phyllis anhören müssen, also beschloß Jane, es gleich hinter sich zu bringen. Sie fragte:

»Warum ist Chet nicht mit dir nach Chicago gekommen?«

Phyllis antwortete eine ganze Zeit lang nicht und sagte dann: »Ich ..., ich weiß es wirklich nicht. Ich dachte, es würde ganz wunderbar werden, hier ein altmodisches Weihnachtsfest zu feiern – ein nettes Abendessen mit John und Joannie und Bobbys ganzer Adoptivfamilie. Aber Chet hat keinen Gefallen an der Idee gefunden. Ich habe es immer wieder vorgeschlagen, und das hat ihn, glaube ich, gestört, denn schließlich sagte er ...«

Sie schwieg plötzlich, als drohe sie an den nächsten Worten zu ersticken. Mit einem komischen Schluckauf stand sie hastig auf und rannte ins Gästebadezimmer. Bevor sich Jane überlegen konnte, was sie unternehmen sollte, kam Phyllis zurück und betupfte ihre Augen mit einem Stück zusammengefaltetes Toilettenpapier. »Es tut mir leid, daß ich mich so blöd benehme, Jane. Ich möchte dir die Wahrheit sagen, und die Sache hinter mich bringen, aber es fällt mir so schwer, es auszusprechen. Schau, Chet sagte schließlich, ich solle Bobby mitnehmen und nach Chicago gehen – für immer, wenn ich wolle.«

Sie begann, ins Toilettenpapier zu schluchzen. »Das wollte ich natürlich nicht. Nicht in einer Million Jahren. Aber er war nicht davon abzubringen, und dann, eines Tages, als ich schreckliche Kopfschmerzen hatte – nicht, daß das etwa eine gute Entschuldigung wäre –, schnappte ich zurück und sagte, daß ich froh wäre, von ihm wegzukommen. Ich meinte es nicht so, Jane. Du weißt, daß ich es nicht so meinte. Aber am nächsten Morgen war Chet verschwunden. Er war zu einer Geschäftsreise aufgebrochen, ohne mir die Gelegenheit zu geben, mich bei ihm zu entschuldigen. Auf dem Nachttisch lagen zwei Flugtickets – Hinflüge – und ein Scheckbuch. Jane, ich hätte sie einfach zerreißen sollen, aber statt dessen wurde ich wütend. Und anschließend..., ich weiß nicht. Es wurde einfach immer schlimmer. Bobby versuchte sogar, Chet zu finden, um mit ihm zu reden, um ihm zu erklären, daß wir nicht weggehen wollten ...«

»Ich glaube gern, daß er das getan hat«, sagte Jane und dachte, was für ein Schock es für den habsüchtigen Bobby gewesen sein mußte, als er dahinterkam, daß er aus einem Leben herausgerissen werden sollte, das er gerade erst zu genießen begonnen hatte. »Das heißt, ich wollte sagen ...«

Aber Phyllis hatte die Bemerkung für bare Münze genommen und fuhr, immer noch schluchzend, mit ihrer Geschichte fort.

»Ich habe im Fernsehen Sendungen gesehen über Männer, die unter einer Midlife-crisis leiden. Die männlichen Wechseljahre nennen sie es wohl, was meiner Ansicht nach ein eigenartiger Ausdruck ist. Dennoch glaube ich, das ist es, worunter Chet im Moment leidet. Ich weiß, daß er nicht wirklich wollte, daß ich gehe, aber ich habe es getan, damit er die Zeit und die Freiheit hat, über uns nachzudenken. Er benimmt sich einfach unvernünftig. Ich bete, daß er bald wieder klar denken kann. Wir hatten die vollkommenste Ehe der Welt, und es hat sich nichts geändert, aber Chet hat sich völlig grundlos in einen anderen Menschen verwandelt.«

»Phyllis, es *hat* doch eine Änderung gegeben. Bobby.«

»Aber das ist eine positive Veränderung!« beharrte Phyllis.

»Chet ist verrückt nach Bobby. Er hat angeboten, ihn auf ein College zu schicken oder auf eine lange Reise in die Schweiz, zum Skilaufen ...«

… oder sonstwohin, nur um ihn von der Bildfläche verschwinden zu lassen, dachte Jane. Eigentlich konnte selbst Phyllis nicht umhin, zu bemerken, wie es wirklich war. Und doch war es erstaunlich, was Menschen alles übersehen konnten, wenn sie sich einmal dazu entschlossen hatten, wurde Jane mit einem flauen Gefühl in der Magengegend bewußt. Ihr selbst war es gelungen, vollkommen blind gegenüber der Affäre ihres Mannes zu sein, die er direkt vor ihrer Nase gehabt hatte. Als Steve verkündete, daß er sie verlassen würde, war es ein gräßlicher Schock für sie gewesen. Sie hatte nie einen Verdacht gehegt, und selbst wenn sich jemand die Mühe gemacht hätte, sie vorzuwarnen, hätte sie sich wahrscheinlich geweigert, der Sache Glauben zu schenken. Genauso, wie sich Phyllis alle Mühe gab, die Probleme nicht zu durchschauen.

Sollte sie versuchen, Phyllis die Augen zu öffnen? Es gab so wenige gute Ehen auf der Welt, und es war eine schreckliche Schande, mit ansehen zu müssen, wie eine von ihnen auf einem so unwürdigen Altar namens Bobby Bryant geopfert wurde.

»Phyllis, laß mich dir eine Frage stellen: Was wäre, wenn du dich zwischen Bobby und Chet entscheiden müßtest?«

»Jane! Wie kommst du nur auf so etwas Schreckliches? Warum sollte ich wählen müssen?«

»Ich habe keine Ahnung, aber nimm einmal an, du müßtest es.«

»Aber natürlich würde ich bei Bobby bleiben. Ich liebe Chet zwar sehr, aber Bobby braucht mich. Ein Mann kann viele Frauen haben, aber ein Junge besitzt nur eine Mutter. Du weißt das. Du würdest deine Kinder auch für niemanden aufgeben.«

»Aber meine Kinder sind jung. Bobby ist erwachsen, und er ist all die Jahre ohne dich ausgekommen«, antwortete Jane, der klar wurde, daß sie genausogut versuchen konnte, mit einer Geranie zu diskutieren.

»Er ist doch mein Baby. Mein einziges Baby ...«, erwiderte Phyllis und stürzte erneut ins Badezimmer.

Ich kann ihr nicht helfen, dachte Jane, und der Gedanke machte sie so traurig, daß ihr Tränen in die Augen stiegen.

Das Telefon klingelte und bereitete der Unterhaltung ein Ende. Jane nahm erleichtert den Hörer ab. Selbst wenn ihr jemand in Bronze gegossene Babyschuhe verkaufen wollte, wäre dies eine willkommene Unterbrechung gewesen. Aber es war kein Vertreter, sondern Fiona Howard.

»Jane, es tut mir leid, wenn ich Sie störe, aber ich habe ein kleines Problem. Mir war nicht bewußt, daß Albert für heute Nachmittag den Kammerjäger bestellt hat, und ich mache mir Sorgen um die Lebensmittel, die möglicherweise in einigen dieser Basarkartons sein könnten. Ich weiß von den Ingwerbrotmännern und den Bonbons, aber seitdem Sie heute morgen hier waren, haben eine Reihe von Leuten Sachen abgegeben, und einige der Kartons scheinen die unterschiedlichsten Dinge zu enthalten. Ich habe Angst, daß irgendwo etwas drin sein könnte, das wir möglicherweise vergiften. Ich weiß, daß Shelley nicht da ist, um zu helfen, aber ich möchte alle Nahrungsmittel sicher aus dem Haus haben, bevor die Leute hier anfangen ...«

»Ich werde vorbeikommen und nachsehen, was wo drin ist«, bot Jane an. Phyllis war aus dem Badezimmer zurück und schien sich wieder in der Gewalt zu haben. Sie machte den Küchentisch sauber.

»Ich frage Sie wirklich nur ungern, da Sie ja gerade Besuch haben«, sagte Fiona. »Ich habe zuerst bei Shelley angerufen, um nachzuhören, ob sie vielleicht schon zurück sei, aber bei ihr nahm niemand ab. Bringen Sie doch Ihre Freundin mit, und ich mache uns allen eine schöne Tasse Tee. Nein, ich fürchte, ich kann nicht einmal das tun, wenn die Ungezieferleute hier sind.«

»Wir kommen gerne, Tee oder kein Tee. Wir könnten ja alle auf eine Cola zu McDonald's gehen.«

Sie legte auf und schilderte Phyllis die Situation. »Ich muß zum Haus einer Nachbarin und mich um die Sachen für den Kirchenbasar kümmern. Du mußt nicht mitkommen, wenn du dich lieber ausruhen möchtest, aber du bist herzlich willkommen. Wir können uns später über alles weiter unterhalten«, fügte sie hinzu, in dem Bewußtsein, daß es nur noch sehr wenig gab, was sie zu der Angelegenheit sagen konnte.

»Jane, wir müssen nicht mehr über mich reden. Ich hatte einfach das Gefühl, daß ich dir eine Erklärung schulde. Ich bin sicher, daß du bereits genug andere Probleme hast und dir nicht noch meine aufhalsen mußt. Ich würde gerne helfen, wenn ich kann«, sagte sie. Aus der Art und Weise, wie sich ihr Gesicht aufhellte, war offensichtlich, daß sie es aufrichtig meinte. Als sie ein letztes Mal über ihre Augen wischte, sagte sie: »Chet ist so süß und großzügig, und ich möchte nicht undankbar klingen, aber wenn es etwas gibt, was ich all die Jahre vermißt habe, dann sind es solche Sachen – Kirchenbasare, andere Frauen, die Handarbeiten und so etwas mögen. Natürlich kamen immer eine Menge echter Künstler auf die Insel, aber sie interessierten sich nicht für Dinge wie Weihnachtsschmuck, Stricken und Osterdekorationen.«

Jane hatte eine plötzliche Vision von Phyllis, wie sie um einen Picasso der neunziger Jahre herumschwirrte und sich bemühte, ihn für Styroporkränze zu interessieren.

»Ich habe über diese wundervolle Methode gelesen, wie man es anstellt, Ostereier wie gebatikt aussehen zu lassen. Ich kann kaum erwarten, das auszuprobieren«, fuhr Phyllis fort.

»Ich glaube, Fiona macht das. Du kannst sie danach fragen.«

»Diese Fiona ist nicht zufällig Fiona Howard, oder?«

»Doch. Genau. Kennst du sie?«

»Nein, aber wir kennen ein paar Leute, die sie kennen, und sie erwähnten einmal, daß sie in demselben Vorort wie du lebt. Du kannst nicht so viele Nachbarinnen haben, die Fiona heißen. Es ist so ein hübscher Name.«

»Dann wirst du auch wissen, wer sie ist ...«

»Richie Divines Witwe. Ja. Die gemeine Art und Weise, wie sie von den Zeitungen und Magazinen behandelt wurde, als sie erneut geheiratet hat, war schrecklich. Ich würde sie gerne kennenlernen, und ich möchte dir wirklich bei deinem Basar helfen.« Während sie sprach, stellte sie das übriggebliebene Essen in den Kühlschrank.

Jane fühlte plötzlich wieder diese große Welle der Schuld, weil es ihr nicht gelang, sie mehr zu mögen. Phyllis mochte wohl dumm sein, aber sie war auch sehr gutmütig und bodenständig. Es mußte etwas angeborenes Gutes in einer Frau stecken, die wahrscheinlich in fünfzehn Jahren nicht einmal mehr einen dreckigen Teller weggetragen hatte, die aber direkt einsprang und zum Beispiel, ohne eine Sekunde zu zögern, den Tisch abräumte. Es gab gute Gründe, warum Chet Wagner so lange zu ihr gehalten hatte. Wenn Phyllis doch nur den einen herausragenden Grund erkennen könnte, warum er es satt hatte.

Jane schwieg den ganzen Weg bis zu Fionas Haus und unterzog sich einer gedanklichen Züchtigung. War der Grund dafür, daß sie Phyllis so irritierend fand, nicht teilweise in simpler Eifersucht zu finden? In Gedanken hatte sie John Wagner beschuldigt, wegen des Geldes eifersüchtig zu sein, aber vielleicht war sie das ja auch. Schließlich war Phyllis eine außerordentlich reiche Frau. Jane, die selbst nicht gerade arm war, mußte dennoch auf jeden Pfennig achten. Steves Lebensversicherung und sein Anteil an den Apotheken, die sich im Besitz seiner Familie befanden, ermöglichten ihr, sich auf komfortable Weise die Notwendigkeiten des Lebens und ein paar ausgesuchte, weniger teure Luxusartikel leisten zu können. Aber während Phyllis, ohne nach dem Preis zu fragen, einen Jaguar für Bobby mietete, damit er durch die Gegend kutschieren konnte, fuhr Jane einen vier Jahre alten Kombi, den sie bis ans Lebensende – das des Wagens oder ihres eigenen – fahren würde.

War es Phyllis' Geld, das Jane so ins Auge stach? Jane glaubte es nicht. Es gab viele Leute, die mehr Geld als sie selbst besaßen. In der Tat hatte sogar fast jeder, den sie kannte, entweder mehr zur Verfügung oder lebte so, als ob er es hätte. Und bisher war ihr nie besonders aufgefallen, daß sie jemanden deshalb abgelehnt hätte. Fiona Howard war beispielsweise sicherlich auch so reich wie Phyllis. Sie mußte die Erbin ihres Mannes gewesen sein, und Richie Divines Platten liefen immer noch im Radio. Im letzten Sommer hatte Jane noch eine Kassette mit seinen alten Stücken gekauft. Sie hatten keine Kinder gehabt, also mußten die gesamten Tantiemen an Fiona gehen. Und doch hatte Jane Fiona gegenüber nie Eifersucht verspürt, nur ein wenig Neugierde, wie sie wohl lebte.

Auch die Nowacks waren stinkreich, aber sie war noch nie eifersüchtig auf Shelley gewesen. Shelleys Mann war der Gründer und Besitzer einer griechischen Fast-food-Kette, die im ganzen Land beinahe ebenso verbreitet war wie die Hamburger- oder Pizzarestaurants.

Aber Shelley kaufte ihre Turnschuhe immer noch bei *K Mart*, sammelte Lebensmittelcoupons und beschwerte sich andauernd über Telefonrechnungen. Wenn Shelley ein Auto ausgeliehen hätte, wie es Phyllis vor kurzer Zeit getan hatte, dann wäre sie über den ganzen Platz marschiert, um den Preis jedes einzelnen Wagens herauszufinden, und hätte einen Preisnachlaß gefordert, wenn die Reifen schon mehr als fünfzehnhundert Kilometer auf dem Buckel gehabt hätten.

Nein, es ging nicht um die Frage, ob jemand Geld hatte oder nicht. Es war ein grundlegender Unterschied in bezug auf die Mentalität oder Einstellung oder sonst etwas, das Jane bei Phyllis gegen den Strich ging. Blödsinnig, das analysieren zu wollen, sagte sich Jane, während sie den Kombi in die Einfahrt der Howards steuerte. Phyllis und ihr gräßlicher Sohn würden schon bald wieder aus ihrem Leben verschwunden sein, und sie müßte sich dann keine Gedanken mehr über sie machen. In ein oder zwei Tagen würde sie Phyllis auf sehr nette Weise zu verstehen geben, daß sie in ein Hotel umziehen müßten. Und wenn ihr kein netter Weg einfallen würde – nun ja, darüber konnte sie sich auch später noch den Kopf zerbrechen.

Fiona trat zu ihnen in die Einfahrt hinaus. »Jane, ich habe versucht, Sie noch zu erreichen, aber Sie waren schon weg. Es tut mir leid, daß ich Ihnen diese Umstände bereite. Gleich nach unserem Gespräch rief der Kammerjäger an und informierte mich, daß der Firmenwagen kaputtgegangen sei und sie vor morgen früh nicht hier sein können. Ich habe Sie also umsonst hierherausgelockt.«

»Das macht nichts. Es muß ja trotzdem bis morgen erledigt sein, und wir können es genausogut auch jetzt machen. Fiona, dies ist meine Freundin, Phyllis Wagner, die bei mir zu Besuch ist – für ein paar Tage«, fügte sie hinzu. »Phyllis, Fiona Howard.«

Die beiden Frauen begrüßten sich und warfen sich kaum merkliche, abschätzende Blicke zu. Nachdem sie Frisur, Kleidung, Umgangsformen taxiert und sich gegenseitig als ebenbürtig erkannt hatten, wurde die Wärme einer zögerlichen Akzeptanz zwischen ihnen spürbar. »Fiona, Sie und Phyllis haben gemeinsame Freunde.«

»Oh? Wen denn?«

Phyllis sah verwirrt aus. »Ich bin nicht ganz sicher. Das heißt, ich habe Jane erzählt, daß ich weiß, daß Sie hier leben, weil es jemand mir gegenüber erwähnt hat, und ich damals wegen Jane den Namen des Vororts erkannte. Aber ich kann mich nicht mehr daran erinnern, wer es gewesen ist.«

»Wie schade. Wo kommen Sie denn her?«

»Ursprünglich aus Philadelphia, dann Chicago. Aber in den letzten dreizehn Jahren habe ich mit meinem Mann auf einer kleinen Insel in der Karibik gelebt.«

Bei ihr klang es so, als besäße sie eine Wellblechbaracke an einem Strand, der jemand anders gehörte.

»Phyllis und ihr Mann sind die Besitzer der Insel und des Hotels dort«, konnte sich Jane nicht verkneifen zu sagen.

Jedem anderen wären wohl die Augen aus dem Kopf gefallen, aber Fiona blieb ungerührt. »Es ist bestimmt sehr schön dort«, erwiderte sie mit freundlicher Reserviertheit.

»Die Karibik hat mir schon immer gefallen, aber ich kann mich nicht lange dort aufhalten, weil ich so eine empfindliche Haut habe. Albert und ich waren einmal auf Jamaika, und ich bekam einen fürchterlichen Sonnenbrand – obwohl ich soviel Sonnenlotion benutzt hatte, daß ich auf keinem Stuhl sitzen konnte, ohne hinunterzurutschen. Vermissen Sie nicht den Wechsel der Jahreszeiten?«

Dies war natürlich eines von Phyllis' Lieblingsthemen, und die Ausführungen begleiteten sie ins Haus und bis ins Gästezimmer im Erdgeschoß, wo die Kartons für den Kirchenbasar aufbewahrt wurden. Jane studierte einen Moment lang den Berg Kisten und fragte sich, wo sie anfangen sollte.

Sie waren überall gestapelt, und es gab nur einen schmalen Gang in der Mitte. Fiona hatte zwar erwähnt, daß noch einige Leute nach ihnen gekommen waren, aber es sah eher so aus, als hätte eine Armee ein kleines, vom Tourismus lebendes Land geplündert und die ganze Kriegsbeute hier zurückgelassen.

Während Jane dastand und verdutzt um sich schaute, hörte sie, wie Phyllis sagte: »... und es wird so schön sein, wieder ständig hier zu leben.«

»Ständig hier leben?« erkundigte sich Jane hastig, die

durch diese Worte, die ihr einen kalten Schauer verursachten, aus ihrem stumpfsinnigen Nachdenken gerissen wurde.

»Ja, ich erzählte Fiona gerade von meinen Plänen, wieder hierher zurückzuziehen. Wir hatten noch keine Zeit, uns darüber zu unterhalten, Jane. Chet sagte, ich solle mich nach einem netten Haus für Bobby und mich umsehen, wenn ich wollte.«

»Du wirst in Chicago leben?« Jane gab sich Mühe, heiter und gutgelaunt zu klingen, aber es fühlte sich an, als hätte sie Seife im Mund. Bobby Bryant andauernd um sich zu haben wäre ebenso amüsant, wie mit einem Auto in einem Bohnenfeld zu landen. Sie mußte das Verlangen unterdrücken, zum nächsten Telefon zu laufen, Shelley anzurufen und zu schreien: »Hilf mir! Hilf mir!«

»Hätten Sie vielleicht Interesse an unserem Nachbarhaus?« erkundigte sich Fiona, eher bemüht, Konversation zu machen, als tatsächlich zu vermitteln.

»Ich habe Jane erst heute morgen davon erzählt.« Sie fuhr im Plauderton fort, die Sache mit der alten Dame zu erklären, und sprach über das Altersheim und die Bemühungen des Sohnes, durch einen Verkauf vor Jahresende noch einen Steuervorteil herauszuschlagen.

»Das wäre vielleicht nicht schlecht«, sagte Phyllis. »Zumindest würde es mir Zeit geben, mich nach etwas anderem umzusehen, ohne Jane zur Last zu fallen. Und wir würden nah beieinander sein. Wäre das nicht lustig, Jane? Ganz wie in alten Zeiten.«

Bitte, tu mir das nicht an, lieber Gott. Ich bin ein guter Mensch, und ich habe das nicht verdient, dachte Jane.

Jane hielt einen Kienapfelkranz in die Höhe und tat so, als hätte sie die Frage nicht gehört.

»Ich möchte wissen, wer das hier gemacht hat. Es sieht wirklich hübsch aus, nicht wahr? Kleine Pfefferminzstäbchen stecken darin, aber die sind ja wohl nicht zum Essen gedacht …«

»Wollen Sie wirklich einen Blick auf das Haus werfen?« erkundigte sich Fiona. »Der Mann hat uns einen Schlüssel dagelassen, falls ich es irgend jemandem zeigen möchte.«

»Das wäre großartig, aber wir sollten wirklich Jane helfen …«

»Albert kann Sie ja begleiten, während ich …«

»Hörte ich da gerade, wie mein Name leichtfertig gebraucht wurde?« Albert war genau in dem Augenblick den Flur entlanggekommen, als Fiona von ihm sprach.

»Oh, Albert – Jane Jeffry kennst du ja, sie war heute morgen schon einmal hier. Und das ist ihre Freundin Phyllis Wagner«, sagte Fiona.

Er schaute zu Phyllis, dann zu Jane, schließlich in das

Zimmer voller Kartons, und es verschlug ihm die Sprache.

»Es ist nicht so chaotisch, wie es aussieht«, versicherte ihm Jane. Der arme Mann war angesichts dessen, was in seinem Haus geschehen war, tatsächlich blaß geworden. »Ich weiß ziemlich genau, was dieses ganze Zeug ist, und es wird in ungefähr einer Woche, wenn der Verkauf vorüber ist, wieder aus Ihrem Haus verschwunden sein.«

Fiona erläuterte Albert, der immer noch betroffen aussah, was sie von ihm wollte, aber er hatte scheinbar nicht die Absicht, als Makler für irgend jemanden zu fungieren. »Ich rechne jeden Moment mit dem Buchhalter. Er bringt einige Formulare vorbei, die bis Mitternacht eingereicht sein müssen.«

»Wenn er auftauchen sollte, werde ich ihn solange unterhalten«, versicherte ihm seine Frau. »Es wird nur eine Minute dauern.«

»Aber Fiona ...«

Jane, die sich der zunehmenden Spannung im Raum bewußt wurde, blickte auf. Albert war kurz davor, zu platzen. Phyllis betrachtete ihn mit unverhohlener Faszination, als gehöre er zu irgendeiner Museumsausstellung. *Die Pfeife, die Richie Divines Witwe geheiratet hat.* Jane wurde urplötzlich klar, warum sich Phyllis nicht mehr an die gemeinsamen Freunde erinnern konnte. Diese Personen existierten gar nicht. Phyllis studierte wohl einfach die Fanzeitschriften und war auf Fiona und ihren Mann neugierig gewesen.

Zu schade, daß Albert von der körperlichen Seite her solch ein Verlierer war: der kleine Schmerbauch, das sich lichtende, matte Haar, der Schnäuzer, der die Aufmerksamkeit auf das fast völlig fehlende Kinn lenkte.

Jeder, der ihn betrachtete, mußte den Vergleich zwischen Fionas gegenwärtigem und früheren Mann ziehen und sich fragen, was sie um alles in der Welt an diesem hier fand. Es war wohl nicht so einfach, Albert Howard zu sein.

»Wenn Sie mich nur hineinlassen würden, dann könnte ich mich ein wenig umsehen und den Schlüssel wieder mit zurückbringen«, schlug Phyllis vor.

»Eine gute Idee«, stimmte Fiona zu.

»Oh, meinetwegen, dann bring' ich Sie eben hinüber«, knurrte Albert. Sein Verhalten war beinahe feindselig. »Kommen Sie mit, Mrs. … eh …«

»Wagner, aber nennen Sie mich doch bitte Phyllis«, erwiderte sie und folgte dem Mann, der den Raum ziemlich stürmisch verließ.

»Es tut mir leid, daß mein Sohn nicht hier ist. Ich glaube, er freut sich darauf, nach Chicago zurückzukehren. Er ist hier aufgewachsen, und Sie müssen wissen, daß …«

Ihre Stimme wurde leiser, als sich eine Tür schloß. Großer Gott, dachte Jane, sie erzählt ihm tatsächlich die ganze Geschichte. Die Bedeutung des Wortes Diskretion war dieser Frau wirklich unbekannt.

Fiona begann, zusammen mit Jane Kartons zu sortieren, aber sie machte einen zerstreuten Eindruck. »Albert scheint ein wenig schlecht gelaunt zu sein«, sagte sie schließlich. »Es muß etwas mit dem Buchhalter zu tun haben. Und ich glaube, ihm tut auch jeder leid, der Tür an Tür mit Mr. Finch leben muß, aber irgend jemand muß es ja tun. Die Gemeinde kann ja nicht einfach den ganzen Wohnblock abreißen lassen. Ich bin der Ansicht, daß er nicht halb so schlimm ist, wie die Leute sagen, was meinen Sie? Zumindest besteht die Möglichkeit, daß er nicht so ist. In dem Dorf, wo ich aufgewachsen bin, gab es eine alte Frau, von der alle behaupteten, daß sie eine Hexe sei, aber wenn man sie näher kennenlernte, stellte man fest, daß sie in Wahrheit ein liebenswürdiges, altes Ding war. Sie hatte einfach ein einschüchterndes Aussehen. Jane, was ist denn das für ein Zeug hier?«

»Oh, das! Es war eigentlich ein wunderschöner Engel mit Engelhaar, den Suzie Williams gemacht hat, aber er hat sich sozusagen in einen Knäuel mit Kopf verwandelt. Max und Miau haben ihn erwischt, bevor ich den Karton herüberbrachte. Ich werde einfach so tun, als hätte ich ihn gekauft, bevor der Basar anfing, dann müssen wir ihn erst gar nicht dazulegen. Hier ist die Kiste mit den Früchtekuchen. Wo sollen wir die Lebensmittel hinbringen?«

»Einfach draußen in den Flur. Ich werde veranlassen, daß das Hausmädchen sie ins Wohnzimmer räumt, und der Mann, der für den Garten zuständig ist, kann sie dann durch die hintere Tür zu meinem Auto tragen, wo sie bleiben können, bis die Kammerjäger wieder verschwunden sind.«

Jane lächelte. »Wissen Sie, ich habe einmal gehört, daß nur ungefähr einhundert Früchtekuchen existieren. Jedes Jahr tauschen die Leute untereinander dieselben hundert aus, und niemand hat eine Ahnung, daß es dieselben sind.«

»Das kann ich mir gut vorstellen. Meine Familie besaß auch einen Früchtekuchen, der ein Erbstück war. Wir verschenkten ihn immer an Onkel Charles, und er schenkte ihn dann jeweils im darauffolgenden Jahr wieder zurück an uns zurück. Ich glaube, er hat ihn irgendwann an einen Antiquitätenhändler verkauft«, sagte Fiona mit einem Kichern.

»Also, wegen dieser Kartons hier – es gibt keinen Grund, warum drei verschiedene Leute sie umpacken sollten. Zeigen Sie mir einfach, wo das Wohnzimmer ist, dann haben wir schon einmal eine Phase der ganzen Prozedur hinter uns.«

Fiona erklärte ihr den Weg, und Jane stolperte hinaus. Wie sich herausstellte, war das Wohnzimmer der interessanteste – und seltsamste – Raum im Haus. Es war kein Wohnzimmer im herkömmlichen Sinn. Es erinnerte eher an einen Schrein. Die Wände waren mit Richie Divines gesamten Gold- und Platinplatten geschmückt. Jane hatte noch nie zuvor in ihrem Leben eine echte goldene Schallplatte gesehen, also spazierte sie im Zimmer herum und betrachtete sie ehrfürchtig. Sogar, wenn man von ihrer eigentlichen Bedeutung absah, handelte es sich bei den Platten um auffallend schöne Gegenstände.

Dort war *Red Christmas*, die schmalzige, aber bewegende Ballade über ein junges Liebespaar, das durch die Berliner Mauer getrennt worden war. Jane erinnerte sich, daß sie irgendwo gehört hatte, daß die drei meistverkauften Weihnachtsplatten Jahr für Jahr *Blue Christmas* von Elvis, Bing Crosbys *White Christmas* und Richie Divines *Red Christmas* waren.

Daneben hing die Platinschallplatte von *Good-bye, Philly* der herzzerbrechend-beschwingte kleine Song, der, Ironie des Schicksals, in derselben Woche auf den Markt gekommen war, in der Richie starb. Das Lied war noch Monate später in den Hitparaden gewesen. Es enthielt dieses in den siebziger Jahren übliche ›Du-kannst-nicht-wieder-zurück-nach-Hause-gehen‹ Thema.

Katie war noch ein Baby gewesen, als dieses Lied herausgekommen war, und Jane verband es immer damit, in der Küche zu sitzen, Radio zu hören, und darauf zu warten, daß der Flaschensterilisator mit dem Kochen fertig sein würde. Das war eine glückliche und friedliche Zeit für sie gewesen, in der das Leben noch einfach war. Und dennoch hatte zur selben Zeit Fiona ihren Mann, der so sexy und berühmt gewesen war, verloren. Es war nur schwer vorstellbar, daß sich irgend jemand zu einer Zeit, die Jane so viel Zufriedenheit gebracht hatte, unglücklich gefühlt hatte.

Jane erinnerte sich nicht mehr an den Text des Liedes, aber sie konnte es immer noch summen, und genau das tat sie, während sie mit ihrer Besichtigung des Raumes fortfuhr. Da gab es Platinplatten für *Do I, do I Ever*, *Some of These Nights*, *Everything I Am* und mindestens ein Dutzend weiterer Schallplatten. Jane blieb vor *Loving Loving You* stehen und wurde ein bißchen rot. Steve hatte diese Platte an dem Tag für sie gekauft, als sie von ihrer Hochzeitsreise zurückgekommen waren.

Auf einem Regal, das entlang der nördlichen Wand angebracht war, standen reihenweise weitere Auszeichnungen und gerahmte Bilder. Richie und Bob Hope im Arbeitsdienst, wie sie irgendwo die Truppen unterhielten. Richie mit Präsident Nixon. Richie mit einigen Astronauten und ein weiteres Bild, auf dem er in einer albernen Scheinumarmung mit Elizabeth Taylor zu sehen war. Insgesamt gab es drei Photos, auf denen Richie einen Preis erhielt, und vier Standbilder aus dem einzigen Spielfilm, den er je gemacht hatte. Ein großes Farbposter, auf dem für den Film geworben wurde, hing in der Mitte.

Am Ende der Wand, kaum auszumachen im Schatten der Ecke, befanden sich zwei bezaubernde Photographien. Eine war genauer gesagt ein Streifen von Bildern, die in einem Photoautomaten gemacht worden waren. Richie und eine sehr junge, hübsche Fiona. Auf dem obersten Photo schnitt er ein Gesicht, und sie blickte ihn amüsiert an. Auf dem zweiten küßte er ihren Hals, und sie sah beschämt aus. Das dritte Photo in der Reihe war eine ernsthafte Aufnahme von beiden, auf der sie direkt in die Kamera blickten, und auf dem letzten Bild küßten sie sich ein wenig steif. Wie traurig sie das jetzt alles machen mußte: Richie, dessen Jugend durch den Tod bewahrt worden war, und Fiona, die unaufhörlich älter wurde. Sie sah bereits alt genug aus, um die Mutter dieses Jungen auf dem Photo sein zu können. Warum hielt sie sich diese Erinnerung an das, was sie verloren hatte, wohl ständig vor Augen?

Das andere Photo am Ende des Regalbretts zeigte wohl die Aufnahme einer High-School-Kapelle, die sich auf den Stufen zum Schulgebäude aufgestellt hatte. Irgend jemand hatte einen Kringel um einen Jungen am Ende einer Reihe gezogen, der einen zu großen Hut trug und eine große Trommel festhielt. Sein Gesicht lag im Schatten, und man hätte ihn nie erkannt, aber das mußte wohl Richie sein. Jane betrachtete das Photo und wurde das Gefühl nicht los, daß sie es schon einmal gesehen hatte – die Cheerleader, die vorne mit ihren Pompoms knieten, der Leiter der Band, der an der Seite stand, die Kinder, die in die Sonne blinzelten, der Junge in der letzten Reihe, der hinter dem Kopf des vor ihm stehenden Mädchens zwei Finger in die Höhe hielt. Jedes Photo einer High-School-Band auf dieser Welt mußte wohl so aussehen.

Jane hatte völlig vergessen, was sie eigentlich tun wollte, und wurde mit einem Ruck wieder in die Gegenwart zurückversetzt, als Phyllis' Stimme zu ihr drang. »Jane, wo bist du? Hast du dir das Haus drüben einmal angeschaut? Es ist ganz zauberhaft. Einfach zauberhaft! Ich bin sicher, daß es Bobby gefallen wird.«

Jane eilte aus dem Zimmer. Sie wollte nicht, daß Phyllis sie dabei ertappte, wie sie Tränen über die Memorabilien von Richie Divine vergoß. Sie war sich nicht ganz sicher, warum sie vermeiden wollte, daß Phyllis diesen Raum sah, aber so war es nun einmal. Es tat ihr leid, daß Albert dieses Haus mit seinem außergewöhnlichen Vorgänger teilen mußte. Aber natürlich war anzunehmen, daß auch Albert von der Ausbeute der Talente seines Vorgängers lebte, und daher machte es ihm wohl nichts aus. Die anderen – Albert eingeschlossen – hatten sich im sonnigen Frühstückszimmer versammelt. Was auch immer ihn verdrießlich gestimmt hatte, es war nun vorüber, denn er saß am Tisch und machte einen vollkommen entspannten Eindruck.

»Das große Schlafzimmer hat eine niedliche, kleine Veranda mit einem kleinen Geländer. Wunderbar, um Sonnenbäder zu nehmen«, sprudelte es aus Phyllis heraus.

»Sie wäre beinahe hinübergekippt, als sie die Aussicht bewunderte«, fügte Albert hinzu.

»Dürfte ich wohl Ihr Telefon benutzen, um einige Vorbereitungen zu treffen?« erkundigte sich Phyllis.

»Gewiß, aber was für Vorbereitungen?« fragte Fiona und stellte einen Teekessel auf den Ofen.

»Um es zu kaufen«, erwiderte Phyllis. »Würden Sie mir bitte die Adresse, den Namen und die Telefonnummer des Mannes aufschreiben, der es verkaufen möchte?«

»Ja, natürlich. Aber meinen Sie nicht, daß Sie ein wenig überstürzt handeln?« entgegnete Fiona überrascht.

»Wahrscheinlich tue ich das«, stimmte ihr Phyllis fröhlich zu und nahm die Visitenkarte, die Fiona ihr überreichte. Sie ging zum Telefon hinüber.

»Hat Ihnen Albert von Mr. Finch erzählt?« fragte Fiona, die offensichtlich von dem Drang überfallen wurde, fair zu sein.

»Ja, er hat ihn erwähnt. Aber das hört sich meiner Meinung nach lediglich so an, als sei er ein unglücklicher, alter Mann. Ich bin sicher, daß ich ganz hervorragend mit ihm auskommen werde.«

Ohne ein weiteres Wort zu verlieren, wählte sie und sagte: »Mr. Whitman, bitte. George? Hier ist Phyllis Wagner. Ja, ganz wunderbare Reise. George? Ich habe ein entzückendes Haus gefunden, das ich gerne kaufen möchte. Würden Sie bitte mit folgendem Mann Kontakt aufnehmen ...« Sie gab ihm die Informationen und wartete ungeduldig, während er sie notierte.

»Sehen Sie, es ist unbewohnt, und ich möchte gerne umgehend einziehen. Heute abend, wenn möglich. Warum nicht? Was bedeutet Abschlußverhandlung? Dann fragen Sie ihn, ob ich es bis dahin einfach mieten kann. Und George, es steht im Moment leer. Bitte schicken Sie doch heute nachmittag einen Dekorateur mit einigen Sachen vorbei – Betten, Bettzeug, Küchenutensilien, Handtücher, Sie wissen schon –, damit ich heute abend einziehen kann. Ich weiß, daß Sie das schaffen, George.«

Jane hörte sich das alles fasziniert an. War es möglich, ein Haus zu kaufen und sechs Stunden später einzuziehen, ohne zu wissen, was es mit den Abschlußverhandlungen auf sich hat? Von so einem Unternehmen hatte sie bisher noch nie gehört und lauschte nun mit gemischten Gefühlen. Auf der einen Seite war es eine wundervolle Aussicht, Bobby nicht einmal für eine einzige Nacht unter ihrem Dach zu haben. Zu schön, um wahr zu sein. Auf der anderen Seite brachte es Bobby und Phyllis mehr oder weniger dauerhaft in ihre Nachbarschaft. Abgesehen von ihren eigenen Befürchtungen angesichts dieser Möglichkeit, war es ihr ein Greuel, Fiona dies anzutun. Sie war eine nette Dame, die es wirklich nicht verdient hatte, mit Bobby als nächsten Nachbarn bestraft zu sein.

Aber Fiona hatte die ganze Angelegenheit ins Rollen gebracht, als sie das leerstehende Haus erwähnte, sagte sich Jane. Eigentlich war es ihr eigener Fehler, und wer konnte es schon voraussagen – vielleicht kamen sie alle wunderbar miteinander aus. Sie ließ ihren Blick zu den Howards wandern. Fiona sah anmutig und englisch aus und schien zwischen leichter Besorgung und Verblüffung zu schwanken. Albert dagegen schaute in den gefrorenen Garten hinaus, rührte in seinem Tee und summte vor sich hin. Phyllis, deren gewohnte Heiterkeit zurückgekehrt war, hielt den Telefonhörer an ihr Ohr gepreßt und beschwatzte ihren Mr. Whitman wegen des Hauses.

Jane schüttelte sich innerlich. *Was auch immer geschehen mag, es hat nichts mit mir zu tun,* dachte sie. Da sollte sie sich gewaltig irren.

Auf dem Nachhauseweg bereitete sich Jane im Geiste auf die Strapaze vor, Phyllis bei der Einrichtung ihres neuen Heims helfen zu müssen. Zu ihrem Erstaunen schien Phyllis jedoch weder die Absicht zu haben, irgend etwas zu tun, noch bestand, wie sich herausstellte, die Notwendigkeit dazu. Im Laufe des Nachmittags kamen zwei Telefonanrufe von einem Mann, der sich höflich als Mr. Whitman von Wagner Enterprises vorstellte und Mrs. Wagner sprechen wollte. Beim ersten Anruf schlüpfte Jane aus dem Zimmer, um eine Ladung Wäsche in die Maschine zu werfen. Als sie wieder nach oben kam, war die Unterhaltung beendet und Phyllis ging nicht weiter darauf ein. Beim zweiten Mal notierte sich Phyllis ein paar Telefonnummern, dankte Mr. Whitman, sagte ja, gewöhnlich gebe sie gelb vor blau den Vorzug und legte auf.

Jane hatte das ungute Gefühl, daß irgendwo Menschen bei dem verzweifelten Versuch, Phyllis zufriedenzustellen, Nervenzusammenbrüche erlitten und sich die Haare rauften – während Phyllis in aller Seelenruhe an dem karmesinroten Pullover für Bobby strickte.

»Ich habe einmal gehört, daß sich Königin Victoria jederzeit hinsetzen konnte, ohne nach hinten schauen zu müssen, ob ein Stuhl dastand«, sagte Jane, während sie ihre eigene Decke in Angriff nahm.

»Wie seltsam. Ist sie denn nie gefallen?«

»Nein. Das ist ja gerade der Punkt. Es waren immer Leute in ihrer Nähe, deren Aufgabe es war, jeden ihrer Wünsche zu erahnen und darauf vorbereitet zu sein.«

»Wie eigenartig das sein muß, so zu leben«, entgegnete Phyllis. »Wie bist du denn jetzt darauf gekommen?«

Jane starrte Phyllis einen Moment lang an und fragte sich fassungslos, ob die Möglichkeit bestand, daß ihr diese Parallele wirklich entgangen sein konnte. Offenbar war es so.

»Ich weiß nicht. Es kam mir einfach in den Sinn. Phyllis, bist du wirklich davon überzeugt, daß es richtig ist, dieses Haus zu kaufen, ohne erst einmal darüber nachzudenken oder alles mit Chet zu besprechen?«

»Oh, ich habe darüber nachgedacht, Jane. Schau, ich glaube nicht, daß es zwischen mir und Chet aus ist, aber ich kann mich ja auch irren. Ich bin mit der Absicht hierhergekommen, so lange wie nötig zu bleiben.« Ihr Kinn zitterte schon wieder, aber sie redete weiter. »Und wenn ich recht habe und er mich zurückhaben will, dann kann ich ihm, wenn ich ein eigenes Haus habe, deutlich machen, daß ich aus freien Stükken zu ihm zurückkomme und nicht etwa, weil ich nicht weiß, wo ich hingehen soll oder weil ich nicht in der Lage bin, auf mich selbst aufzupassen. Wenn wir uns wirklich wieder versöhnen sollten, dann ist es für mich besser, eine Zuhause zu haben. Und wenn wir es nicht schaffen oder wenn es länger dauert, bis er wieder Vernunft annimmt, dann werde ich ebenfalls ein Zuhause besitzen.«

Verrückterweise ergab das einen Sinn. Außer, daß ihre Selbständigkeit bisher darin bestanden hatte, einen Angestellten von Chet anzurufen und ihn zu bitten, alle notwendigen Arrangements für sie zu treffen. »Aber Phyllis, warum gerade hier?«

»Weil ich mich in Chicago zu Hause fühle.«

»Macht es dir keinen Spaß, auf der Insel zu leben?«

Phyllis legte ihr Strickzeug zur Seite, nahm ein Ende der Decke, an der Jane gerade arbeitete, in die Hand und betrachtete sie, während sie antwortete: »Ich habe nie darüber nachgedacht. Ich schätze, ich habe es weder gemocht noch verabscheut. Es war einfach der Ort, an dem wir lebten. Ich hätte auch zufrieden am Nordpol gelebt, solange ich nur mit Chet zusammen sein konnte. Wo man lebt, ist eigentlich ziemlich gleichgültig, findest du nicht? Wichtig ist nur, was für ein Mensch man ist.«

Jane – die als Tochter eines Mitarbeiters des Außenministeriums an so unterschiedlichen Orten wie Saudi Arabien, Washington, D.C., England, Brasilien und Norwegen groß geworden war – konnte ihr überhaupt nicht zustimmen, bemerkte aber, daß es sinnlos wäre, mit Phyllis über diesen Punkt zu diskutieren. Wenn man einmal die klimatischen Bedingungen, die Tierwelt, Geographie, Religion, Politik und die einheimischen Gebräuche außer acht ließ, dann *waren* alle Orte ziemlich gleich. Allerdings mußte man wohl Phyllis' Mentalität besitzen, um solche Unterschiede nicht zu bemerken.

Jane wollte sich dennoch nicht so schnell von dem Thema ablenken lassen. »Was ich eigentlich damit sagen wollte, ist folgendes: Meinst du nicht, daß du eine bessere Chance hättest, die Angelegenheit mit Chet wieder zu bereinigen, wenn du auf der Insel geblieben wärst, anstatt so weit wegzugehen?«

»Das glaube ich nicht. Er wird mich vermissen, und je weiter ich weg bin, desto mehr wird er mich vermissen. Zumindest hoffe ich das. Und er kann dieses Haus, das ich gekauft habe, ja jederzeit wieder verkaufen.«

Jane wurde plötzlich bewußt, daß sie ihre eigenen Maßstäbe bei der falschen Person anlegte. Ein Haus zu kaufen, war für sie ein Ereignis, das nur einmal im Leben eintrat. Für Leute mit Geld und Angestellten, wie sie die Wagners hatten, war es jedoch nicht bedeutender, als in ein Motel zu ziehen. Eine jederzeit zu verändernde Angelegenheit.

»In ein paar Minuten muß ich die Kinder abholen«, teilte sie deshalb Phyllis mit, entschlossen, keinen weiteren Gedanken mehr an ihren unterschiedlichen finanziellen Status zu verschwenden. »Du kannst mich gerne begleiten, aber du wärst verrückt, wenn du dir das freiwillig antun würdest. So kurz vor Weihnachten sind sie völlig aufgekratzt, und man hat das Gefühl, in einem Wagen mit einer Herde durchgedrehter Affen zu sitzen.«

»Danke, nein«, erwiderte Phyllis mit einem Lachen. Dann wurde sie schlagartig wieder ernst. »Jane, ich wünsche mir so sehr, daß ich auch das hätte, was du hast.«

»Was um alles in der Welt meinst du denn?«

»Oh, Kinder in die Schule fahren. Das ganze Drum und Dran. Ich habe Bobbys Kindheit verpaßt. Ich wünschte, ich hätte ihn und seine kleinen Freunde von der Schule abholen können.«

Das war mehr, als Jane ertragen konnte.

»Phyllis, das ist das Dusseligste, was ich je gehört habe!

Du hast keine Ahnung, was du da sagst. Der Parkplatz einer Schule ist der schrecklichste Ort auf der Welt. Es gibt immer eine Frau mit Spatzenhirn, die ihren Wagen so parkt, daß er die Zufahrt versperrt, und die dann losmarschiert und das Auto einfach stehenläßt. Und dann sind da gewöhnlich mindestens zwei Jungen, die an den Wagenreihen entlanglaufen und mit ihren Händen – in denen sich ›zufällig‹ manchmal ein spitzer Gegenstand befindet – über die Seiten der Autos streifen. Egal, wie genau du die Kinder vorher inspizierst, du hast bei jeder Fahrgemeinschaft immer ein Kind, das nie rechtzeitig fertig ist.«

»Die Kinder inspizieren?«

»Oh, natürlich! In eine Fahrgemeinschaft hineinzukommen, ist ungefähr so, als würde man versuchen, das Sicherheits-O.K. auf höchster Regierungsebene zu beantragen. Nur mit dem kleinen Unterschied, daß es auf subtilere Weise vonstatten geht. Schon während der Vorschule erarbeiten sich die Kinder und die Mütter, die als Fahrerinnen fungieren, ein Verhaltenszeugnis. Bevor du ein neues Kind in die Fahrgemeinschaft aufnimmst, mußt du alles über seine Vergangenheit wissen. Übernimmt die Mutter, ohne zu jammern, ihren Anteil an Fahrten? Läßt sich das Kind im Auto kontrollieren? Leben sie in einer Straße, die im Winter geräumt wird? Bei älteren Kindern mußt du beispielsweise bedenken, ob ein Mädchen gerne zuviel Parfüm benutzt – das kann in einem geschlossenen Wagen tödlich sein – oder ob das Kind ein sehr großes Musikinstrument spielt. Das ist etwas, das gegen mich spricht, das ist mir klar. Selbst, wenn du all das durchgecheckt hast, passiert es einmal in der Woche, daß irgend jemand mit irgend jemand anderem nach Hause fährt, ohne dafür zu sorgen, daß es die Fahrerin, die an diesem Tag an der Reihe ist, erfährt, und du mußt die Schule nach ihm oder ihr durchkämmen. Sie vergessen ihre Bücher, ihre Handschuhe und ihre halbgekauten Kaugummis auf dem Rücksitz. Gelegentlich erbrechen sie auf dem Weg zur Schule ihr Frühstück. Eines meiner Mädchen hat es im vergangenen Jahr geschafft, sich mit ihren Haaren derartig im Türgriff zu verheddern, daß ich sie losschneiden mußte. Ihre Mutter war außer sich und schickte mir die Rechnung des Friseurs, der den Schaden wieder in Ordnung gebracht hatte.«

Phyllis lachte und wischte sich die Tränen aus den Augen. »Gibt es denn nicht *irgendwelche* guten Dinge über die Fahrten mit den Kindern zu sagen?«

»Oh, doch, etwas gibt es. Wenn eine Frau ihre Hände am Lenkrad eines fahrenden Autos hat, wird sie sofort als Teil des Mechanismus betrachtet. Sie ist nicht länger Mutter, nicht einmal mehr ein menschliches Wesen mit Ohren. Die Kinder sprechen über alles. Im Auto äußern sie sich ohne Ende über Dinge, die sie dir gegenüber sonst nie erwähnen würden – lieber fielen sie tot um. Das ist die einzige Möglichkeit für mich, mitzubekommen, was meine Kinder so treiben. Phyllis, ich muß mich auf den Weg machen. Ich mache Spaghetti zum Abendessen. Du bist doch nicht dagegen allergisch oder sonst was?«

»Überhaupt nicht, und ich liebe Spaghetti. Sag mal, Jane ... George Whitman erzählte, daß Chets Sohn John versucht hat, mich zu erreichen. Es geht um irgend etwas Geschäftliches, glaube ich. Nicht, daß ich mich damit auskennen würde. Aber hättest du etwas dagegen, wenn ich ihn hierher einladen würde, damit wir miteinander reden können? Natürlich nicht zum Essen ...«

»Das macht mir überhaupt nichts aus«, log Jane. Beinahe hätte sie hinzugefügt: *Allerdings nur, solange er keinen Volleyball mitbringt.* »In diesem Glas dort sind einige Plätzchen, die du ihm anbieten kannst. Ich bin nur ungefähr vierzig Minuten fort.«

Kurz bevor Jane losfahren wollte, bog Shelley in ihre Einfahrt. Jane trat an ihr Wagenfenster. »Kann ich irgend etwas für dich tun, um den heutigen Morgen wiedergutzumachen? Dir die Füße küssen? Dir meinen Erstgeborenen überlassen?«

»Gib mir noch ein Kind, und ich werde *wirklich* dafür sorgen, daß wir bald quitt sind. Nachdem ich die kleinen Lieblinge aufgereiht hatte, damit sie gewogen werden konnten, mußte ich als Lesetante für die Drittkläßler einspringen. Die Frau, die es sonst macht, war angeblich krank. Von wegen krank! Die hinterhältige Hexe war einfach schlauer als ich. Sie sind an mir hochgestiegen wie an einem Klettergerüst. Warum können sie nicht alle vor Weihnachten einen Nervenzusammenbruch kriegen? Oder noch besser: warum können *wir* keinen bekommen? Denk mal darüber nach, Jane. Es ist gar keine so schlechte Idee. Wir könnten irgendeinen Anfall im Vorgarten inszenieren. Schaum vor dem Mund und Beißhölzer. Sie würden uns in ein nettes Sanatorium verfrachten, wo eine andere die Geschenke einpackt, den feuchtkalten Truthahn stopft und Nesselausschlag bekommt, wenn die ganze Sache vorbei ist, und sie den scheußlichen Baum abschmücken darf.«

Jane dachte darüber nach. »Hört sich nicht schlecht an. Dürfen wir da den ganzen Tag in unseren Pyjamas herumlaufen?«

»Sicher. Wenn wir unsere Karten klug spielen, könnten wir vielleiht sogar jemanden dazu überreden, Rollstühle herauszurücken, dann müßten wir nicht einmal mehr zu Fuß gehen.«

»Ob unsere Familien uns besuchen dürften?«

»Ich hoffe nicht!«

»Dann kommt es für mich nicht in Frage. Meine Schwiegermutter, Thelma, würde meine Kinder übernehmen.«

»Laß sie doch. Sie hat es nicht besser verdient.«

»Jaaa, schon, aber sie würde sie von ihrer Theorie überzeugen, daß ich eigentlich eine erbärmliche Schlampe gewesen bin, die ihr Vater nur aus Mitleid geheiratet hat.«

»Und?«

Jane lachte. »Ich muß los. Gibt es etwas, was ich für dich unterwegs erledigen kann?«

»Nein. Oh, doch. Ich will versuchen, das Pfefferkuchenhaus zu reparieren, bei dem jemand die Ecke eingedrückt hat, und ich habe keinen Puderzucker mehr.«

»Ich habe noch ein Paket. Bediene dich ruhig.«

»Du meinst, ich soll in dein Haus gehen? Während dein Besuch da ist? Hast du den Verstand verloren?«

»Bobby ist weggegangen. Nur Phyllis ist da.« Beim Anblick von Shelleys hochgezogener Augenbraue gab sie nach: »Na gut, ich werde dir Zucker besorgen. Hör mal, Shelley, kennst du John und Joannie Wagner?«

»Das hast du mich heute morgen schon gefragt. Und mir ist eingefallen, ich kenne eine Joannie Wagner. Wir bereiten gemeinsam das Treffen der Eltern-Lehrer-Vereinigung in der nächsten Woche vor. Du kennst sie auch. Sie ist diejenige, die diese ganzen Reblaubkränze für den Basar gebastelt hat. Sehr engagiert, wunderschöne Stimme, gut aussehend, aber irgendwie deprimiert.«

Jane erkannte, daß dies auf Joannie zu beziehen war,

nicht auf die Kränze. Nachdem Shelley ihrem Gedächtnis auf die Sprünge geholfen hatte, dachte sie auf dem Weg zur Junior High-School über Joannie Wagner nach. Jane kannte sie nur vom Sehen und hatte nie die Verbindung zwischen ihr und Phyllis oder auch nur zwischen ihr und diesem aggressiven Volleyballspieler hergestellt, mit dem sie verheiratet war. Die arme Joannie Wagner war tatsächlich eine verhärmte Frau. Ihr Haar war zwar immer in Locken gelegt, aber unordentlich. Ihr Make-up schien irgendwie nie sorgfältig aufgetragen zu sein. Sie trug teure, aber schlecht sitzende Kleidung und erweckte im allgemeinen den Eindruck eines verschreckten Kaninchens. Natürlich war sie ein Kaninchen. Was konnte eine Frau, die mit John Wagner verheiratet war, auch sonst sein? Sie müßte das Durchhaltevermögen einer Amazone und das Temperament eines Vielfraßes haben, um sich gegen einen solchen Mann behaupten zu können.

Sie hoffte, daß es Phyllis nicht gelingen würde, ihn ausfindig zu machen und einzuladen. Das letzte, was Jane fehlte, war, John Wagner in ihrem Haus zu haben. Wenn sie doch noch einmal zu dem Zeitpunkt zurückkönnte, an dem sie Phyllis gegenüber diese halbherzige Einladung ausgesprochen hatte! Aber als sie auf den Parkplatz der Schule einbog, wurde ihr klar, daß sie – selbst mit dem Wissen, was auf sie zukommen würde – wahrscheinlich das gleiche getan hätte. Phyllis und Co. mochten vielleicht nicht amüsant sein, aber Phyllis benötigte eine Freundin und betrachtete Jane offensichtlich als solche.

Ein Morgen, an dem Jane einmal keine einzige Fahrgemeinschaft zur Schule befördern mußte, war selten und kostbar. Selbst, wenn alles nicht durch Ereignisse wie zum Beispiel einen Stromausfall durcheinandergebracht wurde, bedurfte es einer Planung, die General Motors würdig war, um bei drei Kindern, die zu drei verschiedenen Schulen mit jeweils unterschiedlichen Anfangszeiten gingen, ein System auszuarbeiten, das ihr gelegentlich einen Morgen frei gab und ihr erlaubte, in Morgenmantel und Hausschuhen herumzugammeln.

Dies war ein solcher Morgen. Jane war früher als gewöhnlich aufgestanden, um mit dem Aufbau der Weihnachtsdekorationen zu beginnen. Sie holte die Krippe hervor und stellte sie auf den Tisch direkt neben der Tür im Wohnzimmer. Dann schleppte sie Tannengrün von der Garage herein, wo es bereits seit zwei Tagen in Plastik verstaut und mit Wasser besprengt gelegen hatte. Nachdem sie es auf dem Sims über dem Kamin drapiert hatte, durchwühlte sie schließlich die Kartons mit den Weihnachtssachen, bis sie die Kette mit den blinkenden

Lichtern gefunden hatte. Sie legte die traditionelle rote Decke auf den Eßzimmertisch und stellte ihre Sammlung von Nikoläusen aus der ganzen Welt auf die Anrichte.

Dummerweise war sie noch nicht weiter gekommen, als es bereits Zeit wurde, die Kinder zu wecken.

Jetzt lehnte sie an der Arbeitsplatte in der Küche und hielt nach Mikes Fahrgemeinschaft Ausschau. Mike, der die High-School besuchte, saß mitten auf dem Küchenfußboden und bemühte sich, seine Tuba in den dafür vorgesehenen monströsen Kasten zu quetschen. Er murmelte ärgerlich vor sich hin, und Jane war darauf bedacht, den genauen Wortlaut nicht mitzubekommen. Wenn sie es getan hätte, wäre eine mütterliche Ermahnung wegen seiner Ausdrucksweise fällig gewesen, und er stand bereits genug unter Druck.

»Ob es wohl sein kann, daß eine Tuba über Nacht wächst, was meinst du?« fragte Jane, um ihn aufzuheitern.

Mike blickte zu ihr auf und antwortete ernst: »Ist dir eigentlich klar, daß du mich fahren mußt, wenn ich dieses Ding nicht hineinbekomme? Ich kann nicht verlangen, daß alle anderen wegen mir warten müssen.«

Jane gab den Versuch auf, ihn zu erheitern. »Ich kann nicht ganz einsehen, warum. Wenn ich mit dem Fahren an der Reihe bin, warte ich fast jeden Morgen darauf, daß Scott endlich mit dem Haarekämmen fertig wird. Stopf das Ding hinein. Ich werde heute niemanden irgendwohin fahren.«

»Du könntest mir das Auto geben«, schlug er vor.

»Nicht einmal, wenn du mir die Haare anzündest.«

»Es wäre nicht fair, ihm das Auto zu geben«, sagte Katie, die mit Janes Portemonnaie in der Hand die Stufen heruntergepoltert kam. »Kann ich fünf Dollar haben?«

»Wofür? Und ich lasse Mike nicht fahren – was für einen Unterschied würde das überhaupt für dich machen, wenn ich es ihm erlauben würde?«

Katie ignorierte die letzteren Worte. »Für unsere Exkursion ins Kunstinstitut. Du hast gesagt, daß ich Schuldinge nicht von meinem Taschengeld bezahlen muß.«

»Einverstanden, aber wie kann eine Busfahrt in die Stadt fünf Dollar kosten?«

»Mutter, denk an das Mittagessen«, erklärte Katie herablassend.

»Nimm dir fünf. Aber keinen Cent mehr. Mike, deine Fahrgemeinschaft hupt. Todd, was hast du mit der Schale gemacht?« fügte sie hinzu, als sie bemerkte, daß ihr Fünftkläßler sich eine Banane ins Müsli geschnitten hatte, ohne daß es eine Spur von ihrer ursprünglichen Verpackung gab.

»Weiß nicht«, erwiderte er und riß den Blick lang genug von dem Küchenfernseher los, in dem ein Comicfilm lief, um anstandshalber kurz über den Tisch und auf seinen Schoß zu blicken.

Jane hatte seit einigen Minuten mit halbem Ohr ein Geräusch wahrgenommen, das aus dem Wohnzimmer kam, und sie ging hinüber, um zu sehen, woher es kam. Wie sie befürchtet hatte, war Willard dort und schleuderte mit einer Unbeschwertheit, die einem Welpen, nicht aber einem ausgewachsenen Hund zukam, die Bananenschale durch die Gegend.

»Willard, her mit dem Ding!« rief sie und stürzte genau in dem Augenblick auf ihn zu, als er die Bananenschale auf die halbfertige Decke fallen ließ. Diese

Aktion verscheuchte den empörten Miau, der sich dort zusammengerollt und behaglich die weiche Unterlage eingeweiht hatte.

»Haustiere sollen eigentlich blutdrucksenkend wirken«, beschwerte sich Jane bei niemand Bestimmtem, während sie die Bananenschale in den Abfallzerkleinerer stopfte. »Mein Blutdruck ist jedoch auf dem besten Wege, mir den Kopf wegzupusten. Katie, bist du fertig? Ist Mike schon fort?« fügte sie an Todd gewandt hinzu. Er antwortete nicht, aber die Tuba und der Kasten waren verschwunden, also mußte ihr Ältester es auch sein.

Katie schüttelte ein Paar Rice Chex in ihre Hand – und auf den Boden, wo sie von Willard konsumiert wurden. »Was ist mit deiner Freundin, Mom? Wollte sie nicht bei uns wohnen? Wir mußten doch extra unsere Zimmer saubermachen.«

»Nein, sie ist in dem Haus geblieben, von dem ich dir erzählt habe. Wenn du zum Abendessen nach Hause gekommen wärst, anstatt bei Jenny zu bleiben, dann wüßtest du über all das Bescheid. Und wenn du in Zukunft mit zu Jenny nach Hause gehst, dann möchte ich vorher darüber informiert werden.«

Katie ignorierte alle Hinweise auf ihr Vergehen vom gestrigen Nachmittag. »Soll das heißen, daß sie einfach so ein Haus gekauft hat? Wahnsinn. Denise Nowack hat mir erzählt, daß ihre Mutter sagt, daß der Sohn deiner Freundin echt cool aussieht. Du hättest ihn hierbehalten sollen.«

»Das war wirklich fair von ihr. Ich nehme an, daß Mrs. Nowack auch erwähnt hat, daß er ein Ekelpaket ist.«

»Jaaa, aber das ist typisches Mütter-Geschwätz«, entgegnete sie und stopfte sich eine weitere Handvoll Müsli in den Mund.

»Können wir heute abend hinübergehen, damit ich ihn einmal kennenlerne?«

»Nicht, wenn ich es eben vermeiden kann. Ist das nicht Jennys Mutter, die da hupt?«

Katie stürmte an ihr vorbei, und ihr Rucksack voller Bücher erwischte den Milchkarton, der auf der Ecke der Anrichte stand. Er flog auf den Boden, und ein weißer Strahl schoß quer durch den Raum. »'tschuldigung …«, Katies Stimme verstummte abrupt, als sich die Tür hinter ihr schloß.

Das Telefon klingelte. Falls das jemand war, der sie bitten wollte, Todds Gruppe zu fahren, würde sie so tun, als wäre dies die falsche Nummer. »Ja?« fragte sie vorsichtig in den Hörer.

»Jane, hier ist Fiona. Es tut mir leid, daß ich so früh anrufe, und ich hoffe, daß ich Sie nicht grundlos alarmiere, aber nebenan stimmt irgend etwas nicht. Das Haus, in das ihre Freundin gestern eingezogen ist …«

»Was meinen Sie mit ›irgend etwas‹?«

»Nun ein Streifenwagen steht dort drüben, und gerade ist der Notarzt eingetroffen. Ich habe spät in der Nacht einige Teenagerstimmen gehört. Dem Sohn wird doch wohl nichts zugestoßen sein, oder?«

»Oh, mein Gott! Ich werde gleich hinüberfahren. Danke, Fiona.«

Jane rannte in das kleine Bad neben der Küche, holte ein großes Handtuch und warf es auf die Milchflasche in der Küche. Es hatte sich ein kleiner See gebildet, und Willard und die beiden Katzen standen an seinem Ufer und leckten.

»Was ist passiert, Mom?« fragte Todd, während er das Müsli in sich hineinstopfte.

»Ich weiß es nicht. Kann sein, daß meine Freundin,

die gestern zu Besuch gekommen ist, krank geworden ist. Ich muß rüber zu ihr. Falls aber deine Fahrgemeinschaft noch nicht da ist, wenn ich mich angezogen habe, dann warte ich mit dir.«

»Oh, Mom. Das brauchst du nicht. Ich bin kein Baby mehr!«

»Nein, aber du bist *mein* Baby, Kindchen«, erwiderte sie und zauste im Vorbeigehen durch seine Haare.

Oben angekommen, kickte sie ihre Hausschuhe in die Ecke, wand sich aus dem Morgenmantel und ihrem T-Shirt-ähnlichen Nachthemd und warf sich in Unterwäsche, Jeans und einen roten Pullover mit Kapuze. Ein Blick in den Badezimmerspiegel bestätigte ihre Befürchtung, daß eine angemessene, kosmetische Behandlung zuviel Zeit in Anspruch nehmen würde – wahrscheinlich Tage. Sie sah so aus, als hätte sie eine Nacht bei Sturm und Hagel draußen verbracht. Sie beließ es bei einem Klecks Lippenstift und kämmte sich mit der Bürste einmal durch die Haare. Während sie ihre Stiefel anzog, hörte sie undeutlich »tschüs, Mom«, und dann wurde die Küchentür zugeschlagen.

Sie rannte die Stufen hinunter, nahm ihre unechte Pelzjacke aus dem vorderen Dielenschrank und sah sich nach ihrer Handtasche um. Wo hatte Katie sie wohl hingelegt? Ah ja, neben den Kühlschrank. Ihr Aufbruch wurde noch kurz verzögert, weil Willard und die Katzen in freudiger Erwartung in der Küche hin und her liefen, da sie damit rechneten, jetzt, wo die Kinder verschwunden waren, ihr Futter zu bekommen. »Ihr müßt euch noch etwas gedulden, ihr Süßen«, rief sie ihnen zu, während sie zur Tür hinausflog.

Als sie bei Phyllis' neuem Zuhause angekommen war, standen bereits drei Streifenwagen, ein Notarztwagen und ein vertraut aussehender roter MG davor. Verdammt! Das war Mel VanDynes Auto, und sie sah aus wie Hundefutter. Jemand hatte ein schmales, gelbes Absperrungsband aus Plastik quer durch den Vorgarten gespannt, auf dem zu lesen war: »Polizeiliche Ermittlungen – Betreten untersagt«.

Jane stieg aus ihrem Auto und blieb einen Moment stehen, um Luft zu holen. Das war nicht so einfach. Ihr Herz raste, und sie fühlte sich krank. Polizeiliche Ermittlungen – Detective VanDyne – ein Krankenwagen. Etwas Schreckliches mußte diesem scheußlichen Bobby Bryant zugestoßen sein. Hatte er einige seiner ehemaligen Freunde aus der Stadt in das neue Haus seiner Mutter eingeladen und war zusammengeschlagen worden? Oder hatte er bereits eine Auseinandersetzung mit Mr. Finch von nebenan gehabt? Die arme Phyllis. So sehr Jane auch Bobby verabscheute, so haßte sie doch den Gedanken, daß Phyllis unglücklich sein könnte. Und sie wäre am Boden zerstört, wenn ihrem Liebling etwas zustoßen würde.

Jane stieg über das gelbe Band und ging auf das Haus zu. Ihr wurde bewußt, daß eine Vielzahl von Nachbarn entlang der ganzen Straße sie durch ihre Fenster beobachteten. Als sie sich der Haustür näherte, trat gerade ein Beamter heraus. »Wohnen Sie hier, meine Dame?«

Er lehnte sich ins Hausinnere zurück. »Heh, Mel, hier ist jemand, der diese Leute kennt.«

Mel VanDyne kam an die Tür, warf einen Blick auf Jane und sagte: »Oh, nein.«

Das war nicht gerade die Reaktion, die sie sich von einem Mann wünschte, den sie eigentlich an Weihnachten zum Abendessen einladen wollte. Sie hatte den gutaussehenden (und etwas jüngeren) Detective vor ein paar Monaten, als er die Untersuchung bei einem Mordfall geleitet hatte, kennengelernt. Jane selbst hatte eine wesentliche Rolle bei der Ergreifung der Mörderin gespielt.

VanDyne allerdings hatte ihre Hilfe seinerzeit als ›verdammt gefährliche Einmischung‹ bezeichnet.

Jane dagegen nannte es ›den Fall aufklären‹.

Aber im Laufe der Zeit war Jane zu dem Entschluß gekommen, daß sie sich, wenn sie je wieder den Kreis derjenigen betreten sollte, die sich mit jemandem verabreden, zuerst in Mel VanDynes Richtung bewegen würde. Aber bisher hatte sie weder die Nerven noch die Gelegenheit dazu gehabt. Und nun stand sie vor ihm, ausgefranzt und verschmuddelt, und er begrüßte sie mit »Oh, nein«.

»Mrs. Jeffry, kennen Sie diese Leute wirklich?«

Jane wurde zornig. »Ich würde mich sonst nicht einmischen. Es handelt sich um meine Freundin Phyllis Wagner und ihren Sohn, Bobby Bryant.«

»Dann kommen Sie herein. Aber rühren Sie nichts an. Nehmen Sie einfach einige Minuten Platz, in Ordnung?«

Im Wohnzimmer standen noch keine Möbel, aber im Eßzimmer nebenan gab es einen wunderschönen Tisch und sechs passende Stühle. Ein Polizeibeamter hatte einige Papiere auf dem Tisch ausgebreitet und führte eine geheimnisvolle Unterhaltung mit einem Walkietalkie. Jane setzte sich gehorsam hin und wartete auf Mel, der nach oben gegangen war. Sie müßte eigentlich zu Phyllis gehen, um sie zu trösten, aber ihr war klar, daß Mel ihr an die Gurgel gehen würde, wenn sie anfinge, durchs Haus zu wandern.

Während sie wartete, rief von oben ein Sanitäter seinem Kollegen zu: »Bring mir die Ersatzmanschette für das Blutdruckgerät. Die hier ist kaputt.«

Wenn sie seinen Blutdruck messen wollten, dann war Bobby zumindest nicht tot. Dem Tonfall des Mannes nach zu schließen, war er noch nicht einmal schwer verletzt. Natürlich war es die Aufgabe dieser Leute, sich nicht hysterisch aufzuführen, aber er klang ausgesprochen gelassen. Der andere Sanitäter ging zunächst zum Krankenwagen zurück und stieg kurz darauf die Treppe hoch. Kurze Zeit später kamen beide mit einer Trage wieder die Stufen herunter.

Der Körper auf der Trage war vollkommen abgedeckt.

Jane schaute schnell zur Seite. Die arme, arme Phyllis! Erst ihren lange verlorenen Sohn zu finden und ihn dann so schnell wieder zu verlieren! Was um alles in der Welt mochte ihm nur zugestoßen sein?

Mel kam die Treppe herunter und hielt irgendein kleines Buch in der Hand. Er zog sich einen Stuhl heran und sagte: »Könnten Sie einen Blick in dieses Adreßbuch werfen und mir sagen, wer von dem Tod in Kenntnis zu setzen ist?«

»Es war ein Unfall, nicht wahr?« fragte Jane.

Mel zog eine Augenbraue in die Höhe. »Man schickt mich für gewöhnlich nicht los, wenn Leute in der Badewanne ausrutschen oder von Leitern herunterfallen. Nein, es war kein Unfall. Es war Mord. Es tut mir leid, Mrs. Jeffry. Sind diese Leute gute Freunde von ihnen?«

»Eigentlich nicht. Bis gestern hatte ich noch nie von Bobby gehört, und Phyllis habe ich fünfzehn oder sechzehn Jahre nicht gesehen. Die arme Phyllis. Wie geht es ihr?«

»Wie bitte?«

»Wie hat sie es aufgenommen?«

Mel sagte einen Moment lang nichts, dann griff er zu Janes Überraschung nach ihrer Hand. »Man könnte wohl sagen, sie hat es schlecht aufgenommen. Sie wurde ermordet.«

»Phyllis – ermordet!« keuchte Jane.

»Ich fürchte, ja«, antwortete Mel VanDyne und zog seine Hand zurück, die sie so fest umklammert hatte, daß seine Finger rot wurden. »Was hat Sie dazu veranlaßt, etwas anderes anzunehmen?«

»Ich weiß nicht. Aber ... aber ... wie? Warum? Wer?«

»Ich hatte gehofft, daß Sie mir dabei helfen könnten, es herauszufinden. Das heißt«, er hob abwehrend seine Hand, »*Ein bißchen* dabei helfen könnten.«

Jane war immer noch zu betäubt, um die Tragweite der Nachricht zu begreifen. »Wo ist denn Bobby?«

»Oben. Er erholt sich. Er ist ziemlich betrunken, hat einen Kater und ist gewalttätig geworden. Fiel hin, als er einen meiner Männer angreifen wollte und schlug mit seinem Kopf gegen den Türrahmen. Er wird schon wieder in Ordnung kommen. Wieso dachten Sie, daß er tot sein könnte?«

»Einfach, weil er ein schrecklicher Mensch ist, denke ich. Haben Sie eine Zigarette?« Er zündete eine für sie an. »Ich versuche gerade aufzuhören«, sagt sie, nachdem sie ausgeatmet hatte. »Fiona Howard rief mich an. Sie schien zu glauben, daß es sich um Bobby handelt. Wer um alles in der Welt würde Phyllis umbringen wollen? Sie hat in ihrem ganzen Leben noch nie jemanden verletzt. Das ist schrecklich.«

»Wir werden es herausfinden. Machen Sie sich darüber keine Sorgen. Jetzt können Sie mir helfen, indem Sie mir etwas über sie erzählen. Was tat sie hier? Die örtliche Polizei hat dieses Haus als leerstehend verzeichnet. Sie haben es regelmäßig im Auge behalten, um einem Einbruch vorzubeugen.«

»Bis zum gestrigen Abend stand es auch leer.« Jane holte einmal tief Luft und bemühte sich, die Erklärung, wer Phyllis war, in so wenige Worte wie möglich zusammenzufassen. Mel VanDyne neigte nämlich dazu, Janes Erklärungen als zu wortreich und trivial zu betrachten. »Phyllis und ich waren vor siebzehn Jahren einmal gute Bekannte.«

»Siebzehn Jahre?« sagte er mit resignierter Stimme, als befürchte er eine genaue Beschreibung jedes einzelnen Tages in diesem Zeitraum.

Sie kürzte jedoch die Geschichte auf ein Minimum.

»Mal sehen, ob ich das Ganze richtig verstanden habe«, sagte Mel, nach kurzem Schweigen. »Mrs. Wagner und ihr Mann haben keine gemeinsamen Kinder, aber er hat zwei Söhne aus einer früheren Ehe, und sie hat einen Sohn, den sie nach seiner Geburt zur Adoption freigegeben hatte – besagter Bobby Bryant. Wo befindet sich ihr Mann?«

»Ich weiß es nicht genau. Möglicherweise auf der Insel, auf der sie leben, aber dort war er nicht, als sie sie verließ. Das hat sie mir gesagt. Er könnte überall auf der Welt sein. Er hat internationale Geschäftsinteressen. Sie glauben doch nicht, daß er etwas damit zu tun hat, oder?«

»Ich glaube gar nichts. Ich stelle lediglich Fragen.«

»Kommen Sie schon, daß hört sich an wie eine Zeile aus ›Dragnet‹.«

Er lächelte. »Genau daher habe ich sie auch. Gefällt sie Ihnen?« Er ging in die Küche und kam mit einer Untertasse zurück, damit Jane sie als Aschenbecher benutzen konnte. »Erzählen Sie mir etwas über Mrs. Wagner. Was war sie für eine Frau?«

»Das weiß ich auch nicht so richtig.«

»Aber Sie sagten doch, daß sie zu Besuch gekommen war, um die Weihnachtsfeiertage mit Ihnen zu verbringen.«

»Ja das wollte *sie* so. Aber nachdem ich die Bekanntschaft von Bobby gemacht hatte, war ich entschlossen, dies nicht geschehen zu lassen. Und dann entwickelten sich die Dinge so, daß sie überhaupt nicht bei mir wohnen würde. Wir fuhren nämlich hinüber zu Fiona Howard – sie hat das große Haus nebenan, das auf den drei Grundstücken steht –, um ihr bei etwas behilflich zu sein. Fiona erwähnte, daß dieses Haus hier zum Verkauf stehe, und Phyllis hat es sofort erworben. Fiona ist übrigens auch diejenige, die Sie hier gesehen hat und mich anrief.«

»Gestern? Sie kam gestern hier an, sah ein Haus, kaufte es und zog ein – alles an ein und demselben Tag? Das hört sich so an, als sei es aus *Willy Wonka.*«

»Ich weiß. Das dachte ich auch, als es passierte. Ich bin nicht sicher, ob sie es tatsächlich bereits gekauft hat, aber sie rief einen Mann an, der die Sache in die Hand nehmen sollte, und sie hat sich gestern abend gegen sechs hier mit ihm und John, dem Sohn ihres Mannes, getroffen, um einige Papiere zu unterzeichnen. Vielleicht hat sie nur eine Absichtserklärung und eine Mietvereinbarung unterschrieben. Ich weiß es nicht. Ich war nicht mit dabei. Ich habe ihr bloß mein Auto überlassen, während ich das Abendessen vorbereitete.«

»Und dann ist Sie eingezogen?«

»Nein, sie kam wieder zurück und hat zusammen mit uns gegessen, und dann brachte ich sie gegen neun wieder hierher – nachdem in der Zwischenzeit einige Leute schon Möbel, Bettzeug und andere Sachen geliefert hatten.«

»Leute mit Möbeln. Sie sieht das Haus, kauft es und richtet es am selben Tag auch noch mit den wesentlichen Sachen ein? Das kann doch nicht Ihr Ernst sein?«

»Ich weiß, daß es seltsam erscheint. Sehen Sie, Phyllis war einfach daran gewöhnt, tonnenweise Geld zu besitzen und irgendwelchen Leuten Bescheid zu sagen, wenn sie eine Sache erledigt haben wollte. Und die Leute erledigten dann alles.

»Sie war also herrisch?«

»Nein! Nicht im geringsten. Sie schien eher zu glauben, daß jeder so lebt. Als sie Chet geheiratet hat, war sie arm, aber sie war auch sehr jung, und er machte dann schnell eine Menge Geld. Ich denke, sie hatte sich einfach an diese Art zu leben gewöhnt und vergessen, wie es ist, wenn man Entscheidungen abwägen, das eigene Geld zählen, auf Sonderangebote achten und auf Dinge *warten muß*, die man haben möchte.«

Mel war nicht überzeugt. »Es hört sich so an, als ob sie entweder unglaublich dumm gewesen ist oder …«

»Oder als ob ich das alles erfinde? Sie war nicht dumm. Zumindest nicht so dumm, wie es Ihnen beim Zuhören erscheinen muß. Sie hatte einfach den Bezug zur Realität verloren. Scheinbar hat Chet Wagner sie unglaublich angebetet. Er hat sie in seine eigene kleine Phantasiewelt mitgenommen. Sie hatten kein Fernsehen, und sie machte sich noch nie viel aus Büchern, daher konnte sie leicht den Bezug zum wirklichen Leben verlieren. Ich glaube nicht, daß sie jemals bewußt zur Kenntnis genommen hat, daß sie reich war.«

»Nun hören Sie aber auf!«

»Das ist mein Ernst. Ich glaube nicht, daß sie überhaupt je irgend etwas richtig einschätzte. Sie war ein wenig naiv. Als ich sie gestern über das Verhältnis zwischen Bobby und Chet befragte, tat sie vollkommen überrascht. Ich bin wirklich davon überzeugt, daß sie bis zu dem Augenblick, als ich das Thema zur Sprache brachte, niemals darüber nachgedacht hat.«

»Wer war der leibliche Vater des Jungen?«

»Ich habe keine Ahnung. Irgendein Junge von ihrer High-School. Sie sagte, daß sie ihn nie wiedergesehen habe.«

»Vielleicht hat sie gelogen.«

»Nein, ich glaube nicht, daß sie dazu fähig war. Oh je, das klingt so herablassend. Was ich sagen will, ist, sie konnte ein Geheimnis, wie Bobbys Existenz, für sich behalten, weil es bedeutete, daß sie lediglich nichts davon sagen mußte. Dazu war keine List nötig. Aber zum Lügen braucht man Vorstellungskraft, und die ihre beschränkte sich auf Weihnachtsdekorationen und Strickmuster.« Auf seinen fragenden Gesichtsausdruck hin erzählte sie von Phyllis' Interesse an Handarbeiten. »Das ist sogar der eigentliche Grund, warum sie hier war. Das heißt in diesem Haus. Ich bin im Organisationskomitee für den Weihnachtsbasar der Kirche.«

»Natürlich sind Sie das«, sagte er.

»Was soll das denn wieder heißen?«

»Überhaupt nichts«, erwiderte er und unterdrückte ein Lächeln. »Fahren Sie fort. Sie sind im Organisierungskomitee ...«

»Der Basar findet in Fionas Haus statt, und da Phyllis Handarbeiten mag und in dieser Hinsicht wunderbar kreativ ist, kam sie mit, um zu helfen. Fiona erzählte ihr von diesem Haus, und sie kam herüber, schaute es sich an und telefonierte dann mit jemandem – von dem ich den Eindruck hatte, daß er für ihren Mann arbeitet – und beauftragte ihn damit, sich umgehend um den Kauf und die Einrichtung zu kümmern. Und ich habe plötzlich das schreckliche Gefühl, daß sie sich deshalb so beeilte, weil sie mitbekommen hatte, daß ich ihren heißgeliebten Bobby nicht leiden konnte.«

»Hat sie sich nicht einmal mit ihrem Mann beraten?«

»Nein. Sie wollte ihn verlassen. Oder er hatte sie fortgeschickt. Nein! Bekommen Sie jetzt nicht diesen Gesichtsausdruck! Chet hätte Phyllis niemals etwas Böses angetan. Er hat sie angebetet.«

»Gerade sagten Sie noch, daß er sie hinausgeworfen hat.«

»Das war nur eine vorübergehende Krise. Davon bin ich überzeugt«, antwortete Jane, die das Gefühl hatte, Chet verteidigen zu müssen, obwohl ihr klar war, was für ein schlechtes Licht das auf ihn warf. »Schauen Sie, Phyllis war verrückt nach ihrem wiedergefundenen Sohn, und ich vermute, daß Chet ihn nicht ausstehen konnte. Sie hat es zwar nicht direkt gesagt, aber ich bin sicher, daß es das Problem war. Meine Vermutung ist, daß Chet hoffte, Phyllis würde Bobby eher durchschauen, wenn sie irgendwo mit ihm allein wäre. Und ich bin sicher, daß es auch irgendwann so gekommen wäre. Er war so furchtbar – früher oder später wären ihr die Entschuldigungen für ihn ausgegangen. Es ist nur eine Annahme, aber Chet ging wohl davon aus, daß ihre Ehe auf lange Sicht weniger Schaden nehmen würde, wenn sie den unvermeidlichen Bruch mit Bobby allein hinter sich brächte, ohne seine Einmischung. Sie hätten die Sache geregelt bekommen. Da bin ich sicher.«

VanDyne schien von ihrer Argumentation nicht beeindruckt zu sein. »Sie kannten offensichtlich diesen Chet auch ziemlich gut, oder?«

»Nein, ich kannte ihn kaum. Ich stelle nur Vermutungen darüber an, was ein intelligenter, rücksichtsvoller Mann unter diesen Umständen tun würde. Mir ist durchaus bekannt, daß er intelligent und rücksichtsvoll ist.« VanDyne warf ihr einen solch gönnerhaften Blick zu, daß sie herausplatzte: »Hören Sie, ich geben ganz offen zu, daß ich keine Ahnung von polizeilichen Ermittlungen habe, aber wenn es um die menschliche Natur geht, dann kenne ich mich genauso gut aus wie sie. Wahrscheinlich sogar besser. Und außerdem kannte ich diese Leute. Sie nicht.«

VanDyne entschuldigte sich nicht, aber er besaß genug Anstand, um einen gehörig schuldbewußten Eindruck zu machen.

»Also, wo war dieser Sohn gestern während der Zeit, als sie einzog – beziehungsweise es von Leuten erledigen ließ?«

Jane fühlte sich besser, nachdem sie ihm – wenn auch freundlich – ihre Meinung gesagt hatte. »Er düste mit einem gemieteten Jaguar irgendwo in Chicago herum. Gegen Mittag kamen wir mit den beiden vom Flughafen zurück, und eine halbe Stunde später war er verschwunden. Ich habe ihn anschließend nicht mehr gesehen. Ich kann mir vorstellen, daß Phyllis ihn irgendwo erreicht und ihm gesagt hat, wohin er kommen sollte. Aber als ich mit ihr und ihrem Gepäck gegen neun Uhr gestern abend hier ankam, war er nicht da.«

»Dieser Mann, den sie angerufen hat – wer war das?«

»Hmmm, sie nannte ihn George und erkundigte sich nach einem Dichter …«

Mel VanDyne sah verwirrt aus. »Sie hat irgendwo angerufen und wollte einen Dichter sprechen? Oder sie hat George gebeten, ihr einen Dichter zu besorgen?«

»Nein, er hatte den Namen eines Dichters. Thoreau? Eliot? Chaucer? Defoe? Ich komme gleich darauf. Er hat etwas über Lilien und Lincoln geschrieben – Whitman, so heißt er. George Whitman.«

VanDyne blickte zur Decke hinauf, als gebe er es auf, jemals ihre Gedankengänge zu verstehen. »Wenn Sie nicht wissen, wo ihr Mann ist, dann sollten wir wohl besser diesen Whitman anrufen, denke ich. Warten Sie, Sie sagen, daß ihr Mann einen Sohn oder Söhne in Chicago hat? Was ist mit ihnen?«

»Er hat zwei Söhne. Einer lebt in England, glaube ich, und einer hier irgendwo in der Gegend. Sein Name ist John Wagner, aber ich habe keine Ahnung, in welcher Straße er wohnt. Ich denke, im Grunde ist es wohl besser, diesen Whitman anzurufen und es ihm zu überlassen, Chet und seine Söhne zu informieren.«

Das Buch, das VanDyne von oben mitgebracht hatte, war Phyllis' Adreßbuch. Er reichte es ihr. Sie schlug es auf und blätterte zu *W*, wo nicht nur kein Whitman oder Wagner zu finden war, sondern sich überhaupt kein Eintrag befand. Nachdem sie es einmal durchgeblättert hatte, stellte sie traurig fest, daß nur unter weniger als der Hälfte der Buchstaben überhaupt Namen verzeichnet waren. Die arme Phyllis hatte wirklich ein isoliertes Leben geführt.

Es gab zwei Frauen mit Adressen in Philadelphia. Vielleicht ihre Mutter und Schwester, Kusinen oder sonst wer. Während sie schnell von hinten nach vorne blätterte, entdeckte Jane John Wagner unter *F*, für Familie, und mußte bis *C* weitersuchen, bevor sie Mr. Whitman fand. Er stand unter *Chets Büroleute.*

VanDyne blickte ihr über die Schulter, während sie das Adreßbuch durchlas. Falls ihn Phyllis' Methode des Alphabetisierens nicht endgültig davon überzeugte, daß die Frau den Kontakt zur Wirklichkeit verloren hatte, dann konnte es Jane auch nicht mit dem erreichen, was sie zu erzählen hatte.

»Sie werden doch anrufen, oder nicht?« erkundigte sie sich, nachdem sie Mr. Whitmans Telefonnummer gefunden hatte.

Er schaute sie erstaunt an. »Es ist keine Frage von gesellschaftlicher Höflichkeit. Es geht um polizeiliche Ermittlungen.«

»Ja, natürlich. Der arme Chet.«

Während er fort war, um seine Anrufe zu erledigen, ging Jane nach oben, weil sie dachte, daß es nur anständig sei, Phyllis' Habseligkeiten zusammenzuräumen, falls die Polizei bereits mit ihren Untersuchungen fertig sein sollte. Sicherlich würde Chet vorbeikommen wollen, um ihre Dinge abzuholen. Oben angekommen, hörte sie Stimmen, die aus dem Schlafzimmer auf der linken Seite kamen. Deshalb ging sie auf das andere, rechts von ihr liegende Zimmer zu. Sie hatte lediglich Zeit, zwei Eindrücke wahrzunehmen, bevor sie zurückprallte. Zum einen, daß sie sich in einem kleinen Raum befand, und zum anderen, daß es sich bei dem bräunlich roten Zeug, das auf der ganzen Matratze verteilt war, um Phyllis' Blut handelte. Es sah so aus, als ob jemand ein paar Liter Farbe auf das Bett gegossen hatte.

Sie lehnte sich im Flur gegen die Wand, kämpfte gegen ihre Übelkeit an und bemerkte zum ersten Mal, daß sie sich nicht einmal danach erkundigt hatte, wie Phyllis gestorben war. Sie atmete tief durch die Nase und versuchte, das Schwindelgefühl abzuwehren. Plötzlich griff jemand nach ihrem Arm.

»Was tun Sie hier oben?« fragte Mel VanDyne mit rauher Stimme. »Sie werden doch jetzt nicht ohnmächtig, oder? Kommen Sie! Geht aus dem Weg, Jungs!« Er schleifte Jane durch das Schlafzimmer, das dem kleinen Zimmer gegenüberlag und riß die Tür zu der Veranda auf, die Phyllis erwähnt hatte. Nachdem er Jane an die kalte, frische Luft gezerrt hatte, sagte er: »Atmen Sie tief durch. Genau so. Gut. Noch einmal. Jetzt beugen Sie sich vor.«

»Ich bin wieder in Ordnung«, sagte Jane einen Moment später. »Ehrlich. Aber es ist furchtbar kalt hier draußen.«

Er führte sie wieder hinein. Es war ein großer, luftiger Raum mit einem Doppelbett, auf dem sich Bobby Bryant mit einer kalten Kompresse auf dem Kopf räkelte. Neben ihm stand ein stämmiger Polizeibeamter, der offensichtlich bereit war, sich gerne um jedes weitere schlechte Benehmen, das Bobby in den Sinn kam, zu kümmern. Ein weiterer Beamter lehnte an der Wand direkt neben der Tür. Jane war in der Lage, in das rosa geflieste, große Badezimmer zu schauen, das sich gleich neben der gemütlichen Sitzecke in der Nähe der Fenster des Zimmers befand.

»Ich benötige die Adresse, unter der ich Sie erreichen

kann«, sagte VanDyne, während er seinen Stift hervorzog.

»Ich bleibe, wo ich bin.« Bobbys Stimme klang ein bißchen undeutlich, aber sehr angriffslustig. »Die alte Phyl hat für das Ding hier bezahlt, und jetzt gehört es mir.«

»Das werden wir erst noch sehen«, erwiderte Mel, in dessen Kiefer sich ein Muskel spannte. Offensichtlich hatte er, ebenso wie Jane, sofort eine heftige Abneigung gegen Bobby entwickelt.

Sie berührte Mels Arm. »Ich möchte Ihnen etwas sagen. Unten.«

Er folgte ihr widerwillig die Stufen hinunter. »Er ist die Art von Individuum, die mich dazu bringt, mich nach den guten, alten Tagen polizeilicher Brutalität zurückzusehnen.«

»Was hat er in *diesem* Zimmer zu suchen?« erkundigte sich Jane.

»Wie zum Teufel soll ich das wissen?«

»Nein, hören Sie mir zu. Ich denke, daß es wichtig ist. Wenn Sie wüßten, daß ein Haus ein winzig kleines und ein großes Schlafzimmer hat und von einer alleinstehenden Frau und deren Sohn im Teenageralter bewohnt wird, wen würde man dann wohl als Bewohner des kleinen Raums erwarten?«

Mel stoppte mitten im Schritt. »Den Jungen. Jaaa.«

»Aber es war typisch Phyllis, daß sie ihm das große Zimmer überlassen hat. Wenn Sie nun ein Mörder wären, der im Dunkeln herumschleicht, um einen abscheulichen Teenager umzubringen, in welches Zimmer ...«

»Das wäre vielleicht eine Möglichkeit.«

»Vielleicht eine Möglichkeit? Das ist es, und Sie wissen es! Ich frage mich schon die ganze Zeit, warum irgend jemand wohl Phyllis töten wollte. Nun, niemand wollte sie töten. Sie wollten Bobby umbringen und haben die falsche Person im falschen Zimmer erwischt. Schauen Sie, wir beide kannten Bobby erst ein paar Minuten und hätten ihn bereits mit Vergnügen um die Ecke gebracht. Stellen Sie sich einmal vor, wie sich wohl Leute gefühlt haben müssen, die ihn genauer kannten. Aber Phyllis – niemand könnte Phyllis töten. Ihr vielleicht aus purer Verzweiflung eine runterzuhauen, das schon eher, aber sie umbringen – nein.«

»Möglich.«

»Das sagen Sie nur, weil es meine Idee war. Sie wissen, daß das die Lösung ist.«

»Großer Gott, Lady! Selbst, wenn Sie recht haben sollten, was ich keineswegs andeuten will, ist es keine ›Lösung‹. Es ist lediglich eine Spur, die wir verfolgen.«

»Das ist schon wieder ›Dragnet‹-Geschwätz. Ich gehe nach Hause. Wenn Sie weitere Fragen haben – Sie wissen ja, wo ich wohne.«

Nach dieser triumphierenden Bemerkung marschierte sie zur Tür hinaus.

Sie glaubte, ein Kichern zu vernehmen, bevor sie die Tür zuknallte.

Jane stieg in ihren Kombi und startete den Motor, stellte dann aber fest, daß sie nicht in der Lage war, sofort loszufahren. Die Überraschung begann zu schwinden, und der Schock setzte ein. Die arme Phyllis war tot. Wirklich und wahrhaftig tot.

Trotz ihrer relativ ruhigen Diskussion, die sie mit Mel VanDyne über mögliche Motive geführt hatte, war Jane tief erschüttert. Während sie am ganzen Körper zitterte und sich darüber wunderte, warum sich ihre Hände so seltsam taub anfühlten, griff sie nach vorn und drehte die Heizung des Wagens ganz auf. Sie traute sich nicht einmal zu, eine Strecke von ein paar Minuten zu fahren.

Die arme, arme Phyllis.

Und das schlimmste war, daß es sich um einen Irrtum handelte. Mehr als nur der große, moralische Fehler eines jeden begangenen Mordes; sie war zu allem Überfluß aus Versehen zum Opfer geworden. Jane war sich ganz sicher. Niemand hätte Phyllis töten wollen, aber praktisch jeder, der einmal Bobbys Bekanntschaft gemacht hatte, mußte vermutlich gegen solch einen Impuls ankämpfen. Irgend jemand hatte den Kampf schließlich aufgegeben – und aus Versehen Phyllis getötet. In gewisser Weise war es Bobbys Schuld. Es hatte nicht ausgereicht, Phyllis' gute, langjährige Ehe zu ruinieren und sie dazu zu bringen, sich vor aller Augen als Närrin aufzuführen. Er war zumindest indirekt für ihren Tod verantwortlich.

War er es wirklich nur indirekt?

Konnte Bobby nicht selbst der Mörder sein, anstatt das verfehlte Opfer? Ganz bestimmt wäre er dazu fähig, urteilte Jane aufgrund ihrer flüchtigen und sehr unerfreulichen Bekanntschaft mit ihm. Und er zeigte keine Trauer. Er hatte nicht vorgegeben, irgend etwas für Phyllis zu empfinden, als sie noch am Leben war, und er verhielt sich jetzt nach ihrem Tod kein bißchen so, als ob es ihm leid täte. Aber ...

Ein Klopfen an der Scheibe unterbrach ihre Gedankengänge. Nachdem sie einen überraschten Schrei gerade noch herunterschlucken konnte, drehte sie sich um und erblickte Mel VanDyne an der Beifahrerseite. Sie bedeutete ihm, einzusteigen.

»Alles in Ordnung?« fragte er, setzte sich und wandte sich ihr zu. »Ich hätte sie nicht einfach so gehen lassen sollen. Ich habe bei alldem ganz vergessen, daß sie ihre Freundin gewesen ist. Soll ich Sie nach Hause fahren?«

»Danke, aber dann müßte ich später einen Weg finden, um meinen Wagen zurückzubekommen. In einer Minute wird es mir schon bessergehen. Ich mußte einfach einen Moment lang so dasitzen und nachdenken. Wissen Sie, es ist nicht so, als ob Phyllis eine besonders gute Freundin gewesen wäre.«

Warum hatte sie das Gefühl, ihm gegenüber so überaus aufrichtig sein zu müssen? Welchen Unterschied machte das schon?

»Es ist erschütternd, selbst wenn es sich um eine Fremde handelt«, gab er zu. »Sehr erschütternd.«

»Warum geben Sie sich dann damit ab? Warum machen Sie diese Arbeit?«

Er lächelte, und neben seinem Mund wurde ein Grübchen sichtbar. »Um Leute, die Böses getan haben, ihrer gerechten Strafe zuzuführen. Es ist peinlich, so etwas zuzugeben. Es klingt so naiv, aber es ist wahr. Komisch. Ich glaube, Sie sind der erste Mensch, der mich das fragte. Außer meinen Eltern, die viele Male ungläubig gefragt haben: »Was willst du werden?«

Aufrichtig zu sein, zahlte sich eben manchmal aus, dachte Jane. »Was wird nun geschehen?«

»Ich habe meine Leute darauf angesetzt, ihren Mann aufzutreiben. Wir werden alle in der Nachbarschaft vernehmen. Wir werden ihren Hintergrund überprüfen, den der Kinder, des Mannes, der Nachbarn, der Freunde der Kinder. Alles Routine, so wie wir immer beginnen.«

»Kann ich behilflich sein?« fragte Jane.

Er zog eine Augenbraue in die Höhe. Er hatte umwerfende Augenbrauen. Und umwerfende Zähne. Jane guckte immer die Zähne anderer Leute an. Seine waren sehr weiß und gerade unregelmäßig genug, um seinem Ausdruck etwas Typisches zu verleihen. Und dann noch dieses Grübchen, das sich hin und wieder zeigte ...

»Ich meine eine Art von Hilfe, die Sie mir auftragen und die Sie gutheißen«, sagte sie und bemühte sich, die Gedanken an seine Attraktivität beiseite zu schieben.

»Sie könnten mir in der Tat behilflich sein. Ich habe über den Mann nachgedacht. Wenn es sich, wie Sie sagten, wirklich nur um vorübergehende Turbulenzen in ihrer Ehe gehandelt hat, dann wird ihn das hier sehr treffen. Er hat Familie und Geschäftsfreunde, aber vielleicht möchte er auch mit Ihnen sprechen, da Sie den letzten Tag mit ihr verbracht haben. Ich kann mir nicht vorstellen, daß dieser abscheuliche Junge ein großer Trost sein wird. Könnten Sie sich zur Verfügung halten? Um bei den Bestattungsvorbereitungen und so weiter zu helfen, wenn er es wünscht?«

»Ich werde gerne helfen. Wegen Bobby …«

»Sie fragen sich, ob er sie nicht getötet hat, nicht wahr? Das tue ich auch. Machen Sie sich keine Sorgen, Mrs. Jeffry. Dinge dieser Art fallen auch mir ein.«

»Detective VanDyne – könnten Sie nicht bitte Jane zu mir sagen? Ich komme mir so betagt und altmodisch vor, wenn Sie mich Mrs. Jeffry nennen.«

»Sicher. Gerne – Jane. Es paßt zu Ihnen. Ich bin Mel.«

»Eine Abkürzung für Melvin?«

»Noch schlimmer. Melton. Der Mädchenname meiner Mutter. Ich fand schon immer, daß sie eine grausame Art von Humor hat.«

»Oh, da kommt Fiona. Sie ist die Nachbarin auf der Südseite, die mich angerufen hat, um mir zu sagen, daß Sie hier sind. Natürlich wußte sie nicht, daß *Sie* es sind, aber …«

»Ich verstehe schon.« Er drehte sich zur Tür und suchte nach dem Griff. »Ich rufe Sie später an, Jane.«

»Ja. Danke. Ich wollte noch sagen …« Wie idiotisch sie sich doch benahm! Sie war doch kein Kind mehr, und er hatte damit nicht andeuten wollen, daß er sie wegen einer Verabredung oder etwas Ähnlichem anrufen würde, Himmel noch mal! Er würde sich nur in Verbindung mit seinen Pflichten als Polizeibeamter bei ihr melden. Jane fühlte, daß sie rot wurde.

Er war stehengeblieben, wahrscheinlich, um sich Fiona vorzustellen, und während er zu Phyllis' Haus zurückging, öffnete Fiona die Autotür. »Jane, bitte kommen Sie zu mir ins Haus! Ich hoffe, Sie werden mir mein eigenmächtiges Verhalten nicht übelnehmen, aber als ich Sie allein hier draußen sitzen sah, habe ich Shelley angerufen. Ist mit Ihnen alles in Ordnung?«

»Mir geht es gut. Ich bin froh, daß Sie Shelley angerufen haben.«

»Was ist dem Jungen zugestoßen?«

»Es war nicht Bobby. Es war Phyllis. Sie ist tot.«

Fiona legte die Hand über den Mund. »Oh, nein. Ihre Freundin! Oh, Jane, es tut mir so leid. Wie schrecklich für Sie. Kommen Sie doch bitte mit.«

Fiona sorgte dafür, daß Jane es sich in der Küche gemütlich machte, legte ihr eine Wolldecke über die Knie und eine Wärmflasche unter die Füße. Sie schien zu glauben, daß alle anderen Probleme auch gelöst würden, wenn es ihr nur gelang, Jane wieder warm zu bekommen. Unter anderen Umständen hätte sich Jane wohl über dieses betuliche Verhalten amüsiert. Jetzt allerdings war sie durch die Ereignisse wie vom Schlag gerührt. Außerdem machte die Hitze sie schläfrig. Wenn sie sich doch nur wieder ins Bett legen könnte, um dann einen neuen Start in einen Tag ohne schlechte Neuigkeiten zu machen! Fiona hatte ihr gerade eine Tasse mit heißem, starkem, süßem Tee gereicht, als Shelley in die Küche gestürmt kam.

»Fiona, Ihr Hausmädchen hat mich hineingelassen. Du lieber Gott, was ist passiert? Jane, bist du verletzt?«

»Nein, es ist Phyllis. Sie ist tot.«

»Oh, nein!«

»War es ein Herzanfall?« erkundigte sich Fiona und schüttete eine weitere Tasse Tee für Shelley ein. »Sie machte einen ziemlich gesunden Eindruck, und sie war nicht alt. Etwa in unserem Alter, nicht wahr?«

»Es war kein Herzanfall. Es war Mord.«

»Mord!« riefen Shelley und Fiona wie aus einem Munde.

»Sie ist erstochen worden, denke ich. Da war schrecklich viel Blut.«

»Du hast sie gesehen?« fragte Shelley. »Jane, wie schrecklich – Fiona!«

Fiona war gegen den Küchenschrank getaumelt und sackte langsam in sich zusammen. Jane und Shelley sprangen beide auf sie zu, fingen sie auf und schafften es, sie auf einen Stuhl zu verfrachten. Nachdem sie Fionas Kopf zwischen ihre Knien hinuntergedrückt hatte, flüsterte Shelley: »Ich hätte dich warnen sollen. Sie reagiert komisch, wenn es um Blut geht. Ich habe einmal gesehen, wie sie sich in den Finger geritzt hat, während sie Radieschen schnitt. Danach ist sie kopfüber in den Salat gekippt.«

»Es tut mir so leid«, sagte Fiona, nachdem sie wieder zu sich gekommen war. »Wie dumm von mir.« Die Farbe kehrte langsam in ihr Gesicht zurück, und sie schüttelte sich einmal kurz, bevor sie aufstand. »Jane, setzen Sie sich doch wieder und decken Sie sich zu, Sie sehen immer noch verfroren aus.«

Jane tat bereitwillig, was ihr gesagt wurde. Sie hätte in Wahrheit auch nichts dagegen gehabt, für einige Minuten in eine erholsame, kleine Ohnmacht fallen.

Shelley nahm ihr gegenüber Platz. »Jane, was weißt

du über diese ganze Sache? Wer hätte ein Interesse, Phyllis umzubringen, und welches?«

»Sie wissen es nicht. *Ich* glaube, es war ein Versehen. Das heißt, wer immer es getan hat, wollte meiner Meinung nach Bobby töten, nicht sie.« Sie erklärte die Sache mit den Räumen, und daß Bobby das große Schlafzimmer hatte.

»Da bin ich nicht so sicher. Das setzt voraus, daß der Killer sich im Haus auskannte«, sagte Shelley.

»Nicht unbedingt«, warf Fiona ein, die sich wieder erholt hatte. »Man kann von draußen erkennen, daß der größere Raum an die Veranda grenzt. Eher könnte man aus der Art, wie die Treppe angelegt ist, schließen, daß es sich bei dem kleineren Zimmer lediglich um einen Schrank oder sonstwas handelte. Wenn man nicht extra die Tür öffnet, um nachzuschauen. Ich habe öfter einmal Essen und Zeitschriften zu der alten Dame hinüber gebracht und war überrascht, als ich herausfand, daß es sich um ein weiteres Schlafzimmer handelt.«

Shelley nickte. »Also schön. Es hat also jemand versucht, Bobby zu töten und dabei fälschlicherweise Phyllis erwischt. Aber wer? Einmal abgesehen von allen Unglücksraben, die das Pech hatten, ihn zu kennen? Gott! Die Polizei muß eine Menge Verdächtige haben.«

»Es gibt noch eine andere Möglichkeit«, sagte Jane. »Was ist, wenn Bobby es selbst getan hat?«

»Ist er wirklich ein so scheußlicher Kerl?« fragte Fiona erstaunt. »Sie war schließlich seine Mutter.«

»Ich habe einmal gelesen, daß die meisten Morde von Familienmitgliedern begangen werden«, sagte Jane. »Ich glaube, daß er es getan haben könnte. Was ich nicht verstehe, ist, welchen Grund er dafür haben sollte. Sie sorgte doch dafür, daß er so gut leben konnte.«

»Aber er war nicht schlau genug, sie anständig zu behandeln«, sagte Shelley. »Wenn er nur einen Funken Verstand besessen hätte, hätte er sie hofiert. Und er hätte auch *uns* hofiert, um sie zu beeindrucken.«

»Gut leben? Was soll denn das bedeuten?« erkundigte sich Fiona.

»Ach, richtig. Sie kennen ja die Geschichte nicht, wie sie an ihn geraten ist, stimmt's, Fiona?« Jane erklärte ihr, was sie am Tag zuvor über Bobbys Abstammung erfahren hatte.

»Ich hatte keine Ahnung«, sagte Fiona, nachdem Jane mit ihren Erläuterungen fertig geworden war. »Albert erzählte mir, daß sie nicht müde wurde, ihm die Geschichte von einem lange verloren geglaubten Sohn zu erzählen, als er sie hinüberbegleitete, damit sie sich das Haus ansehen konnte. Aber ich nahm an, daß sie verwitwet sei. Wollen Sie damit sagen, daß irgendwo ein unzufriedener Ehemann existiert? Ich meine doch, daß er der erste sein sollte, den man im Verdacht hat.«

»Ich vermute, daß die Polizei ihn sehr stark verdächtigt«, antwortete Jane. »Aber er ist bestimmt irgendwo in der Karibik.«

»Man kann Leute für solche Sachen anheuern«, warf Shelley ein.

»Ich weiß, aber ich bin sicher, daß es nicht so gewesen ist. Wenn es Chet dazu getrieben hätte, sie zu töten, dann wäre es ein Mord aus Leidenschaft geworden. In einem plötzlichen Wutanfall. Er hat sie zu sehr geliebt, als daß er sich ihrer so kaltblütig entledigt hätte. Außerdem gab es keinen Grund. Wenn es sein Wunsch gewesen wäre, sie aus seinem Leben zu entfernen, hätte er nur die Scheidung einzureichen brauchen.«

»Und hätte dann massig Alimente zahlen dürfen«, fügte Shelley hinzu.

»Ich glaube nicht, daß das für ihn eine Rolle spielt. Er besitzt viel mehr Geld, als er jemals ausgeben kann, und ich bin sicher, daß Phyllis nicht um viel gebeten hätte. So gut kannte er sie schon. Nein, der einzige, den Chet sicher gerne losgeworden wäre, ist Bobby, nicht Phyllis. Bobby war offensichtlich derjenige, der sein glückliches Leben ruinierte.«

Die drei Frauen saßen einen Moment lang schweigend da und dachten nach. Schließlich sagte Shelley: »Laß uns noch einmal zu der Theorie zurückkehren, daß Bobby der Mörder ist. War er dort?«

»Oh, ja. In seiner ganzen strahlenden Pracht. Er hatte einen Kater und hat sich ausgesprochen ekelhaft benommen.«

»Er ist gegen ein Uhr nachts nach Hause gekommen«, fügte Fiona hinzu. »Zumindest ist irgend jemand zu dieser Zeit zurückgekommen Ich bin von Türenschlagen und Fluchen wach geworden. Ich nahm an, daß es mehrere Leute waren, aber es ist durchaus möglich, daß es sich um eine einzelne Person handelte, die den Lärm veranstaltete und mit sich selbst sprach.«

Shelley dachte nach. »Ich bin mir trotzdem nicht sicher, Jane. Er ist unverschämt, aber ich glaube nicht, daß er die Nerven zu so etwas hat. Erst bringt er seine Mutter um und bleibt dann im Haus, um darauf zu warten, daß die Sache entdeckt wird? Wer hat übrigens die Polizei angerufen?«

»Ich habe nicht daran gedacht, mich zu erkundigen. Ich schätze, er hat es getan.«

»Nein, ich glaube nicht, daß er sich das alles trauen würde. Er ist arrogant, aber ich habe den Verdacht, daß er im Grunde ein Feigling ist. Die meisten arroganten Leute sind feige. Außerdem, *wie* könnte er von ihrem Tod profitieren? Es müßte ihm doch klar sein, daß ihm Chet nach Phyllis Tod den Geldhahn zudrehen wird.«

»Wer weiß?« beharrte Jane. »Angenommen, Chet hatte Phyllis eine Großteil des Vermögens überschrieben, das sie dann wiederum Bobby vermachte. Chet ist einige Jahre älter als Phyllis, und vielleicht hat er gedacht, daß sie es eines Tages, wenn er nicht mehr da ist, leichter haben wird, wenn das halbe Vermögen auf ihren Namen lautet.«

Fiona sagte: »Das könnte sein. Eine ganze Reihe von Eheleuten ziehen Gütertrennung vor, anstatt gemeinsam über das Vermögen zu verfügen. Rechtlich gesehen ergibt es keinen Sinn, aber viele Leute tun es immer noch. Wenn das wahr sein sollte, dann könnte der Junge nun alles auf einen Schlag bekommen und nicht Stück für Stück, wie es seiner Mutter gerade gefiel.«

»Ich kann mir nicht vorstellen, daß Phyllis so schlau gewesen ist, ein Testament zu machen«, sagte Jane. »Aber vielleicht hat sie es unter den gegebenen Umständen doch getan. Aber ob Bobby wohl wußte, was drinsteht?«

Shelley warf ihr einen mitleidigen Blick zu. »Phyllis? Die hat ihm ganz bestimmt alles erzählt. Du hast sie doch zusammen gesehen. Sie bemühte sich verzweifelt, irgend etwas zu finden, um sein Interesse an ihr zu wecken. Und Gespräche über ihr Testament hätten das sicher getan.«

»Ich denke, daß du recht haben könntest. Und wo wir gerade Verdächtige im familiären Bereich in Erwägung ziehen – was ist mit John Wagner?«

»John Wagner!« rief Fiona aus. »Sie meinen doch

wohl nicht den John Wagner, der drüben in der Oak Lane wohnt, oder?«

Jane nickte.

»Das ist ein ausgesprochen widerlicher Kerl. Er ist meiner Ansicht nach zu allem fähig.« Als sie den erstaunten Ausdruck auf den Gesichtern ihrer Besucherinnen sah, fügte sie erklärend hinzu: »Kurze Zeit, nachdem wir hier eingezogen waren, wandte er sich an Albert Wagner wegen eines Gemeindeprojektes, für das er Gelder auftreiben wollte. Es ging darum, ein paar Grundstücke aufzukaufen, die dann in einen Park verwandelt werden sollten. Albert war geneigt, ihm zu helfen, bis Ihr Mr. Wagner seine Pläne kundtat. So. wie er die Dinge sah, sollte ich praktisch das ganze Geld beisteuern, Albert all die Arbeit erledigen und er, Wagner, dafür das ganze Lob einheimsen, wobei der Park auch noch seinen Namen tragen sollte. Natürlich lehnte Albert ab, und Wagner legte danach in bezug auf unsere Finanzen und unsere Stellung ein ausgesprochen anstößiges Verhalten an den Tag.«

Jane konnte sich das nur zu gut vorstellen. Wahrscheinlich hatte er irgendeine Bemerkung darüber fallenlassen, daß es in Wirklichkeit Richie Divines Geld war und nicht ihr eigenes. Zumindest war das die Art von Kommentar, die sie von ihm erwarten würde.

Fionas Gesicht war gerötet. Die Erinnerung daran kränkte sie immer noch. »Es tut mir leid. Das Ganze ist absolut irrelevant. Ich hätte es nicht erwähnen sollen.«

»Nein, ich bin froh, daß sie es getan haben«, versicherte ihr Jane. »Ich werde Ihnen mal erzählen, was er über mich gesagt hat, als wir gemeinsam in einem Volleyballteam waren ...«

»Jane, das spielt hier ja wohl kaum eine Rolle«, unterbrach Shelley. »Wir sind uns alle einig, daß er ein Schweinehund ist. Aber bedeutet das nun, daß er seine Stiefmutter umgebracht hat? Und wenn ja, warum hat er damit all die Jahre gewartet?«

»Nun, zunächst einmal war sie plötzlich hier in Chicago, direkt vor seiner Nase. Ich glaube nicht, daß sie, seitdem er erwachsen ist, jemals vorher zu Besuch hier war. Und es wäre sehr viel schwieriger gewesen, zur Insel hinüberzufliegen und wieder zu verschwinden, ohne bemerkt zu werden. Aber das ist egal. Ich denke nicht, daß er sie getötet hat. Ich denke, er hätte statt dessen Bobby umgebracht oder es zumindest versucht. Seht mal, es ist bei Chet und John Wagner das gleiche. Bei beiden hatte sich seit dem Auftauchen von Bobby im Leben etwas geändert. Als er auf der Bildfläche erschien, begann alles schiefzulaufen.«

»Wie hätte er denn aber erfahren sollen, wo sie sich aufhielten?« erkundigte sich Fiona. »Sie hatte das Haus doch erst gestern nachmittag gekauft.«

»Aber sie hat ihn von meinem Telefon aus angerufen und eingeladen, vorbeizukommen.«

»Zu dir nach Hause?« rief Shelley aus. »Hätte er sich das getraut?«

»Sicher. Ihm ist ja gar nicht bewußt, daß er mich beleidigt hatte. Aber er ist sowieso nicht zu uns gekommen. Er hat sie aber doch noch besucht, allerdings erst am späteren Abend im Haus nebenan. Also kannte er das Haus ...«

Shelley nahm ihren Gedankengang auf. »Sie hat ihn wahrscheinlich herumgeführt, und er wußte, in welchem Zimmer sie sich aufhalten würde.«

»Vielleicht auch nicht.«

»Schau Jane, zum einen argumentierst du, daß Bobby

das eigentliche Opfer war, und zum anderen, daß er der Mörder sein muß. Beides auf einmal geht nicht.«

»Aber ich möchte, daß es das eine oder das andere ist«, gab Jane zu. »Wir wissen nicht genug, um zu erklären, was genau passiert ist, aber ich bin sicher, daß Bobby etwas damit zu tun hatte. Er ist viel zu gemein, um nur ein unschuldiger Zuschauer zu sein.«

Fionas Hausmädchen betrat mit einem verstörten Gesichtsausdruck die Küche. »Entschuldigen Sie, Mrs. Howard, aber hier ist ein Mann, der Sie sprechen möchte. Ein Polizeibeamter.«

»Vielen Dank, Celia. Machen Sie sich keine Gedanken. Er führt nur Untersuchungen wegen der Ereignisse im Nachbarhaus durch. Es besteht die Möglichkeit, daß er auch mit Ihnen zu sprechen wünscht.«

»Ich werde nach Hause fahren«, sagte Jane. »Er bekommt einen Anfall, wenn er mich hier entdeckt. Vielen Dank für den Tee, Fiona.«

Sie schlüpfte gemeinsam mit Shelley zur Hintertür hinaus.

»Ist das dein Detective VanDyne, der Fiona einen Besuch abstattet?« fragte Shelley, während sie zu den Autos gingen.

»*Mein* VanDyne?« wehrte Jane ab. Aber sie fand, daß es sich eigentlich gar nicht schlecht anhörte.

Zur Abwechslung war Jane froh, einmal in ein unaufgeräumtes Haus zurückzukehren, so hatte sie wenigstens etwas zu tun. Sie fütterte die Tiere und beseitigte dann das Durcheinander, das ihre Kinder stets in ihrer morgendlichen Hektik hinterließen.

Der Milchsee war das schlimmste. Willard war hindurchgelaufen und hatte überall in der Küche klebrige Spuren hinterlassen. Sie wischte alles auf und lief dann in den Keller hinunter, um das Handtuch, das sie auf die Milch geworfen hatte, auszuwaschen. Es war eins ihrer besten Handtücher, und sie stellte irritiert fest, daß es an einer Ecke auszufransen begann.

Seltsam, Wäsche und Glühbirnen schienen immer zur selben Zeit kaputtzugehen, gleichgültig, wie teuer sie gewesen waren. Sie würde wohl ein paar neue Handtücher kaufen müssen – ein Gedanke, der sie dazu brachte, ihre finanzielle Situation zu überdenken. Diese plüschigen Teile hier hatte sie erstanden, als Steve noch lebte und jede Woche Geld nach Hause brachte. Nun erhielt sie einmal im Monat einen Scheck von ihrer Schwiegermutter, der Steves Anteil aus den Profiten der Apotheken darstelle, die der Familie Jeffry gehörten. Außerdem waren da noch die Zinsen aus den Aktien, in denen sie das Geld aus Steves Lebensversicherung angelegt hatte. Aber diesen Betrag legte sie regelmäßig für die College-Ausbildung der Kinder zurück. Irgendwann in naher Zukunft würde sie sich ernsthaft mit dem Gedanken auseinandersetzen müssen, sich einen Job zu suchen.

Eine alte Tante hatte ihr am Tag nach Steves Tod einen Rat gegeben, den sie nur deshalb befolgt hatte, weil Tante May so energisch und von sich überzeugt war. Tante May hatte gesagt, die einzige Sache, die eine junge Witwe tun müßte, sei, nichts zu tun. Verändere nichts, treffe keine unnötigen, langfristigen Entscheidungen. Es war ein guter Rat gewesen und hatte Jane davon abgehalten, all diesen verrückten Einfällen zu folgen, die sie in den ersten Wochen nach Steves Tod gehabt hatte, aber diese Gnadenfrist war nun bald vorüber, das Jahr abgelaufen.

Während sie den Deckel der Waschmaschine schloß, fragte sie sich, ob Chet Wagner jetzt wohl aus einem Impuls heraus Veränderungen vornehmen und Entscheidungen treffen würde. War die Empfehlung ›nichts zu tun‹ ein Ratschlag, den ein erfolgreicher Geschäftsmann befolgen konnte oder überhaupt sollte? Natürlich hatten die meisten Männer, anders als viele Frauen, wenig Dinge, an denen sie sich festhalten konnten, wenn der Tod ein Loch in der Mitte ihres Lebens hinterließ. Eine Frau mußte immer noch die Wäsche waschen, Mahlzeiten kochen, Tiere und Kinder versorgen. Es war unmöglich, sich einfach in die Trauer hineinfallen zu lassen, wenn man verbrannte Hafergrütze vom Boden eines Topfes abkratzen mußte. Die meisten Frauen hatten zudem Freundinnen, die sie um sich versammeln konnten. Sie hatte einmal ein Fernsehspiel gesehen, in dem eine alte Frau über ein Mädchen, das in Schwierigkeiten steckte, sagte: »Sie ist wahrscheinlich zu ihrer Mutter nach Hause gefahren. Frauen wenden sich meist anderen Frauen zu, wenn sie Probleme haben.«

Der arme Chet. Männer schienen sich, wenn sie Probleme hatten, nicht allzu häufig anderen Männern zuzuwenden. Ob er wohl einen Freund hatte, dem er vertraute? Ganz bestimmt konnte er, wenn es um Mitgefühl und Unterstützung ging, nicht auf seinen Sohn John zählen. John Wagner gehörte nicht zu der verständnisvollen Sorte. Jane hatte den anderen Sohn nie kennengelernt, vielleicht war er netter. Natürlich gab es haufenweise Leute, die für Chet arbeiteten. Diejenigen unter ihnen, die gescheit und ehrgeizig waren, würden zumindest Mitgefühl heucheln und nach Möglichkeiten Ausschau halten, um ihm zu helfen. Vielleicht wäre das ja bereits genug.

Jane ging wieder nach oben und machte sich daran, das Wohnzimmer aufzuräumen, damit sie es weiter dekorieren konnte. Sie hob Dinge auf, die die Kinder liegengelassen hatten, und nahm sie mit ins obere Stockwerk, wo sie sie in ihren Zimmern ablud. Sie schüttelte Kissen auf, ging halbherzig mit einem Staubtuch über die glatten Oberflächen und hievte den widerspenstigen Staubsauger aus dem vorderen Flurschrank. Aber als sie das erste Mal über den Boden fuhr, saugte sie einen Cent auf, der einen Augenblick lang einen gräßlichen Lärm veranstaltete, bevor das Gerät einmal stöhnte und dann stinkend den Geist aufgab. »Verdammt!« schrie sie, zog die Schnur des Monsters aus der Steckdose und drehte es um, damit sie es auseinandernehmen konnte. Als sie sich niederkniete, sah sie etwas Weißes unter dem nächststehenden Sessel schimmern. Es war eine von Phyllis' Stricktaschen. Jane krabbelte hinüber, zog die Tasche zu sich und warf einen Blick hinein. Bobbys karmesinroter Pullover. Er würde nun niemals beendet werden. Jane zog einen Ärmel heraus und schaute sich das komplizierte Zopfmuster an, das offenbar mit Nadeln der Größe zwei oder drei gestrickt wurde. Sie konnte die scharfen Ecken eines Strickbuches in der Tasche fühlen. Vielleicht war sie in der Lage, den Pullover für Phyllis zu beenden. Das schien ein angemessener Tribut zu sein, insbesondere in Anbetracht der Tatsache, wie schwer dies einer Amateurin wie Jane fallen würde. Aber was sollte sie damit anfangen, wenn und falls sie ihn jemals beenden konnte? Ihn Bobby geben, wie Phyllis es beabsichtigt hatte? Gott, nein! Dieser Tag würde niemals kommen, an dem Jane auch nur eine Masche für Bobby aufnehmen würde.

Sie stopfte den Pulloverärmel zurück in die Plastiktüte und fragte sich gerade, was sie nun damit anfangen sollte, als es an der Tür klopfte. Willard benahm sich natürlich wie ein Verrückter. Als er an ihr vorbeigestürzt kam und derartig kläffte, als lauere draußen eine Bande von Verbrechern, die jeden Moment die Haustür niederreißen würde, griff Jane nach seinem Halsband und riß sie dadurch beide fast von den Füßen. Nachdem sie ihn die Stufen der Kellertreppe hinuntergeschoben hatte, ging sie zur Vordertür und entdeckte Mel VanDyne. Kein Wunder! Natürlich *mußte* er gerade dann vorbeikommen, wenn mitten im Wohnzimmer ein toter Staubsauger lag, aus dem die gesamten Innereien hervorquollen.

»Kommen Sie. Setzen wir uns in die Küche«, sagte sie. »Gibt es schon etwas Neues?«

»Nichts Besonderes. Ich habe Nachbarn befragt. Ich hoffe, daß Sie mir noch etwas erzählen können, was die Leute selbst mir nicht mitgeteilt haben.«

»Sie glauben also, daß ein Nachbar sie getötet hat?«

»Nein, das tue ich nicht. Laut dem, was Sie und Mrs. Howard mir berichtet haben, war Mrs. Wagner ja gerade erst angekommen und hatte das Haus gestern gekauft. Keiner hatte jemals von ihr gehört oder sie gekannt. Es scheint mir sehr unwahrscheinlich, daß irgend jemand innerhalb einer so kurzen Zeit einen mörderischen Haß entwickelt haben könnte. Dennoch muß ich es überprüfen.«

Jane hatte zwei Tassen Kaffee eingeschenkt und sich ihm gegenüber an den Tisch gesetzt. Zumindest hatte sie die Milchlache aufgewischt und die Krümel verschwinden lassen. Er würde nicht mit schmutzigen Ellenbogen von ihrem Tisch aufstehen. Wenn sie ihn schon nicht mit Ordentlichkeit beeindrucken konnte, so würde er zumindest wegen ihr keinen Plausch mit dem Gesundheitsamt halten. »Ich verstehe schon. Dies ist eine Spur der polizeilichen Untersuchungen, die ins Nichts führt, und daher ist es in Ordnung, wenn Sie mit mir darüber sprechen.« Er grinste sie über seine Kaffeetasse hinweg an. *O, diese Zähne!* »Erzählen Sie mir trotzdem über die Howards und Mr. Finch.«

»Sagen Sie mir zuerst, was Sie von ihnen halten.«

»Na schön. Mrs. Howard ist eine nette Engländerin, und Mr. Finch ist kein sehr netter Amerikaner. Es gibt auch noch ein Haus, das sich nach hinten raus in der nächsten Straße befindet, aber die Bewohner sind zur Zeit verreist.«

»Die Nachbarn glauben, daß Mr. Finch Hunde und Katzen vergiftet, die in seinen Garten kommen.«

»Ich weiß. Die örtliche Polizeidienststelle hatte eine dicke Akte mit Beschwerden, aber keine Beweise. Mrs. Wagner kannte ihn doch nicht, oder?«

»Natürlich nicht. Wie sollte sie? Sie hat ja erst einige Stunden in dem Haus gewohnt. Wann genau ist Phyllis eigentlich gestorben?«

»Kann ich noch nicht genau sagen. Nach der ersten Schätzung des Leichenbeschauers zwischen Mitternacht und vier Uhr morgens. Ihr Sohn hat gesagt, daß sie mit ihm gesprochen hat, als er nach Hause kam, aber er weiß nicht, um wieviel Uhr das war. Er denkt gegen eins. Das wäre die Zeit, zu der Mrs. Howard eine oder mehrere Stimmen gehört hat. Kennen Sie diesen Finch?«

»Nein. Wir haben eine ›Nick‹-Bekanntschaft, wie meine Mutter es nennen würde. Ich sehe ihn manchmal, wenn er seinen Rasen bearbeitet, der ihm heilig ist. Und wir laufen ab und zu im Supermarkt aneinander vorbei. Meine Kinder haben Angst vor ihm, aber der Grund dafür ist wohl, daß er der Buhmann der Nachbarschaft ist. Er hat sie ein- oder zweimal angeschrien, weil sie eine Abkürzung durch seinen Garten genommen haben. Tatsächlich hat er mich einmal, als Mike noch klein war, angerufen, um mir zu sagen, was für schlechte Manieren der Junge habe. Mir ist nie so richtig klargeworden, worum es damals eigentlich ging.«

»Denken Sie, daß er jemand ist, der einen Mord begehen könnte?«

»An Hunden und Katzen, ja. Aber wenn Phyllis nicht gerade mit einem Traktor quer über seinen kostbaren Rasen gefahren ist, kann ich mir nicht vorstellen, warum er auch nur das geringste Interesse an ihr gehabt haben sollte, ganz zu schweigen von dem Verlangen, sie zu töten.«

»Leuchtet ein. Als ich bei ihm war, um mit ihm zu reden, versuchte er, mich dazu zu bringen, meine Schuhe auszuziehen, bevor ich das Haus betrat. Ich habe den Eindruck, daß Mord für ihn eine zu dreckige Angelegenheit ist. Was ist mit Mrs. Howard?«

»Fiona? Sie wissen doch, wer sie ist, nicht wahr? Sie ist Richie Divines Witwe.«

VanDyne setzte mit einem Klirren seine Kaffeetasse ab.

»Sie machen Witze! *Der* Richie Divine? Natürlich – Fiona Divine. Ich hätte den Namen Fiona erkennen sollen.«

»Ich schätze, sie wird mit Zufriedenheit zur Kenntnis nehmen, daß sie es nicht getan haben.«

»Sein Tod hat mich sehr interessiert. Meine Schwester besuchte damals gerade Freunde in Seattle und war bei seinem letzten Konzert. Sie war bei einer Art Pyjamaparty, als im Radio die Nachricht kam, daß sein Flugzeug auf dem Weg zu seinem nächsten Konzert über den Pazifik abgestürzt war. Sie rief mitten in der Nacht zu Hause an und weckte die ganze Familie, um es uns zu sagen. Ich fand immer, daß es da etwas Verdächtiges gab, selbst damals schon.«

»Warum? Tragisch, ja. Aber verdächtig?«

»Erinnern Sie sich denn nicht mehr? Es gab irgendeine Verbindung zum organisierten Verbrechen – sie kassierten Profite seiner Tourneen. Er hatte doch sogar gegen seinen eigenen Manager ausgesagt, der daraufhin alle, die er kannte, verpfiff.«

»Das hatte ich ganz vergessen. Wollen Sie damit sagen, daß die Mafia etwas mit dem Absturz seines Flugzeuges zu tun hatte?«

»Soweit bekannt, gab es keine Beweise dafür. Aber das Flugzeug hatte nicht einfach zu wenig Treibstoff und fiel in den Ozean. Zuerst einmal explodierte es in der Luft. Sie haben nie genug Teile des Flugzeuges – oder der Passagiere – gefunden, um zu rekonstruieren, was passiert ist.«

»Oh, igitt. Es ging mir besser, als ich das noch nicht wußte.« »Tut mir leid.«

»Haben Sie je schon mal darüber nachgedacht, wie viele Entertainer bei Flugzeugabstürzen ums Leben gekommen sind? Will Rogers, Glenn Miller ...«

»Buddy Holly, der Big Bopper und Richie Valens in derselben Maschine«, fügte Mel hinzu.

»Rick Nelson, Patsy Cline ...«

»Interessant, aber ohne Bedeutung, wenn ich das sagen darf. Kannte Mrs. Wagner Fiona?«

»Nein, nicht bevor ich sie mit dorthin nahm, um einige Kartons für den Basar umzustellen. Phyllis hat zwar erwähnt, daß sie Leute kannte, die wiederum mit Fiona bekannt waren, aber sie konnte sich nicht mehr daran erinnern, wer es war. Um ganz ehrlich zu sein, ich glaube, daß Phyllis es hier mit der Wahrheit nicht so ganz ernst genommen hat. Ich vermute, daß sie in Zeitschriften über Fiona gelesen hatte.«

»Sie hatten sich also noch nie vorher getroffen?«

»Nein, da bin ich sicher. Frauen, die sich einmal irgendwo kennengelernt haben, tun zumindest immer so, als ob sie sich aneinander erinnern können. Keine von beiden hat das getan.«

»In Ordnung. Wen kannte Mrs. Wagner außerdem in Chicago?«

»Soweit ich weiß niemand. Die Tante, bei der sie früher gelebt hat, ist, glaube ich, vor einigen Jahren gestorben. Es wäre möglich, daß sie Bobbys Adoptivfamilie gekannt hat. Sie hat mir etwas über seine Stiefmutter erzählt, die wohl nicht mit ihm zurechtgekommen ist, aber dabei könnte es sich auch lediglich um Bobbys Version der Geschichte handeln. Es ist mir nicht bekannt, daß sie die Familie jemals getroffen hat. Chet war offenbar derjenige, der Bobby als Überraschung für sie aufgetrieben hat.«

»Gott, was für eine schöne Überraschung. Wohl eher ein Schock, denke ich.«

»Sie hat ihn angebetet.«

VanDyne starrte sie an.

»Unglaublich, aber wahr«, beharrte Jane.

»Hat sie jemals etwas erwähnt, das darauf schließen lassen könnte, daß seine Adoptivfamilie irgend etwas gegen sie hatte?«

»Nein, viel eher habe ich zwischen den Zeilen herausgelesen, daß man froh war, ihn loszuwerden. Aber das könnte wiederum lediglich meine Interpretation sein aufgrund der Empfindungen, die ich ihm gegenüber habe. Haben Sie schon mit der Familie gesprochen?«

»Nein, die Adoptiveltern sind im Moment nicht in Chicago. Machen Urlaub in Florida. Natürlich ist heutzutage, wo der Luftverkehr so schnell und einfach ...« Plötzlich schien ihm bewußt zu werden, daß er mit einer *Zivilistin* schwatzte. »Vielen Dank für Ihre Hilfe«, sagte er und begann, aufzustehen.

»Warten Sie noch eine Minute!« befahl Jane. »Sie haben mich eine Menge Dinge gefragt, die Sie sowieso nicht brauchen und haben mir gar nichts gesagt. Ich habe auch ein paar Fragen. Zunächst: Wer hat Sie benachrichtigt?«

»Bobby selbst. Er sagte, er sei aufgestanden, um auf die Toilette zu gehen, habe einen Blick in ihr Zimmer geworfen und gesehen, daß sie tot war. Zu dem Zeitpunkt, als die Beamten bei ihm eintrafen, war er ohnmächtig geworden.«

»Glauben Sie, daß er sich so verhalten würde, wenn er sie getötet hätte?«

»Wer kann das sagen? Möglicherweise war er ja so betrunken, daß er nicht mehr klar denken konnte. Oder aber sogar völlig vergaß, daß er sie getötet hatte. Oder er hatte sich zunächst überlegt, daß sie erst einmal von niemanden gefunden werden würde und er die Sache nur kaltschnäuzig durchstehen mußte.«

»Vielleicht. Haben Sie Chet schon ausfindig gemacht?«

»Nein, er ist nicht auf dieser Insel, die ihnen gehört, und niemand scheint zu wissen, wohin er verschwunden ist. Sein Assistent hat mir versprochen, mich zu informieren, sobald er etwas herausgefunden hat.«

»Verdächtigen Sie ihn etwa immer noch?«

»Ich wäre sowohl verrückt als auch nachlässig, wenn ich es nicht tun würde. Wie gut kennen Sie diesen Kerl?«

»Ich habe ihn eigentlich nie richtig kennengelernt, aber ich weiß, daß er Phyllis angebetet hat.«

»Immer noch? Oder hat er das vor siebzehn Jahren getan?«

»Was soll das heißen?«

»Sie haben diese fixe Idee, daß er sie angebetet hat, von *ihr*, nicht wahr? fragte VanDyne. »Schauen Sie, wenn sie ohne ihren abscheulichen Sohn hierhergekommen wäre und Ihnen nur von ihm erzählt hätte, wäre Ihr Eindruck von Bobby nicht ein ganz anderer?

Daß er ein toller Junge sein muß, der seine Mutter liebt? Vielleicht ist es das gleiche mit ihrem Mann.«

»Davon bin ich nicht überzeugt. Aber vielleicht haben Sie ja recht. Sie denken also, daß Chet sie getötet hat?«

Er stellte seine Kaffeetasse in der Nähe der Spüle ab und ging auf die Haustür zu. »Wissen Sie, es ist mir eigentlich nicht erlaubt, meine Ansichten in der breiten Öffentlichkeit zu diskutieren.«

»Mit anderen Worten, Sie haben noch keine Ahnung – und ich bin übrigens nicht die ›breite Öffentlichkeit‹. Ich war Phyllis' Freundin. Abgesehen vom Killer wahrscheinlich die letzte Person, die sie lebend gesehen hat.«

VanDyne war an der Vordertür angekommen und hatte seine Hand locker auf die Klinke gelegt. Jetzt warf er Jane einen langen, kühlen Blick zu. »Ja, da mögen Sie wohl recht haben.«

Jane fühlte, wie ihr das Herz in die Hose sank. »Sie … Sie unmöglicher Kerl! Sie sind gar nicht auf einen freundlichen Schwatz vorbeigekommen. Sie sind hier, um mich zu vernehmen. Gehöre ich etwa zum Kreis der Verdächtigen?«

»Im Moment tut das jeder«, erwiderte er ruhig. Aber es gab etwas um seine Mundwinkel, das verdächtig nach einem beginnenden Lächeln aussah.

»Aber doch nicht ich! Raus mit Ihnen!«

»In Ordnung«, entgegnete er und ignorierte fröhlich ihre Wut. »Bis demnächst – Jane.«

Sie knallte die Tür hinter ihm zu, lehnte sich dann dagegen und lauschte, wie Willard erneut wie ein Wahnsinniger zu bellen begann. Sie war sich nicht sicher, ob sie lachen oder weinen sollte. Dieser Mann konnte einen wirklich verrückt machen. Aber verrückt war immer noch eine ganze Portion besser als todlangweilig.

Jane erwischte sich dabei, daß sie darüber nachdachte, wie es wohl wäre, mit ihm über andere Dinge als Verbrechen zu reden. Was wäre, wenn er sie tatsächlich einmal einladen würde, mit ihm auszugehen? Worüber würden sie sich unterhalten? Wohin würden sie gehen? Ob sie wohl feststellen würden, daß sie Gemeinsamkeiten hatten? Ob er sie wohl überhaupt ein klein wenig interessant finden würde, sobald er nicht bemüht war, bestimmte Informationen aus ihr herauszuquetschen? Und würde sie *ihn* noch interessant finden, nachdem sie die Gelegenheit gehabt hatte, sein Lächeln ausgiebig zu bewundern? Sie war gerade an dem schwindelerregenden Punkt ihrer Spekulationen angekommen, an dem sie sich fragte, wie es wohl sein würde, ihn zu küssen, als Willard, der immer noch im Keller eingesperrt war, ein mitleiderregendes Jaulen von sich gab.

»Ich weiß genau, wie du dich fühlst«, sagte sie zu ihm.

Jane befreite Willard und machte sich dann wieder daran, den Staubsauger in Ordnung zu bringen. Sie hatte ihn gerade wieder zusammengesetzt, als es erneut an der Tür klopfte. Sie öffnete und sah draußen ihre Freundin, Suzie Williams, die weiter unten in derselben Straße wohnte. »Herr im Himmel, Jane, kannst du diesem Hund nicht das Maul stopfen?« fragte Suzie.

Sie war eine kräftige, blendend aussehende Frau, die die gesamten Theorien über Abmagerungskuren zu einer Farce degradierte. Ihr Körperbau erinnerte an Mae West, und sie besaß eine lange Mähne aus naturgelocktem, naturblondem Haar – oder zumindest war es so kunstvoll frisiert, daß es natürlich aussah. Suzie war für den Einkauf und Verkauf in der Miederwarenabteilung des örtlichen Kaufhauses zuständig und außerdem der lebende Inbegriff einer Anti-Karrierefrau. Obwohl sie in ihrem Job ausgesprochen erfolgreich war, machte sie keinen Hehl daraus, daß sie sich ständig auf der Suche nach einem Mann befand, der ihr zunächst einmal das Bett wärmen sollte, um dann, falls er sich als sexuell zufriedenstellend erwiesen hatte, ihr Scheckbuch mit wunderschönem Geld zu füllen, das *er* verdient hatte. Zudem war sie die herzerfrischendste, vulgäre Person, die Jane jemals kennengelernt hatte.

»Komm herein, Suzie. Du mußt es ja dicke haben, wenn du es dir erlauben kannst, mitten am Tag hier herumzuspazieren!«

»Vorsicht mit irgendwelchen Anspielungen, die meinen Umfang betreffen könnten«, erwiderte Suzie und segelte durch die Küche. »Ich war auf dem Weg nach Hause, um zu Mittag zu essen, und sah, daß ein roter MG in deiner Einfahrt parkte. Also bin ich um den Block gefahren, bis er verschwunden war. Das war doch unser alter Freund Detective VanDyne, nicht wahr?«

»Ja, das war er. Ich schwöre dir, dieser Mann macht mich verrückt.«

»So gut ist er?«

»*Das* wollte ich damit nicht sagen – eher das Gegenteil, fürchte ich.«

»Komm auf den Punkt, Jane. Was wollte er hier? Wenn du dich von ihm aufs Kreuz legen läßt, dann möchte ich jede saftige Kleinigkeit erfahren. Und dann möchte ich wissen, was ich tun muß, um als nächste an die Reihe zu kommen. Dem Aussehen des Wagens und seiner Kleidung nach zu urteilen, hat er ein anständiges Auskommen.« Sie kramte in ihrer Handtasche herum, zog ein paar Bonbons hervor und bot Jane eins an.

»Nein, danke. Ich lasse mich nicht von Mel VanDyne aufs Kreuz legen. Ich träume nur ein wenig vor mich hin.«

»Oh, wir nennen ihn jetzt also schon Mel? Jane, meine Zeit ist knapp, und ich verpasse mein Mittagessen, um dir hier in die Quere zu kommen. Willst du mir nicht wenigstens ein Butterbrot anbieten, während du mir alles erzählst?«

»Ich habe nur noch verschimmeltes Brot. Laß uns lieber zusammen einen Hamburger essen gehen.«

Sie stiegen in Suzies Wagen und fuhren zum nächstgelegenen McDonald's. Während sie sich hungrig über die Big Macs hermachten. – »Für mich bloß nichts von diesem Salatmist. Ich muß bei Kräften bleiben, um den ganzen Nachmittag Korsetts anpassen zu können«, sagte Suzie –, erklärte Jane, warum Mel VanDyne bei ihr zu Hause gewesen war.

Suzie kaute sehr manierlich an ihrer zweiten großen Portion Pommes frites und sagte: »Ich würde mich für dieses Arschloch Finch entscheiden. Ich möchte ihn hinter Schloß und Riegel sehen, egal, ob er es getan hat oder nicht.«

»Was hast du denn gegen Mr. Finch?«

»Nicht halb so viel, wie er wohl gegen mich hat. Als ich im letzten Sommer mal einen Spaziergang machte und an seinem Haus vorbeikam, tauchte er plötzlich auf und begann, von seinem neuen Schuppen im Garten zu erzählen. Ich schätze, es war wohl seine Vorstellung von flirten, dieser dusselige Bastard. Nun, ich hatte gerade nichts besonders Dringendes zu erledigen und dachte, zum Teufel, warum soll ich dem alten Narr nicht die Freude machen und mir das verdammte Ding zeigen lassen. Also weißt du! Er lockt mich also in diesen Schuppen, wo es nach Unkrautvernichter stinkt und urplötzlich fängt er an, mich zu begrapschen.«

»Was hast du getan?«

»Ihm natürlich mein Knie in die Weichteile geknallt. Das hat seine Zahnprothese so richtig gut zum Klappern gebracht. So ein alter Bock.«

»So alt ist er doch noch gar nicht, oder?«

»Glaube ich auch nicht. Um die fünfzig oder so, aber diese altjüngferlichen, zimperlichen Typen machen immer einen älteren Eindruck. Ich hatte ihn schon als schwul abgehakt, und deshalb hat mich diese ganze Sache so unvorbereitet erwischt. Es gelingt Männern sonst nicht so oft, mich zu überraschen.«

»Suzie, ich finde, du solltest VanDyne hiervon erzählen. Vielleicht hat Finch versucht, Phyllis zu vergewaltigen und hat sie am Ende getötet.«

»Vergewaltigung? Das würde er nicht tun.«

»Aber du hast doch gesagt, daß du dich gegen ihn wehren mußtest.«

»Oh, nicht daß ich es tun mußte, vielmehr habe ich einfach die Gelegenheit genutzt. Ich war nicht wirklich in Gefahr. Ich war nur sauer auf ihn. Nein, ich glaube nicht, daß Finch wirklich in Frage kommt, so sehr ich es mir auch wünsche und so gerne ich VanDyne einen netten, kleinen Besuch abstatten würde. Ich denke, es war der Ehemann oder der Stiefsohn. Mord liegt meistens in den Familien.«

»Aber ihr Mann hat sie geliebt.«

»Quatsch! Wenn es darum geht, Liebe gegen Unterhaltszahlungen abzuwiegen, dann verliert die Liebe immer. Selbst mein Mann – Arschloch, das er nun einmal ist – war in jeder Hinsicht großzügig, bis wir uns scheiden ließen. Wegen des Kindesunterhalts benimmt er sich jeden Monat so, als ob ich ihm ein paar Zähne ziehen wollte – und dabei ist er ganz verrückt nach dem Kind. Aber er kann einfach die Vorstellung nicht ertragen, daß ich auch nur einen Blick auf sein Geld erhasche, während es vorbeizieht.«

»Aber Chet hat massig Geld. Mehr als er braucht.«

»Nun komm schon, Jane! Keiner glaubt, daß er mehr hat, als er braucht. Diese ganze Habsucht, dieser Trieb läßt sich nie abstellen.«

»Vielleicht hast du recht.«

»Darauf kannst du wetten. Ich muß wieder zurück zur Arbeit. Es gibt draußen in der Welt jede Menge Frauen, die zu alt sind, um ohne Hilfe durch die Gegend zu hüpfen, und sie alle warten verzweifelt darauf, daß ich mich ihnen widme. Bist du mit deinem Essen fertig?«

Als Suzie sie zu Hause absetzte, sagte sie: »Oh, Jane, das hatte ich fast vergessen. Ich habe mir am Montag freigenommen, um beim Basar mitzuarbeiten. Und ich habe auch wie immer den Freitagnachmittag zur Verfügung, also kann ich dir morgen helfen, wenn du mich brauchst.«

»Und ob wir dich brauchen. Durch diese ganze Geschichte habe ich fast den Basar vergessen.«

Jane verbrachte den Rest des Nachmittags damit, eine der Aufgaben zu erledigen, die ihr für den Basar übertragen worden war. Sie saß mit dem Telefon und ihrer Liste potentieller Helferinnen am Küchentisch und schaffte es, eine Art Dienstplan aufzustellen. Sie, Shelley und Fiona würden die ganzen Sortierarbeiten, den Aufbau und zudem den eigentlichen Verkauf übernehmen. Aber vorher und hinterher wurden auch noch viele Leute gebraucht.

Einige Gegenstände vom bevorstehenden Basar sollten am kommenden Sonntagmorgen im Foyer der Kirche ausgestellt werden – obwohl es einiges Gebrumme von seiten der frommen Kirchgänger gegeben hatte, angesichts dieser eklatanten Zurschaustellung von Kommerz. Eine Frau benahm sich so, als hätte sie vor, über den Altar hinweg mit Plastiknikoläusen zu handeln. Solche Leute bedachte Jane mit ihrer Standardantwort, daß der Glaube allein die Kirche in der realen Welt nicht funktionstüchtig erhalten könne. Sie beherrschte diese ordentliche kleine Rede im Schlaf und nötigte auf diese Weise die meisten von ihnen, zuzustimmen, in irgendeiner Weise behilflich zu sein.

Die ausgesuchten Stücke sollten dann dort verbleiben, um am selben Abend beim Konzert des Kirchenchors noch einmal gezeigt zu werden. Mit einigen Schwierigkeiten gelang es Jane, Freiwillige aufzutreiben, die diese Ausstellungsstücke nach dem Konzert mitnehmen und zu Fiona zurückbringen würden.

Am Montagmorgen würde dann der Verkauf beginnen, und Jane brauchte für diesen Tag eine ganze Mannschaft von neuen Leuten. Einige wurden benötigt, um in der ganzen Nachbarschaft Plakate aufzuhängen, und andere, um beim eigentlichen Verkauf mitzuarbeiten. Für diese Aufgabe war es nicht schwierig, jemanden zu finden, denn sie wurde als der vergnügliche Teil angesehen. Sie bot außerdem die Möglichkeit, die eigene karikative Veranlagung für alle sichtbar zu präsentieren. Frauen, die keinen Finger gerührt, nicht einmal das Scheckbuch gezückt hatten, um auf irgendeine Weise zu helfen, boten sich an, zu verkaufen; mit dem Gehabe einer Königin, die sich herabläßt, ihre Untergebenen für ein oder zwei Stunden mit ihrer Gegenwart zu beehren.

Problematisch war es, Leute aufzutreiben, die dabei helfen würden, das wegzuräumen, was übriggeblieben war. Die letzte Vorsitzende des Basars hatte sie gewarnt, daß die Menge der übriggebliebenen Teile überwältigend sein könne und es unerläßlich sei, Frauen zur Verfügung zu haben, die selbst keine Dinge beigesteuert hatten, da sie entscheiden sollte, was weggeworfen und was für zukünftige Verkäufe aufbewahrt werden konnte. Im vorletzten Jahr hatten die Parslow-Schwestern diese Arbeit übernommen, und neunzig Prozent der übriggebliebenen Sachen waren liebevoll – wenn auch geschmacklos – von ihnen selbst angefertigt worden. Es hatte Tränen und hysterische Anfälle gegeben.

Bei jedem Anruf mußte die Zeit für einen kleinen Plausch miteinkalkuliert werden. Da es sich nicht um bezahlte Angestellte handelte, konnte Jane den Frauen nicht einfach kurz und bündig mitteilen, was sie tun sollten, und anschließend auflegen. Sie mußte sich höflich all die ausführlich geschilderten Entschuldigungen anhören, die von Kindern, Ehemännern, Windpocken, Schulveranstaltungen, Gebärmutteroperationen und Besuchen von weither angereisten Verwandten handelten. Einige waren durchaus gewillt, zu helfen, wollten Jane aber dafür im Gegenzug Versprechungen irgendwelcher Art entlocken. Als sie schließlich fertig war, hatte sie zugestimmt, sich als Sekretärin für die örtliche M.A.D.D.-Gruppe zur Wahl zu stellen, im Februar einen Haufen Kindergartenkinder innerhalb ihres Projekts »wie alles wächst« zur Besichtigung eines Gewächshauses zu fahren, die Zuckerwattemaschine bei der Karnevalsveranstaltung der Eltern-Lehrer-Vereinigung zu bedienen und die Pizza-Party der High-School-Band Mitte des Schuljahres zu beaufsichtigen.

Und während sie sich am Telefon unterhielt, häkelte Jane wie eine Verrückte und murmelte die ganzen Zeit im stillen vor sich hin: »Dreifach, dreifach, dreifach, einfach ...«

Bevor sie ihre Organisation unterbrechen mußte, um ihre Tour mit den Fahrgemeinschaften zu machen, breitete Jane die Decke auf dem Wohnzimmerboden aus. Sie wurde wirklich sehr schön, und wenn sie von nun an bis zum Sonntag weder essen noch schlafen würde, hätte sie sogar noch eine Chance, sie fertig zu bekommen.

Sie hatte schon halb den Gedanken im Kopf, daß Phyllis sie für sie zu Ende häkeln könnte, als ihr wieder einfiel, daß Phyllis tot war. Der geschäftliche Nachmittag hatte sie dazu gebracht, es vorübergehend zu vergessen. Sie verspürte plötzlich das Gefühl eines großen Verlustes wegen einer Frau, die sie nie gut gekannt hatte. Phyllis Wagner würde nie mehr bei einer Decke behilflich sein oder den Pullover für ihren Sohn beenden oder sonst etwas tun. Als Jane Willard von der Decke hinunterschubste, um sie zusammenzulegen und mitzunehmen, damit sie, während sic auf die Kinder wartete, daran arbeiten konnte, hatte sie Tränen in den Augen.

Jane hatte sich Sorgen darüber gemacht, den Kindern – insbesondere Todd – von Phyllis' Tod erzählen zu müssen. Aber da sie es mit der Wahrheit nicht ganz so genau genommen hatte (indem sie sie glauben machte, daß es eine natürlicher Tod gewesen war) und die Jahre zuvor nie über ihre Freundin Phyllis gesprochen hatte, und die Kinder sie nie kennengelernt hatten, nahmen sie die Nachricht normal, um nicht zu sagen ausgesprochen gefühllos, auf. »Das ist schlimm, Mom. Wann gibt es Abendessen? Ich muß um sieben zur Probe der Bläsergruppe«, sagte Mike, als er nach Hause kam.

»Ich wette, du bist traurig«, sagte Todd und wandte dann seine Aufmerksamkeit wieder Willard zu, den er mit einem Kartoffelchip neckte.

Überraschenderweise zeigte Katie das meiste Verständnis, wenn sie es auch auf eine etwas unglückliche Weise ausdrückte. »Das ist schrecklich, Mom. Ich schätze, eines Tages werde ich auch alt sein, und meine Freunde fangen an zu sterben.«

»Ich bin nicht alt!«

»Du weißt schon, was ich meine.«

»Da bin ich nicht so sicher.«

»Mom, erinnerst du dich noch an den gelben Esprit-Pullover im Einkaufszentrum? Den ich dir gezeigt habe? Jenny hat erzählt, daß sie gestern abend dagewesen und er reduziert worden ist.«

Ein Exemplar zum vollen Preis und die dazu passende Hose lagen bereits in Weihnachtspapier verpackt in Janes Schlafzimmerschrank. »Es tut mir leid Katie. Ich habe dir bereits gesagt, keine gelben Pullover mehr. Du hast schon zwei Stück.«

»Stimmt, aber du hattest dir einen ausgeliehen und Senf darauf gekleckert, weißt du noch?«

»Mom, da ist jemand für dich an der Tür. Ein Mann«, sagte Mike, als er auf dem Weg zum Kühlschrank an ihr vorbeikam.

Während sie sich fragte, wie lange Mike wohl benötigt hätte, um ihr diese Nachricht mitzuteilen, falls er nicht hungrig gewesen wäre, zupfte Jane ihre Bluse zurecht und sagte: »Katie, bring den Hund in den Keller, bevor er merkt, daß ein Fremder im Haus ist.«

Halb erwartete – hoffte? – sie, daß der Besucher Mel VanDyne sein würde. Sie war deshalb überrascht, einen Mann zu sehen, den sie auf Anhieb nicht einordnen konnte, bis sie in ihm den Plagegeist der Volleyballmannschaft erkannte. »Sie kennen mich nicht, Mrs. Jeffry, ich bin John Wagner.«

»Bitte kommen Sie herein.« Sie führte ihn ins Wohnzimmer. Todd hatte den Fernseher eingeschaltet und suchte nach einer interessanten Sendung, die er sich anschauen konnte. »Schieb ab, mein Junge«, sagte sie. Er warf ihr die Fernbedienung zu, ein Objekt, dessen Handhabung sie nie richtig verstanden hatte. Anstatt ihre Unwissenheit einzugestehen, legte sie das Gerät auf einen Beistelltisch, ohne zu versuchen, den Fernseher auszuschalten. »Wir haben uns schon einmal getroffen«, berichtigte sie dann ihrem Gast. »Beim Volleyballspielen, vor einem Jahr ungefähr.«

Sein überraschter Blick verwandelte sich in Verlegenheit.

»Oh, ja. Ich erinnere mich jetzt. Ich mußte mit dem Spielen aufhören. Meine Frau drohte mir, mich zu verlassen. Ich verwandele mich in eine Art Tyrann, wenn ich auf dem Platz stehe.«

Janes bisherige Meinung über ihn bekam einen Knacks. Konnte dieser einsichtige Mann wirklich dasselbe Monster sein, das sie dreimal in einem Spiel als ›Transuse‹ bezeichnet hatte? »Es ist gut, daß sie Sie gestoppt hat. Sie wissen ja, was mit Tyrannen passiert. Mr. Wagner, die Sache mit ihrer Stiefmutter tut mir leid.«

»Ich bin hierhergekommen, um auch Ihnen mein Mitgefühl auszudrücken. Da sie beide sich so nahegestanden haben, muß es ein schrecklicher Schlag für Sie gewesen sein. Ich erinnere mich, daß sie Sie erwähnt hat. Sie zitierte immer Stellen aus Ihren Briefen.«

Jane hatte das Gefühl, als hätte ihr jemand einen Dolch ins Herz gestoßen. »Es hat mir auch immer viel Vergnügen bereitet, ihre Briefe zu lesen«, murmelte sie und war sich schmerzhaft bewußt, daß sie nicht in der Lage war, sich auch nur an eine einzige Zeile dieser langweiligen Litaneien zu erinnern.

Sie schwiegen beide einen Moment und fingen dann gleichzeitig wieder an zu reden. »Nach Ihnen«, sagte Jane mit einem Lächeln.

»Ich bin gekommen, um Sie um einen Gefallen zu bitten. Die Polizei hat mich gebeten, einen Blick auf ihre Sachen zu werfen. Um nachzusehen, ob es irgend etwas gibt, das nicht ihr gehört – für den Fall, daß der Mörder irgend etwas dagelassen hat. Natürlich wüßte mein Vater am besten Bescheid. Wenn es nur irgend jemanden gelingen würde, ihn ausfindig zu machen! Andererseits möchte ich ihm, falls möglich, diese Arbeit irgendwie ersparen. Außerdem scheint es eine Sache zu sein, die eine Frau vielleicht besser tun kann. Ich habe mich gefragt, ob Sie bereit wären, mir zu helfen?«

»Das würde ich gerne tun, aber ich habe genauso wenig Ahnung wie Sie, was ihr gehört und was nicht.«

»Oh, aber Sie haben sie gut gekannt. Ich bin sicher, daß Sie mit einem Blick erkennen können, ob etwas ihr gehört oder nicht.«

Es kam immer schlimmer! Er hatte wirklich ein außerordentliches Talent, ihr Schuldgefühle einzureden.

»Ich werde natürlich tun, was in meiner Macht steht. Soll das bedeuten, daß Ihr Vater noch nicht informiert worden ist?«

»Niemand kann ihn finden. Er ist einfach nicht daran gewöhnt, irgend jemanden über seine Pläne zu informieren – außer Phyllis, natür … Oh, mein Gott!«

Er starrte an Jane vorbei, als hätte er einen Geist gesehen. Jane drehte den Kopf und erkannte auf dem Fernsehbildschirm ein Porträtfoto von Phyllis Wagner. Sie griff schnell zur Fernbedienung und fummelte einige Sekunden lang hektisch herum, bevor sie den Kopf für die Lautstärkenregelung gefunden hatte.

»... Frau des Unternehmers Chester Wagner. Die ehemalige Chicagoerin starb Berichten zufolge an Stichwunden. Polizeibeamten gelang es heute nachmittag, ihren Mann in einem Hotel in der Innenstadt ausfindig zu machen, wo er unter einem falschen Namen abgestiegen war ...«

Auf dem Bildschirm wurde ein gesund aussehender, gebräunter Mann mit silberfarbenem Haar zu einem Polizeifahrzeug eskortiert. Zumindest trug er keine Handschellen und ohne den Kommentar hätte es den Anschein haben können, als handele es sich um einen Diplomaten mit seinen Sicherheitsleuten. »Oh, Scheiße ...«, flüsterte John Wagner, während er einen Schritt in Richtung Fernseher tat.

In der nächsten Einstellung war Mel VanDyne zu sehen, der den Kopf schüttelte und eine Handfläche vor die Kamera hielt.

»Nein, wir befragen Mr. Wagner lediglich in Zusammenhang mit dem Tod seiner Frau. Es hat keine Verhaftung gegeben. Sie werden informiert, wenn es eine geben sollte.«

Dann wurde Werbung eingeblendet. Jane und John Wagner starrten sich wortlos an.

»Ich werde das nicht zulassen. Diese Mistkerle können das nicht meinem Vater in die Schuhe schieben«, rief John Wagner, stand plötzlich auf und eilte zur Tür. »Entschuldigen Sie, Mrs. Jeffry«, sagte er noch. Dann war er verschwunden.

Nachdem er die Tür zugeknallt hatte, saß Jane noch eine Minute lang ruhig da, bevor sie nach der Fernbedienung griff und damit begann, von Kanal zu Kanal zu schalten. Es war Zeit für die Lokalnachrichten, und jede der großen Fernsehstationen hatte etwas zu Phyllis' Tod zu sagen. Die Berichte konzentrierten sich alle auf Chet, als ob Phyllis selbst bloß eins von vielen wichtigen Dingen gewesen sei, die Chet gehörten. Andererseits, was gab es schon über sie zu sagen? Daß sie früher einmal ein paar einsamen, alten Leuten mit geklöppeltem Weihnachtsschmuck eine Freude bereitet hatte? Daß sie hervorragend stricken konnte? Daß sie einen lange Zeit verloren geglaubten Sohn geliebt hatte, der dies nicht verdiente? Wohl kaum.

Ein Kanal zeigte das Haus mit den gelben Polizeiabsperrungen aus Plastik. Ein anderer hatte ein Archivbild von Phyllis inmitten einer Menge von internationalen Berühmtheiten der zweiten Kategorie ausgegraben. Ein dritter brachte ziemlich viel über Chets Imperium und zeigte eine Aufnahme von dem Haus auf der Insel – oder war es das Hotel? Jane wußte es nicht.

Außer den Dingen, die sie schon vorher gehört hatte, erfuhr sie nichts Neues über den Fall, aber sie erkannte ein vertrautes Gesicht in einer der Sendungen. Es war die gleiche Szene, die sie bereits auf einem anderen Kanal gesehen hatte – in der Chet von zwei in Zivil gekleideten Beamten zu einem Wagen geführt wurde –, aber sie war aus einem anderen Winkel gefilmt, und im Hintergrund berieten sich zwei Männer über einem offenen Notizbuch. Einer von ihnen war ein großer, älterer Mann in einem etwas verknautschten, grauen Anzug und einem Fedorahut aus den vierziger Jahren.

Es war Janes Onkel Jim – kein richtiger, sondern ein Nennonkel, der seit ewigen Zeiten der beste Freund ihres Vaters war. Als ehemaliges Armeemitglied gehörte er nun schon seit vielen Jahren der Polizei von Chicago an und hatte Jane immer nahegestanden. Besonders, nachdem Steve gestorben war und sie als ›hilflose Witwe‹ – so lauteten seine Worte – zurückgelassen hatte. Sie schaltete den Fernseher aus, ging zum Telefon in der Küche und wählte die Nummer seines Reviers. Er sei bereits nach Hause gegangen, sagte man ihr. In seinem Appartement war er jedoch noch nicht zu erreichen.

Während sie wartete, holte sie Rindergehacktes und Zwiebeln hervor, um es anzubraten. Zehn Minuten später, als sie fast damit fertig war, kam Shelley herüber. »Jane, hast du die Nachrichten gesehen? Deine Freundin war das Hauptthema.«

»Ich weiß. Hast du Onkel Jim im Hintergrund erkannt? Ich warte darauf, daß ich ihn zu Hause erreichen kann, um ein paar Informationen aus ihm herauszuquetschen.«

»Er wird nicht gerade verrückt danach sein, dir Insider-Informationen zu geben, nicht wahr?«

»Ich möchte ja auch nur ›Outsider‹-Informationen«, erwiderte Jane, ließ vorsichtig die Fleisch- und Zwiebelmischung abtropfen und fügte Bohnen und Tomatensauce hinzu. »John Wagner war hier. Shelley, es war eigenartig. Er war nett. Nett!«

»Jane, hast du schon einmal daran gedacht, psychiatrische Hilfe in Anspruch zu nehmen? Du wirst noch den Abfallzerkleinerer verstopfen, wenn du kein Wasser nachlaufen läßt.«

Jane drehte den Wasserhahn auf. »Es ist mein Ernst mit John Wagner. Er hat sich sogar entschuldigt, weil er sich beim Volleyballspielen so unmöglich aufgeführt hat.«

»Er wollte wohl unbedingt etwas von dir.«

»Von mir?« fragte Jane, gab Chiligewürz in den Topf und rührte um. »Das einzige, worum er mich gebeten hat, ist, ihm dabei zu helfen, Phyllis' Sachen durchzusehen, um herauszufinden, ob etwas dabei ist, was nicht dort hingehört. Aber er war kaum da, als die Nachrichten anfingen und er wieder lossauste. Er erschien wirklich sehr erschüttert. Die Sache mit Phyllis tat ihm sogar aufrichtig leid, und dann kam dieser Bericht, daß Chet abgeführt wurde, und John nahm die Farbe eines Blumenkohls an.«

»Ich muß wieder los, um das Abendessen vorzubereiten«, sagte Shelley. »Ruf mich doch bitte an, wenn du etwas von deinem Onkel Jim herausbekommen hast!«

»Sag mal, Shelley – was machst du nach dem Abendessen?«

»Ich weiß es noch nicht. Warum?«

»Nun, ich würde gerne tun, worum mich John Wagner gebeten hat, und Phyllis' Sachen durchsehen – um es hinter mich zu bringen. Ich fühlte mich so schrecklich schuldig, als er sagte, daß ich sicher wüßte, was ihr gehörte, weil ich sie so gut gekannt hätte. Tatsache ist, daß du und ich vielleicht wissen, was ihr *nicht* gehörte, einfach weil wir Frauen sind. Weißt du, Steve sah einmal, wie ich einen Nagelweißstift benutzte, und er sagte, daß er sich immer gefragt habe, was das sei. Seine Mutter habe auch einen besessen. Er dachte, es handele sich um irgendein geheimes Ding, das Frauen zur Hygiene benutzen, und über das man nicht redet. Ich schätze, das ist ein genau umgekehrtes Beispiel für das, was ich sagen will, aber …«

»Ich verstehe es trotzdem. Ich denke nicht, daß du irgend etwas von Interesse finden wirst, aber klar, ich komme mit. Wie willst du in das Haus hineinkommen?«

»Soweit ich weiß, wohnt Bobby noch dort.«

Shelley schüttelte sich. »Den habe ich ganz vergessen. Meinst du, wir sollten uns in seine Nähe wagen? Was, wenn er der Mörder ist?«

»Wir sind ja zu zweit. Außerdem hat er keinen Grund, uns etwas anzutun.«

Jane sorgte dafür, daß alle satt wurden, fuhr Mike zur Orchesterprobe, setzte Todd vor dem Haus eines Freundes ab und brachte Katie zu ihrer Freundin Jenny, deren Mutter angeboten hatten, sie zu einer Teenager-Modenschau im Einkaufscenter mitzunehmen. Nachdem sie sicher war, daß alle wieder nach Hause gebracht werden würden, fuhr Jane zurück, um Shelley abzuholen. »Laß mich noch einmal versuchen, Onkel Jim anzurufen«, sagte sie, während sie vor Shelleys Küchentür mit dem Fuß aufstampfte, um den Schnee von den Stiefeln zu bekommen.

Dieses Mal erreichte sie ihn.

»Hallo, Janey. Rufst du mich an, um mich für das Essen am Sonntag auszuladen?« fragte er.

»Mach dir da nur keine falschen Hoffnungen. Mike rechnet damit, daß die zu seinem Konzert kommst, und ich habe bereits den Sauerbraten eingelegt. Ich rufe an, weil ich dich heute nachmittag im Fernsehen gesehen habe.«

»Oh, ja. Die Wagner-Sache. VanDyne leitet die Untersuchungen. Wußtest du das?«

»Das weiß ich nicht nur, ich gehöre auch zu den Verdächtigen. Phyllis war eine Freundin von mir. Tatsächlich war sie in Chicago, um mich zu besuchen.«

»Mein Gott, Jane! Wie gerätst du mir immer in solche Geschichten hinein?«

»Ich bin da nicht hineingeraten. Es hat sich nach mir umgeschaut. Onkel Jim, was weißt du über die Sache?«

»Bis jetzt noch nichts. Man hatte mich lediglich gebeten, ein oder zwei Männer an den Ausgängen zu postieren, falls es Schwierigkeiten geben sollte. Es gab keine. Jane, wenn ich gewußt hätte, daß du darin verwickelt bist ...«

»Reg dich nicht auf. Ich bin nicht darin verwickelt. Aber ich möchte wissen, was vor sich geht. Haben sie Chet Wagner tatsächlich verhaftet?«

»Soweit mir bekannt ist, nein. Wie ich schon sagte, ich habe mich nicht besonders für die Sache interessiert. Ich war der Ansicht, daß sie schnell erledigt sein würde. Gib mir ein oder zwei Stunden Zeit, ich höre mal nach, was ich herausbekommen kann. Ich rufe dich zurück. Bist du zu Hause?«

Jane zögerte einen Augenblick, bevor sie antwortete.

»Ehm ... nein. Ich bin bei Shelley, und wir wollen ... wir wollen noch Weihnachtseinkäufe erledigen.«

Aber ihr Zögern hatte ihn mißtrauisch gemacht. »Jane«, sagte er drohend. »Du hältst dich aus der Sache raus, verstanden?«

»Aber natürlich. Mach dir keine unnötigen Gedanken. Ich werde dich anrufen, sobald ich wieder zu Hause bin.« Sie legte den Hörer auf und sagte: »Laß uns schnell von hier verschwinden, bevor er sich entschließt, den Babysitter zu spielen.«

Die Polizeiabsperrungen waren verschwunden, und der gemietete Jaguar stand in der Einfahrt. Bobby erschien mit einem Drink in der Hand an der Tür. »Ja? Was wollen Sie?«

»Ich bin Jane Jeffry und das ist Shelley Nowack. Erinnern Sie sich seit gestern noch an uns? Ich habe Ihrer Mutter ein Buch geliehen, und ich habe mich gefragt, ob es wohl möglich ist, daß ich hinaufgehe und es mir wiederhole.« Jane war ziemlich stolz auf diese kleine Lüge, die sie sich ausgedacht hatte. Es war ihr auf dem Weg hierher eingefallen, daß es Bobby vielleicht nicht gefallen könnte, wenn sie ihn darum bitten würde, in Phylli's Habseligkeiten herumzuschnüffeln. Und falls er wirklich der Mörder war, wollten sie ihm natürlich kein Motiv geben, um ihnen etwas anzutun.

»Ja, ich schätze das ist O.K. Die Bullen haben ihre Klamotten bereits durchsucht«, sagte er, offensichtlich ohne besonderes Interesse an Janes Geschichte.

Er öffnete die Tür und ließ sie eintreten. Jane fiel auf, daß er bereits dabei war, einen Dreckstall aus dem Haus zu machen. Überall lagen Kleidungsstücke von ihm herum, Bierflaschen hinterließen Kreise auf dem Eßzimmertisch, und mehrere Aschenbecher quollen mit Zigarettenkippen über.

Bobby schlurfte in die Küche und überließ Shelley und Jane sich selbst. Das war gut, es war also nicht seine Absicht, ihnen über die Schulter zu schauen, während sie die Sachen durchsuchten.

Als sie auf der obersten Treppenstufe angekommen waren, griff Shelley nach Janes Arm. »Schau dir das an!« sagte sie und deutete auf das große Schlafzimmer. Abgesehen von dem ungemachten Bett, den Kleidungsstücken und Koffern, die achtlos überall hingeworfen worden waren, stand an der hinteren Wand, neben der Tür, die zur Veranda hinausführte, eine brandneue, teuer aussehende Stereoanlage.

»Die war heute morgen noch nicht hier«, flüsterte Jane.

»Ich habe mir diese Anlagen angeschaut, weil ich Paul eine zu Weihnachten schenken wollte, und glaub mir, die hier ist mindestens 3000 Dollar wert.«

»Ich schätze, er ist losgerannt und hat die Kreditkarten seiner Mutter bis zum Limit eingesetzt, bevor Chet dazu kommen würde, sie sperren zu lassen. Was für ein Bastard!«

Nachdem sie dem Beweis für Bobbys Habsucht den Rücken zugekehrt hatten, betraten sie das kleine Schlafzimmer, in dem Phyllis gestorben war. Jane atmete erleichtert auf. Die blutdurchtränkte Matratze und das Bettzeug waren entfernt worden. Der Rest des Raums befand sich allerdings in einem chaotischen Zustand.

Koffer standen offen, Kleidungsstücke hingen heraus. Das Parfüm und das Make-up auf der Kommode sahen so aus, als hätte sich dort jemand mit einer wenig feinfühligen Hand zu schaffen gemacht. »Die Polizei hat hier alles durchsucht. Sie haben ein ganz schönes Durcheinander hinterlassen«, sagte Jane stirnrunzelnd.

»Ich glaube nicht, daß die Polizei auf diese Art und Weise arbeiten würde. Dies sieht mir eher nach Bobby aus. Ich wette, er hat etwas gesucht.«

»Aber was?«

»Vielleicht glaubte er, daß sie in ihren Koffern eine Menge Geld versteckt hatte. Vielleicht war es ja auch so. Das könnte die Stereoanlage erklären.«

Jane schaute sich traurig im Zimmer um. »Es ist einfach nicht in Ordnung. Wir können es nicht so lassen. Der Gedanke, daß Chet ihre Sachen jemals so sehen könnte, gefällt mir nicht.«

»Chet? Chet sitzt wahrscheinlich schon im Knast, weil er sie umgebracht hat.«

»Das weiß ich ja, aber ich glaube eigentlich immer noch nicht, daß er dazu imstande sein könnte. Laß uns aufräumen und dann von hier verschwinden.«

Der Sprungfederrahmen lag noch auf dem Bettgestell, und die beiden Frauen setzten die vier großen Koffer und die Kosmetiktasche dort ab, um sie vollzupacken. Sie begannen, die Kleidung Stück für Stück aufzuheben, falteten sie und legten sie in einen Koffer. Alles war von hervorragender Qualität. Handgearbeitete französische Seidenunterwäsche, schottische Wollröcke und -kleider, ein Abendkleid von Bob Mackie und ein atemberaubender Badeanzug von Michaele Vollbracht, von dem Gott allein wußte, wo sie ihn hatte tragen wollen!

»Schau dir das hier an«, sagte Shelley. Sie hatte ein magentarotes Seidennachthemd mit einer roséfarbenen, applizierten Chrysantheme aufgehoben. Darunter, auf dem Boden, lag eine Petit-point-Handtasche, die ungefähr die Größe einer Aktenmappe hatte. Auf der Vorderseite waren die Initialen P.F.W. eingestickt. »Ich wette, daß er das nicht einmal gesehen hat. Wenn ich wichtige Papiere oder Geld für den Notfall mit mir herumtragen müßte, dann würde ich es hierdrin aufbewahren. Ich frage mich, ob die Polizei die Tasche bemerkt hat.«

Jane nahm den größten Koffer vom Bett herunter, und sie setzten sich. Shelley schüttete den Inhalt der Tasche aus. Der größte Gegenstand war ausgerechnet ein bereits oftmals durchgeblättertes High-School-Jahrbuch – ein altes, aus einer Schule in Pennsylvania. »Kannst du dir vorstellen, daß dir dein Jahrbuch so wichtig ist, daß du es ständig mit dir herumträgst?« fragte Shelley traurig. »Ich weiß nicht einmal, wo meins ist, und es ist mir auch egal.«

»Ich habe gar keins«, erwiderte Jane. »Ich habe meinen Abschluß an einer Schule in Washington, D.C. gemacht, die ich nur das letzte Halbjahr besucht habe. Ich glaube, das war zwischen Ägypten und Deutschland.«

»Schau dir das an«, sagte Shelley, die durch die Seiten blätterte. »Sie hat es nicht nur mit sich herumgetragen, es fällt fast auseinander. Sie muß sich dieses Ding doch tatsächlich oft angeschaut haben. Warum rührt mich das nur so?«

»Weil es so typisch für Phyllis ist. Was ist in den Umschlägen?«

Der erste und dünnere der beiden Packpapierumschläge enthielt verschiedene Dokumente: einige Papiere, die mit Bobbys Adoption zu tun hatten, und eine Anzahl von Photos, auf denen Bobby zu sehen war. Bobby, wie er in der Sonne liegt, Bobby, wie er taucht, Bobby, wie er sich in einem Liegestuhl herumräkelt, Bobby, wie er sich auf ein Balkongeländer stützt. Auf jedem Bild trug er ein arrogantes Grinsen, als ob er sagen wollte: Hallo, Welt, schau dir an, wo ich hier bin!

Des weiteren handelte es sich um einige Versicherungsunterlagen, Phyllis' Reisepaß, ihre Geburtsurkunde, Bobbys Reisepaß und ein paar alte, vergilbte Photos von einer Frau in mittleren Jahren, die einen Hut trug, und deren Frisur und Kleidung darauf schließen ließen, daß das Photo Mitte der sechziger Jahre aufgenommen worden war. Sie sah aus wie eine Frau, die eigentlich auf eine Farm gehörte und die Pasteten backen konnte.

»Ich wette, daß das ihre Tante ist, diejenige, die sie großgezogen hat. Sie ist vor einigen Jahren gestorben. Schau, hier ist die Todesanzeige«, sagte Jane.

Es gab auch viele Bilder von Chet, und Jane bemerkte, daß er hier eigentlich recht dynamisch und fröhlich wirkte. Gar nicht so wie der grimmig dreinblickende Mann aus den Abendnachrichten. Schnappschüsse von den beiden waren auch darunter, auf denen sie tanzten, segelten, schwammen und Shuffleboard auf einem Kreuzer spielten. Ein Photo war eine Studioaufnahme der beiden, im Profil geknipst, während sie sich gegenseitig in die Augen blickten. Irgendwie übertrieben dramatisch und kitschig, aber dennoch anrührend, denn der liebevolle Blick, den sich die beiden zuwarfen, war offensichtlich echt.

»Ich schäme mich, daß wir uns das hier angeschaut haben«, sagte Jane. »Es ist so, als würde man ins Schlafzimmerfenster anderer Leute spähen.« Sie stapelte den Inhalt und steckte ihn wieder in den Umschlag.

Der zweite, dickere Umschlag enthielt Strickmuster, einige Artikel über verschiedene Handarbeiten, die aus Zeitschriften ausgeschnitten worden waren, und einen Plastikhalter, ähnlich einer Palette, der mit mehreren Dutzend verschiedenfarbiger Wollproben bespannt war. Zahllose Briefe und Bestellscheine für Stoffe und Garne von Geschäften aus aller Welt waren zu einem dicken Bündel zusammengebunden. Außerdem gab es eine lange, flache, hübsch verzierte Ledermappe, die nach dem Öffnen einen kompletten Satz von Stricknadeln jeder Größe enthüllte.

»Gemein aussehende Dinger, nicht wahr?« sagte Shelley und sammelte alles wieder ein, um es in die Tasche zurückzulegen.

»Wenn ich Geld mit mir herumtragen würde, hätte ich es zusammen mit den Unterlagen in den ersten Umschlag gesteckt, du nicht auch?« fragte Jane.

»Wahrscheinlich«, erwiderte Shelley. Als sie aufstand, um den Koffer wieder auf das Bett zu heben, hielt sie inne und blickte zum Vorderfenster hinaus. »Irgend jemand ist gerade vorgefahren.«

»Verdammt! Bei meinem Glück ist das entweder Mel VanDyne oder Onkel Jim. Jeder von ihnen wird einen Anfall bekommen, wenn sie mich dabei erwischen, wie ich hier herumschnüffele.«

»Ich fürchte, daß es zu spät ist, um wegzulaufen. Zwei Männer kommen auf die Haustür zu.«

Jane stand seufzend auf. »Ich kann also genausogut gleich nach unten gehen und mich durch die Mangel drehen lassen, dann habe ich es hinter mir. Eines Tages werde ich das endgültige Buch darüber schreiben, wie es einem mühelos gelingen kann, sich stets zur falschen Zeit am falschen Ort aufzuhalten.«

Jane zögerte kurz auf der Treppe, da ihr einfiel, daß dies nicht ihr Haus war und sie nicht das Recht hatte, die Tür zu öffnen. Aber nachdem ein Moment verstrichen war, ohne daß sich Bobby blicken ließ oder es ein Lebenszeichen von ihm gab, versetzte ihr Shelley einen kleinen Schubser, und sie gingen gemeinsam nach unten. Die Tür öffnete sich allerding, bevor sie sie erreicht hatten. Chet und John Wagner kamen herein, John steckte gerade einen Schlüssel in die Tasche. Chet sah aus wie ein starker Mann, der gerade einen Krieg verloren hatte. General Lee mußte einen solchen Eindruck erweckt haben: grimmig, grau und unbeugsam, allein durch Würde aufrecht gehalten. John Wagner blieb ganz in seiner Nähe, eine Hand zögernd ausgestreckt, bereit, jederzeit den Ellenbogen seines Vaters zu ergreifen, um ihn zu stützen, als sei er ein gebrechlicher, alter Mann. John wirkte wie ein Mann, der ohne es zu begreifen, in die Rolle gedrängt worden war, sich um einen anderen Menschen kümmern zu müssen, und der sich dabei extrem unwohl fühlte.

Jane ging mit ausgestreckter Hand auf sie zu. »Chet, du kannst dich sicherlich nicht mehr an mich erinnern. Die alten Zeiten liegen ja lange zurück. Ich bin Jane Jeffry.«

Er nahm ihre Hand zwischen seine beiden kantigen, sorgfältig manikürten Hände. »Natürlich erinnere ich mich. Du hast dich überhaupt nicht verändert«, sagte er mit einem etwas lahmen Versuch von Ritterlichkeit.

»Ich fürchte, das habe ich doch. Viel Zeit und drei Kinder liegen dazwischen.«

»Zwei Jungen und ein Mädchen«, erwiderte Chet. »Mike, Todd und ...«

»... Katie«, sagte sie mit zitternder Stimme. Wie unglaublich, daß er es wußte und sich an die Namen ihrer Kinder erinnern konnte. Sie umarmte ihn. »Oh, Chet, es tut mir so leid wegen Phyllis.«

»Zumindest hatte sie dich am Ende. Das bedeutet mir sehr viel. Sie mochte dich so gerne«, sagte er.

»Phyllis war ein lieber, wundervoller Mensch«, antwortete Jane aufrichtig. Gegen ihre Tränen ankämpfend trat sie einen Schritt zurück und sagte: »Oh, tut mir leid. Dies hier ist meine Freundin Shelley Nowack. Shelley, dies ist Chet Wagner und sein Sohn. John, wir sind hergekommen, um Phyllis' Sachen durchzusehen. Sie sind fast alle gepackt.«

»Behalte sie, Jane«, sagte Chet.

»Oh, nein. Das könnte ich nicht.«

»Sie hätte es so gewollt. Und es ist auch mein Wunsch.«

Jane erhaschte einen Blick auf John Wagners überraschten Gesichtsausdruck. Überrascht und überhaupt nicht erfreut.

»Das ist sehr nett von dir, Chet, aber wir können später darüber reden. In der Zwischenzeit, denke ich, sollte John die Koffer in seinem Haus aufbewahren. Nur, bis alles geregelt ist.«

Sie standen immer noch alle im Flur. Niemand wußte so recht, was als nächstes zu tun war. Vom rechtlichen Standpunkt aus betrachtet war dies sicherlich Chets Haus, aber er hatte es nie zuvor betreten. Shelley nahm die Sache in die Hand. »Ich weiß nicht, wo Bobby abgeblieben ist. Er war hier, als wir ankamen. Setzen wir uns doch irgendwo hin.« Nachdem sie einmal etwas spröde die Rolle der Gastgeberin übernommen hatte, bugsierte sie alle ins Eßzimmer, da es natürlich immer noch keine Wohnzimmermöbel gab. Gemeinsam mit Jane beseitigte sie schnell das Chaos auf dem großen Tisch.

Sie hatten kaum Platz genommen, als irgendwo im Haus eine Tür geöffnet wurde und eine Toilettenspülung zu hören war. *Dieses widerwärtige Rindvieh,* dachte Jane. Wahrscheinlich hatte er die Toilette nicht einmal benutzt, sondern nur abgezogen, um ein unanständiges Geräusch zu produzieren. Einen Augenblick später spazierte Bobby ins Zimmer und lehnte sich lässig gegen den Türrahmen. »Haben wir Besuch bekommen? Hallo, John. Hallo, Chet.«

Einen Moment lang herrschte eine überraschte Stille, dann stand Chet auf. Sein Gesicht hatte Farbe angenommen, und plötzlich schien er ganz der ›Industrieboß‹ zu sein, als den ihn die Presse bezeichnete. Jane war von der Art und Plötzlichkeit der Veränderung überrascht. »Nenn mich nicht Chet, Kerl«, sagte er mit einer dröhnenden Stimme, die Jane auf ihrem Stuhl zusammenzucken ließ. »Ganz sicher bin ich nicht dein Freund, und du kannst dich nicht länger darauf berufen, auch nur die dürftigste Verbindung zu mir oder meiner Familie zu haben. Für dich bin ich Mr. Wagner, du Rotzbengel.«

Zur Abwechslung schien Bobbys kontrolliertes, arrogantes Verhalten kurz erschüttert worden zu sein. »Aber Phyllis war meine Mutter, Chet.«

»Ein biologischer Unfall. Nichts weiter. Du konntest keine Rechte bei ihr geltend machen und kannst es ganz sicher nicht bei mir. Ich möchte nur noch ein einziges Mal etwas von dir hören, und zwar, wenn ich erfahre, daß du für diesen Mord rechtmäßig verurteilt worden bist.«

»Ich? Nun hör schon auf, Chet. Ich habe heute abend die Nachrichten gesehen. Du bist derjenige, der dafür bruzzeln wird.«

John Wagner, der bisher geschwiegen hatte, erhob sich plötzlich und sprang, undeutlich vor sich hinmurmelnd, auf Bobby zu. Aber Chet war schneller. Er schnappte nach dem Arm seines Sohnes. »Faß diesen schleimigen, kleinen Bastard nicht an. Sollen ihm doch die Anwälte die Fresse polieren. Dafür werden sie ja schließlich bezahlt. Entschuldigen Sie bitte, meine Damen.«

Jane hatte den hysterischen Drang, über die unter diesen Umständen absurde, unpassende Entschuldigung für seine ausfallende Sprache zu kichern. Sie war überrascht, daß er sich überhaupt noch daran erinnerte, daß sie und Shelley anwesend waren. Sie selbst war auch ziemlich entsetzt. daß sie sich tatsächlich hier befanden. Theorien zu wälzen war eine Sache, aber mitten in einer privaten, emotionsgeladenen Krise wie dieser hier hatten sie nichts verloren. In dieses Haus zu kommen war ein großer Fehler gewesen. Diese Männer standen kurz davor, gewalttätig zu werden, und Jane hatte panische Angst vor dem, was noch passieren könnte. Zum ersten Mal wurde ihr wirklich bewußt, daß einer dieser Männer sehr wahrscheinlich ein Mörder war. Und sie und Shelley waren Zeugen bei etwas, das sie eigentlich nicht hören und sehen sollten. Aber sie fühlte sich wie ein Tier, das von den Scheinwerfern eines herannahenden Wagens erfaßt wird: entsetzt, aber nicht in der Lage, sich zu bewegen.

Bobby glaubte wohl, wieder die Oberhand zu gewinnen. »Wir werden noch sehen, wer wem die Fresse poliert, wenn Phyllis' Testament auftaucht.«

»Testament? Das Testament meiner Frau liegt zusammen mit meinem im Safe, und ich kann dir versichern, daß du darin nicht erwähnt wirst«, antwortete Chet.

»Ich spreche nicht von dem alten. Ich meine das, was sie gemacht hat, als wir vor ein paar Tagen in New York waren.«

»Du lügst!« schrie John Wagner.

»Das wird sich ja noch rausstellen, nicht wahr? Sie hat mich zu einem Treffen mit irgendeinem alten Anwalt geschleppt, ging dann allein in sein Büro, kam wieder heraus und steckte irgendeine blaue Mappe in ihre Tasche.«

»Und wo ist diese ›blaue Mappe‹?« fragte Chet. Seine Stimme klang so kalt und böse, daß Jane ein Schauer über den Rücken lief. Wußte dieser Junge denn nicht, daß er es mit einem mächtigen Gegner zu tun hatte? Sie jedenfalls würde sich schnellstens auf den Weg zum nächsten Bunker machen, falls Chet Wagner jemals so mit ihr reden sollte.

Offenbar schien es Bobby nicht zu beeindrucken. Er zuckte gleichgültig mit den Schultern. »Ich habe keine Ahnung. Hier ist sie jedenfalls nicht. Wahrscheinlich hat sie sie auf die Post gegeben oder sonstwas damit angestellt. Sie wird schon auftauchen, und glaub mir, wenn das passiert, wirst du zu allem ja und amen sagen.«

»Was soll das heißen?« fragte John. Sein Gesicht war vor Wut rot und fleckig. Jane befürchtete beinahe, daß er einen Herzinfarkt kommen könnte.

»Finde es doch selbst heraus«, antwortete Bobby. War es nur ein Bluff oder wußte er tatsächlich, was in dem Testament stand? fragte sich Jane. War die ganze Geschichte vielleicht nur ein Bluff? Sie vermutete, daß es so war. Phyllis gehörte nicht zu der Sorte Mensch, die über so etwas wie ein Testament auch nur nachdenken würde – außer natürlich, wenn sie ein habgieriger Sohn daran erinnerte.

»Keine Angst, das werde ich«, entgegnete Chet. »Und morgen früh werde ich auch als erstes einige Dinge über dieses Haus herausfinden. Du solltest besser mit dem Packen anfangen, Kerl, denn du wirst bald hier raus sein. Ich verfluche den Tag, an dem ich begonnen habe, nach dir zu suchen. Phyllis wäre noch am Leben, wenn ich es nicht getan hätte. Das werde ich mir niemals verzeihen.«

Diese letzten Worte, die er sanfter und gefühlvoller ausgesprochen hatte, rissen Jane aus der Sprachlosigkeit, unter der sie die ganze Zeit gestanden hatte. Kaum in der Lage, ruhig Atem zu holen, erhob sie sich schnell und sagte: »Ich muß nach Hause. Shelley, hilf mir doch bitte, die Sachen zu Ende zu packen, ja?«

Die beiden flohen die Treppe hinauf. Laute Stimmen folgten ihnen. Jane verfluchte sich selbst. Sie hätten zusehen sollen, daß sie aus dem Haus kamen. Was für eine fehlgeleiteter Sinn für Höflichkeit hatte sie schon wieder dazu getrieben, diese entsetzliche Arbeit zu beenden?

Als sie ohne besondere Sorgfalt Phyllis' letzte Habseligkeiten in die Koffer warfen, sagte Shelley mit zitternder Stimme: »Großer Gott, wenn sie vorhaben, sich gegenseitig umzubringen, dann laß uns bloß vorher hier verschwinden.«

Noch während sie sprach, knallte unten die Haustür zu. Einen Moment lang dachte Jane, es sei ein Pistolenschuß gewesen, und sie klammerte sich an Shelleys Arm. Aber nur Sekunden später war das Geräusch des startenden Jaguars zu hören.

»Für den Moment haben sie ihn wohl in die Flucht geschlagen. Shelley, es tut mit so leid, daß ich uns beide hier hineingezogen habe.«

»Das muß Ihnen nicht leid tun. Es war mein Fehler, daß ich sie darum gebeten habe, dies zu tun«, sagte John Wagner von der Tür aus.

»Es war ja nicht viel, was ich tun konnte«, antwortete Jane und ließ den Verschluß am Koffer zuschnappen. John hob ihn und den größten der anderen hoch. Jane nahm die kleineren, und Shelley ging zum Schrank hinüber und holte Phyllis' Nerzjacke und ihre Handtasche heraus.

John warf eine Sekunde lang einen Blick auf die kleine, flache Handtasche, stellte dann die beiden Koffer ab und nahm Shelley die Tasche weg. Er öffnete sie und schaute hinein. Jane stand dicht neben ihm und konnte erkennen, daß sich keine ›blaue Mappe‹ darin befand.

Immer noch zittrig und dringend bemüht, schnell wegzukommen, schleppten sie alles nach unten und stellten das Gepäck neben der Haustür ab, von wo aus es John Wagner später ohne Probleme zu seinem Wagen tragen konnte. Chet, dem der Wind aus den Segeln genommen worden war, saß immer noch, den Kopf in die Hände vergraben, am Eßtisch. Mit sichtlicher Anstrengung riß er sich zusammen und bestand erneut darauf, daß Jane Phyllis' Sachen nehmen solle. Und noch einmal lehnte sie ab. »Du wirst mir doch wegen der Beerdigung Bescheid sagen, nicht wahr?« fragte sie ihn, während sie Schritt für Schritt auf die Haustür zuging.

»Wir werden morgen früh alle Arrangements treffen. Gib mir deine Adresse, dann komme ich vorbei.«

»Ich werde morgen fast den ganzen Tag über nicht zu Hause sein. Ich bin hier nebenan ...« Sie deutete zum Haus der Howards hinüber. »Dort findet ein Kirchenbasar statt, bei dem ich helfe.«

Nach einigen weiteren, verlegenen Abschiedsbemerkungen machten sich Jane und Shelley davon. Sie rannten beinahe zum Auto und unterhielten sich auf dem Nachhauseweg nicht miteinander. Es gab so viel zu sagen, aber keine Möglichkeit, es auszusprechen.

Obwohl es ihr so vorgekommen war, als hätte der Abend ewig gedauert, war es erst acht Uhr, als Jane nach Hause kam. Sie wählte noch einmal Onkel Jims Nummer.

»Ich habe nicht viel herausfinden können, aber Janey, wenn dieser Chet ein Freund von dir ist, dann wird dir das hier nicht gefallen. Eine Sekunde ...« Sie konnte hören, daß er mit Papieren raschelte und sah ihn vor sich, wie er seine Brille auf der Nasenspitze in die richtige Position brachte.

»Offenbar hatte ihn seine Frau verlassen und war nach Chicago gekommen, um eine Freundin zu besuchen – dich. Das ist nebenbei bemerkt das einzige Mal, daß du erwähnt wirst.

VanDyne hat dich an der Nase herumgeführt, als er

sagte, du seist eine der verdächtigen Personen. Der Ehemann kam gestern nachmittag mit dem Flugzeug an, meldete sich telefonisch in seinem Büro, ohne zu erwähnen, von wo aus er anrief, und trug sich unter dem Namen Chester Weber in einem Hotel in der Innenstadt ein. Er mietete einen Wagen, mit dem er um Mitternacht wegfuhr. Er ist genug Kilometer gefahren, um bis zu dem Haus, wo sich seine Frau befand, und wieder zurückzukommen, plus ungefähr zehn Kilometer mehr. Der Parkplatz ist nach Mitternacht nicht mehr beaufsichtigt, also weiß niemand, wann er zurückgekommen ist.«

Jane schluckte und dachte an die beiden Chets, die sie an diesem Abend gesehen hatte: der eine ein gebrochener Gatte und der andere ein rücksichtsloser Geschäftsmann. »Aber nichts davon beweist wirklich etwas, oder?«

»Nein, deshalb ist er nicht im Gefängnis. Er behauptet, er sei über die Abreise seiner Frau verzweifelt gewesen. Er habe nicht damit gerechnet, daß sie wirklich gehen würde, und als sie es dann tat, sei er ihr mit der Absicht hierher gefolgt, die Dinge wieder ins reine zu bringen. In Chicago angekommen, sei er von Zweifeln geplagt worden und habe sich entschlossen, ein paar Tage abzuwarten und zu schauen, ob sie nach ihm suchen würde. Deshalb, so sagt er, habe er einen falschen Namen benutzt und niemandem erzählt, wo er sich aufhielt – er wollte sie ein wenig ins Grübeln bringen und schmoren lassen, falls sie tatsächlich versuchen sollte, ihn zu erreichen.«

»Wohin ist er gefahren, als er so spät noch ausging?«

»Das kommt darauf an, welchem Bericht man glauben schenkt. Die Untersuchungsbeamten sagen, er ist losgezogen, um seine Frau abzumurksen. Er sagt, er habe nicht schlafen können und sei einfach ziellos durch die Gegend gefahren.«

»Das könnte doch stimmen, Onkel Jim.«

»Sicher könnte es das.«

»Was ist mit der Mordwaffe?«

»Ein Küchenmesser aus einem ganzen Satz, das sich das Opfer zusammen mit einem Haufen anderer Küchenklamotten nachmittags hatte liefern lassen. Keine Fingerabdrücke.«

»Hätte sich ein Mörder darauf verlassen, daß eine Waffe greifbar ist?«

»Nein, es sei denn, der Killer lebte in dem Haus oder war gerade zu Besuch, als die Sachen ankamen. Wenn nicht, dann hatte er wahrscheinlich selbst etwas mitgebracht, für den Fall, daß nichts Scharfes bei der Hand war.«

»Was ist mit Fußabdrücken?« fragte Jane. »Es liegt immerhin Schnee.«

Jane hörte wieder, daß Onkel Jim mit Papier raschelte. »Laß uns mal sehen. Abdrücke. Ein großes Durcheinander von Fußabdrücken verläuft durch den Seitengarten zum Nebenhaus und wieder zurück ...«

»Ja, das waren Albert Howard und Phyllis, als er ihr das Haus gezeigt hat.«

»... ein paar Abdrücke reichten bis zur Vordertür und den ganzen Block entlang von Tür zu Tür. War wohl ein Vertreter oder der Briefträger oder sonst jemand. Zwei andere Paare stammen von zwei Kindern, die durch den hinteren Garten gelaufen sind und in ein Fenster gespäht haben. Das Fenster wurde nicht beschädigt. Und ein weiteres Paar kommt von dem Haus auf der anderen Seite, aber nicht ganz bis an das Haus heran.«

»Das war Mr. Finch, der herumgeschnüffelt hat.«

»Es sieht so aus, als habe er wirklich nicht mehr getan, es sei denn, er ist in der Lage, über einen Busch zu springen, der drei Meter vom Haus entfernt wächst. Dein Van-Dyne hatte einige kritische Bemerkungen über ihn in seinem Bericht, aber kein Hinweis darauf, daß er verantwortlich sein könnte. Unendlich viele Abdrücke verlaufen von der Einfahrt zur Haustür. Stammen wahrscheinlich von den Leuten, die die ganzen Möbel und was sonst noch bestellt worden ist, lieferten, zudem von der Frau selbst und von ihrem Sohn. Es gibt keine Möglichkeit, sie auseinanderzusortieren.«

»Wußte Chet, wo sich Phyllis aufhielt?«

»Ich habe nicht daran gedacht, mich danach zu erkundigen. Ich schätze ja, zumindest hätte er es wissen können. Er hat am späten Nachmittag, nachdem sie bereits die Anweisung gegeben hatte, das Haus zu kaufen, in seinem Büro angerufen.«

»Aber das wäre immer noch kein Beweis für seine Schuld. Onkel Jim, was geschieht nun nach all diesen Mutmaßungen?«

»Entweder werden sie helfen, den Fall zu lösen, oder nicht. So einfach ist das.«

»Willst du damit sagen, daß man möglicherweise *niemals* herausfinden wird, wer es getan hat?«

»Nicht direkt. Schau, Janey, zu wissen, wer es getan hat, und genug verwendbare Beweise zu sammeln, damit es zu einem Prozeß kommt, das sind zwei verschiedene Dinge. Wenn sich in Richtung Schuldnachweis nichts mehr tun sollte, dann ist schon ein Geständnis vonnöten.«

»Aber Phyllis' Tod darf doch nicht ungerächt bleiben. Sie hatte es nicht verdient, umgebracht zu werden.«

»Viele Leute verdienen das nicht, und dennoch geschieht es immer wieder. Hör zu, Janey, du überläßt die Sache mit der Rache bitte der Polizei. Du hältst dich raus. Ich werde dich bei allem, was ich herausfinden kann, auf dem laufenden halten, aber versprich mir dafür, dich von allem fernzuhalten. Irgend jemanden hat es nichts ausgemacht, sie umzubringen, und er hätte wohl auch keine Skrupel, dich aus dem Weg zu schaffen, falls du dich einmischst.«

»In Ordnung«, sagte sie und hoffte, daß das nicht als Versprechen zählen würde. »Danke, Onkel Jim.«

Ein paar Minuten später kamen die Kinder eines nach dem anderen wieder zurück. Jane hörte sich Mikes Geschichte über den Orchesterleiter an, der bei der Probe fast einen Nervenzusammenbruch erlitten hatte, und empfand tiefes Mitgefühl mit dem Mann. Anschließend lauschte sie Katies halbstündigem Bericht über die Modenschau und half Todd dann bei seinen Mathehausaufgaben. Als sie alle im Bett waren, gönnte sie sich eine Zigarette und eine Cola und überprüfte dann zum dritten Mal, ob alle Türen abgeschlossen waren, bevor sie sich vor dem Fernseher niederließ, um *It's a wonderful life* zu schauen und bis nach Mitternacht wie verrückt zu häkeln.

»Heh, Mom, die ist wirklich hübsch.« Zu diesem Kommentar ließ sich Katie am nächsten Morgen herab, als sie, auf der Suche nach ihrem verschwundenen Sozialwissenschaftsbuch das Wohnzimmer auseinandernahm. »Ist sie schon fertig?«

Jane betrachtete nachdenklich die Decke, die sie über die Rücklehne des Sofas gelegt hatte. Die zwölf großen Quadrate waren alle fertig und zusammengesetzt. Man hatte wirklich den Eindruck, als ob eine Person sie angefertigt hatte, die wußte, wie man häkelte, dachte sie stolz. »Nein, da kommen noch ungefähr vier Reihen mit festen Maschen um den ganzen Rand, aber ich weiß nicht, wie ich die Ecken machen muß.«

»Toll, Mom. Ich finde, wir sollten sie behalten«, sagte Mike, der sich dazugesellte, als Jane und Katie die Arbeit bewunderten.

»Das würde ich auch gern, aber ich habe sie für den Basar versprochen.«

»Dann kauf sie doch selbst!«

Sie blickte ihn an. »Du meinst, ich soll die Wolle bezahlen, mir die ganze Arbeit machen und außerdem noch dafür bezahlen, um sie zu besitzen?«

»Das hast du letztes Jahr mit diesem komischen Kranz auch gemacht.«

»Letztes Jahr ...« Sie konnte sich gerade noch bremsen, zu sagen: Letztes Jahr lebte euer Vater noch, und ich mußte mir keine Sorgen um Geld machen. »Kann sein, daß ich das getan habe. Bist du fertig? Ist Todd auch auf dem Weg nach unten?«

Es war einer dieser schrecklichen Tage, an dem Jane alle drei Fahrgemeinschaften der Kinder zur Schule bringen mußte. Ebenso, wie es gelegentlich Tage gab, an denen sie straflos davonkam, gab es viele andere, an denen sie das Gefühl beschlich, daß sie jedes einzelne Kind der Gemeinde fahren mußte und daß sie sich einfach einen Schulbus anschaffen sollte. Sie versuchte, es so einzurichten, daß ein Tag wie dieser auf einen Freitag fiel. Obwohl es stimmte, daß die Kinder freitags total überdreht waren und sich daher das Risiko, daß das Nervenkostüm der Fahrerin einen bleibenden Schaden erleiden könnte, erhöhte, handelte es sich doch um eine fröhliche Überdrehtheit. So war es viel netter, als sie an einem Montagmorgen zu fahren, wenn sich alle so benahmen, als wolle sie sie an den Stufen zur Guillotine absetzen.

Sie brachte Mike und seine Meute von Freunden zur High-School, Katie und ihre Fahrgemeinschaft (nicht ihre Freundinnen – ein rein geographisches Arrangement, das von Jane und den anderen Müttern vereinbart worden war, wie Katie fast jeden Morgen kritisch bemerkte) zur Junior-High-School und Todd und seinen Haufen zur Grundschule. Dann fuhr sie wieder nach Hause und ließ sich auf einen Küchenstuhl fallen, um sich bei einer Tasse Kaffee die letzten Minuten der *Today Show* anzusehen.

Nachdem sie sich neunzig Sekunden lang einen Filmbericht über eine Frau angesehen hatte, die Mutter von sechs adoptierten Kindern war (drei davon schwerbehindert), als höchst erfolgreiche Anwältin praktizierte und (in ihrer Freizeit, wie es in dem Bericht hieß – *welche* Freizeit?) irgendein Spielzeug erfunden hatte, das dem Hula-Hoop-Reifen Konkurrenz machen sollte, schaltete Jane den Fernseher angewidert ab. Diese Art von Programmen sollten zensiert werden, bevor leicht zu beeinflussende, junge Mädchen sie sahen und dachten, daß ein solches Leben tatsächlich möglich sei und/oder von ihnen erwartet wurde.

»Ich frage mich, was an den Tagen vor sich geht, wenn vier der Kinder krank werden und ein Prozeßbeginn angesetzt ist …«, sagte sie laut zu Willard, der als Antwort fröhlich mit dem Schwanz wedelte. »Wahrscheinlich nimmt sie das Geld, das sie für das Spielzeug bekommt und engagiert eine ganze Mannschaft von Babysittern.«

Während sie eine Dose Hundefutter öffnete, wählte sie Shelleys Nummer. »Um wieviel Uhr sollen wir bei Fiona sein, um mit dem Aufbau zu beginnen?«

»Um zehn.«

»Hast du vorher noch Zeit, mir zu zeigen, wie ich die Decke fertig machen muß?«

Ein paar Minuten später tauchte Shelley auf, gab Jane einige Anweisungen und setzte sich dann hin, um ihr bei der Arbeit zuzusehen. »Hast du noch einmal über gestern abend nachgedacht?«

»Ich habe versucht, es nicht zu tun. Oh, Shelley, ich verstehe jetzt endlich, was es heißt, mit sich selbst im unreinen zu sein. Jedes Mal, wenn jemand darüber redet, wie viel Phyllis von mir gehalten hat, habe ich das Gefühl, hinausrennen zu müssen, um den Mord selbst aufzuklären, weil ich eine unglaubliche, emotionale Schuld verspüre, von der ich nicht einmal wußte, daß es sie geben kann. Ist dir aufgefallen, daß Chet sogar die Namen meiner Kinder kannte? Sie muß *so oft* von mir gesprochen haben! Aber dann reiße ich mich wieder zusammen und mir wird klar, daß es sicherlich hundert verschiedene Erklärungen für all dies gibt, von denen ich keine Ahnung habe, denn was weiß ich schon wirklich über Phyllis' Leben? Nichts. Chet könnte einen Todfeind haben, der Phyllis getötet hat, um sich an ihm zu rächen. In diesem Zusammenhang fällt mir ein, daß Bobby sicherlich einige wirklich scheußliche Typen in der Stadt kennt, die nur darauf gewartet haben, daß er wieder zurückkommt, und einer von ihnen hat vielleicht aus Versehen Phyllis umgebracht. Das schlimmste ist, daß ich nicht einmal wirklich glauben kann, daß die Polizei die Sache aufklären wird. Ich habe gestern abend mit Onkel Jim gesprochen …«

Sie fuhr fort, Shelley einen Bericht von ihrer Unterhaltung zu geben.

»Also deuten die Beweise alle auf Chet?« sagte Shelley, als sie fertig war.

»Nein, nur die Umstände. Es gibt keine nennenswerten Beweise. Und ich möchte bezweifeln, daß noch welche auftauchen, es sei denn, irgend jemand wird fürchterlich von seinem Gewissen geplagt und gesteht«, sagte Jane.

»Also glaubst du immer noch nicht, daß es Chet war?«

»Ich möchte es nicht glauben. Hast du nicht gesehen, wie sehr ihn das alles getroffen hat?«

»Das habe ich. Und ich habe auch gesehen, wie er sich innerhalb von Sekunden zusammengerissen hat, um Bobby gegenüberzutreten. Es war fast so, als beobachte man einen Menschen dabei, wie er sich unvermittelt in eine andere Person verwandelt.«

»War irgendwie unheimlich, nicht wahr?«

»Das ist noch milde ausgedrückt. Nach dem, was wir gestern abend gesehen haben, ist John Wagner derjenige, der wohl am ehesten dazu fähig ist, gewalttätig zu werden. Wenn er nicht von seinem Vater aufgehalten worden wäre, hätte er Bobby, ohne zu zögern, ernsthaft angegriffen«, sagte Shelley.

»Kann man es ihm verübeln?«

»Nicht ein bißchen!«

»Aber es ist für mich immer noch unvorstellbar, daß jemand gegenüber Phyllis diese Art von Haß entwickelt haben sollte. Die arme Phyllis. Was denkst du?«

»Ich denke, wir sollten uns besser zu Fiona aufmachen und zusehen, daß wir die Sachen für den Basar aufgebaut bekommen.«

Jane legte die Decke zusammen, damit Willard kein Nickerchen darauf halten konnte, und seufzte. »Habe ich mich wirklich freiwillig hierzu gemeldet oder ist dies alles nur ein Alptraum?«

»Beides.«

Jane ging zu ihrem Küchenradio hinüber und schaltete einen Sender ein, der Weihnachtsmusik spielte. »Warum tust du das? Wir gehen doch jetzt«, sagte Shelley.

»Zum einen, damit es an ist, wenn ich nach Hause komme, und zum anderen – ich weiß, daß sich das jetzt albern anhört –, damit das Haus den Klang in sich aufnimmt.«

»Meinst du, daß ein Baum, der bereits komplett dekoriert ist, in deinem Wohnzimmer auftauchen wird, wenn du nur genug Atmosphäre schaffst?«

Jane lachte. »Möglich ist alles.«

Das Alptraumhafte dieses Weihnachtsbasars wurde offensichtlich, sobald sie bei Fiona eintrafen. Die Mietfirma, die um acht Uhr die klappbaren Ausstellungstische liefern wollte, war noch nicht eingetroffen. »Ich habe dreimal angerufen«, sagte Fiona, deren ungewohnt englische Ruhe zwar nicht erschüttert worden war, die aber langsam an den Ecken zu bröckeln begann. »Sie schwören, daß der Wagen unterwegs ist und wir die ersten sind, die sie beliefern.«

»Dann gibt es also nichts, was wir tun können?« fragte Jane. Sie hatte die stille Hoffnung, daß sie sich noch einmal würde verdrücken können, um einige weitere verzweifelte Minuten mit Häkeln zu verbringen.

»Falsch!« rief Shelley. »Wir können schon mal die Preise festlegen. Das ist die übelste Arbeit von allen.«

»Es gibt hier tatsächlich verschiedene Abstufungen von ›übel‹?« fragte Jane.

Fiona lachte. Sie besaß ein entzückendes, sprudelndes Lachen, das die angespannte Stimmung lockerte. »Wir sollten es einfach hinter uns bringen.«

»Fiona, Sie müssen uns wirklich nicht helfen«, versicherte ihr Jane. »Als Sie uns das Haus anboten, haben wir Ihnen geschworen, daß Sie nichts weiter tun müßten.«

»Jane, bist du völlig übergeschnappt?« fragte Shelley. »Wenn du anfängst, Hilfsangebote auszuschlagen, werde ich dir wohl Vernunft einprügeln müssen. Wir sollten anfangen mit den …« Sie schaute sich in dem

Raum voller Kartons um, und ihre Schultern sackten nach unten. »... mit den Kissen. Sie sind bereits so gut wie verkauft. Wir müssen uns nur einig werden, was wir dafür verlangen wollen. Personen sind nicht darin verwickelt.«

Jane fand bald heraus, was es mit dieser Bemerkung über Personen auf sich hatte. Viele der gespendeten Dinge trugen Preisvorschläge, die die Spenderinnen angeheftet hatten. Diese Preise waren fast alle lächerlich überhöht. Jemand hatte einige mit Blumen bemalte Holzschindeln gestiftet. Es handelte sich zwar nicht um künstlerische Meisterwerke, aber sie sahen auch nicht schlecht aus, und Jane war der Ansicht, daß sie bestimmt irgendwo im Haus dafür einen netten, freien Platz an einer Wand finden könnte, der nicht zu sehr ins Auge fiel – bis sie eine Notiz bemerkte, auf der stand, daß sie mit vierzig Dollar ausgezeichnet werden sollten.

»Vierzig Dollar!« rief sie und griff sich ans Herz. »Ich dachte eigentlich an sieben oder acht.«

Shelley, die ihren Kopf in einem Karton vergraben hatte, tauchte wieder auf. »Oh, diese Dinger. Das ist kein Problem. Die Frau, die sie anfertigt, kommt immer morgens in aller Frühe vorbei, um zu sehen, ob wir sie auch richtig ausgezeichnet haben. Sobald sie verschwunden ist, setzen wir sie auf einen vernünftigen Preis herunter. Bis jetzt hat sie es noch nie bemerkt. Sie macht sie jedes Jahr, und für fünf Dollar gehen sie weg wie warme Semmeln.«

»Was ist hiermit?« Jane hatte einen Kleiderkarton geöffnet, der mit kleinen Kränzen gefüllt war. Sie bestanden aus Gardinenringen, die mit grünem Garn zu einer Art Rüsche umhäkelt worden waren. Verziert mit hellroten Pailletten und einer kleinen Satinschleife stellten sie einen hübschen Weihnachtsschmuck dar.

Aber auf einem Zettel, der in dem Karton lag, stand zu lesen: »Ich habe sie letztes Jahr im Ausverkauf in New York für fünfzehn Dollar gesehen. Ich denke, zehn wären angemessen, meinen Sie nicht auch?«

Shelley kam herüber, um einen Blick auf die Kränze und die Unterschrift auf dem Zettel zu werfen. »Das ist eine etwas heikle Angelegenheit. Sie engagiert sich sehr für die Kirche, und wir sollten vermeiden, sie vor den Kopf zu stoßen.«

Fiona blickte über ihre Schulter. »Oh, sie ist im Moment gar nicht in der Stadt. Als sie den Karton vorbeibrachte, sagte sie, daß sie während der Feiertage ihren Sohn auf Hawaii besuchen wollte und heute abreisen würde.«

»Hervorragend. Für zwei Dollar werden sie schnell weg sein.«

»Höre ich da nicht einen Lastwagen?« rief Fiona.

Bis zum Mittag hatten sie alle Tische aufgebaut und plaziert. Dann machten sich die Frauen – auch Suzie Williams, die direkt nach dem Lastwagen der Leihfirma eingetroffen war – daran, ein grobes Arrangement zu treffen.

Suzie favorisierte Logik und Ordnung. »Laßt uns die ganzen Kissen und Decken in einen Raum bringen und die Eßsachen in einen anderen ...«

»Ich bin mir nicht so sicher«, erwiderte Shelley. »Wenn eine Frau, die gerade eine Diät macht, ein Zimmer voller Nahrungsmittel sieht, läßt sie die ganze Sache vielleicht direkt bleiben. Und das gleiche gilt für Leute, die in liebevoller Heimarbeit angefertigte Kunstwerke nicht so sehr zu schätzen wissen. Unsere Besucher wollen überlistet werden.«

»Klingt vernünftig. Laßt sie uns dazu überlisten, Schrott zu kaufen, den sie gar nicht haben wollen«, sagte Suzie fröhlich.

»Wir sollten eine Pause einlegen«, schlug Fiona vor. Jane hatte das Gefühl, daß ihre Gastgeberin Suzies rauhen Umgangston etwas anstößig fand, obwohl Fiona immer freundlich zu ihr war. »Ich habe heute morgen ein bißchen Hühnersalat und Bananenbrot zubereitet.«

Sie machten es sich an dem großen Küchentisch gemütlich. »Wo ist Ihr Mann denn heute? Versteckt er sich vor uns?« erkundigte sich Suzie. Schon seit langem war sie von der Vorstellung eines Ehemannes, der seine Arbeit – welcher Art auch immer sie sein mochte, falls er überhaupt etwas tat – zu Hause erledigte, fasziniert.

»Oben. Er hat schreckliche Kopfschmerzen«, antwortete Fiona. Sie stellte die Teller für den täglichen Gebrauch heraus, die Jane in einem Safe aufbewahrt hätte, wenn es ihre gewesen wären. »Als kleiner Junge ist er einmal schlimm gefallen und hat sich beim Sturz von einem Baum einen Schädelbruch zugezogen. Es ist alles gut verheilt, aber er bekommt hin und wieder noch Kopfschmerzen, die ihn umwerfen. Die Ärzte vermuten, daß ein Zusammenhang besteht, aber es gibt nichts, was sie dagegen tun könnten.«

Suzie nickte wissend mit dem Kopf. »Ich habe mir mit zehn das Fußgelenk gebrochen, und es tut mir manchmal immer noch weh. O, Musik – wie schön.«

Sie verstummten. Irgendwo spielt Musik, und während sie lauschten, erkannten sie das Stück.

Richie Divines *Red Christmas.*

Jane schaute zu Fiona hinüber, die ziemlich blaß geworden war und zu den Glastüren blickte, die auf den hinteren Garten hinausführten.

»Woher kommt das?« fragte Suzie, die sich der Spannung im Raum noch nicht bewußt war.

Shelley stand auf und ging zu den Türen hinüber. Als sie eine öffnete, strömte ein Schwung kalter Luft und die Musik ins Zimmer. »Sie kommt von draußen«, sagte sie leise.

Fiona erhob sich langsam und gesellte sich zu ihr an die Tür. Jane und Suzie folgten ihr. Während sie zuhörte, war sich Jane völlig darüber im klaren, wo die Musik herkam: von der Veranda des Nachbarhauses. Phyllis' Haus, das jetzt Bobbys war. Er hatte die Stereoanlage so aufgebaut, daß sich die Lautsprecher auf die Veranda vor dem großen Schlafzimmer stellen ließen.

Aber welchen Grund konnte es für ihn geben, die Howards zu ärgern?

Plötzlich tauchte Albert Howard hinter den vier Frauen auf. »Was zum Teufel ist das für ein Lärm?« fragte er wütend.

Albert verschwand wieder und Fiona lief mit einem weißen Gesicht hinter ihm her. So sehr sie sich auch bemühten, es gelang Shelley, Jane und Suzie nicht, ein Wort von dem, was die beiden sagten, zu verstehen.

»Ist das dieser kleine Stinker von nebenan, der da die Musik spielt? Derjenige, dessen Mutter eine Freundin von dir war?« fragte Suzie Jane, als sich Albert und Fiona endgültig außer Hörweite begeben hatten.

»Ich fürchte ja, aber ich verstehe es nicht. Warum versucht er, die ganze Nachbarschaft zu verärgern, und warum ausgerechnet mit einer Richie-Divine-Platte?«

»Warum nicht?« fragte Suzie und sagte dann: »Ach stimmt ja. Ich hatte ganz vergessen, daß Fiona einmal mit ihm verheiratet war, richtig? Oder ist das nur wieder eines dieser typischen Gerüchte, die in der Nachbarschaft kursieren?«

»Nein, es ist wahr«, entgegnete Jane. »Das Zimmer da hinten ist voll mit seinem Zeug. Bilder, goldene Schallplatten.«

»Das eine, von dem Fiona sagte, daß wir es nicht benutzen sollen? O, es ist sicherlich bloß ein Zufall, daß der Junge ausgerechnet diese Platte spielt. Als ich mit dem Wagen hier herüberfuhr, lief es auch im Radio. Zu dieser Jahreszeit wird es oft gespielt.«

»Trotzdem, was für einen Sinn macht es, außer sicherzustellen, daß auch alle mitbekommen, was für ein mieser, kleiner Mistkerl er ist?« fragte Shelley, schloß die Tür und scheuchte sie wieder auf ihre Plätze zurück. »Laßt uns zu Mittag essen und so tun, als ob wir nichts hören. Fiona zuliebe.«

»Ich genieße es immer ganz besonders, wenn ich anderen Leuten zuliebe essen darf«, sagte Suzie und tat sich einen großen Klecks Hühnersalat auf den Teller. »Auf diese Weise zählen die Kalorien nämlich nicht. Genauso wie sie nicht zählen, wenn man sie vor sieben Uhr verspeist oder an einem Feiertag – ob gesetzlich oder religiös. Bei regionalen Feiertagen bin ich mir nicht so sicher.«

»Ich wünschte nur, meine Hüften würden diesen Regeln gehorchen«, sagte Jane und nahm sich auch etwas zu essen.

»Mensch, das ist wirklich gut. Da sind kleine, grüne Weintrauben drin. Was glaubt ihr, wo sie zu dieser Jahreszeit so schöne herbekommt?«

»Vielleicht pickt sie sie aus Dosenfruchtsalaten heraus«, schlug Suzie vor.

Fiona gesellte sich ein paar Minuten später wieder zu ihnen und sah so kühl und gelassen aus wie ein Eisberg. Die Musik war immer noch zu hören, aber sie taten alle so, als würden sie es nicht bemerken. »Albert versucht selten einmal, mitten am Tag etwas zu ruhen. Nur wenn, wird er wirklich sehr böse, wenn man ihn dabei stört«, lautete Fionas einziger Kommentar. »Nehmen Sie noch etwas von dem Bananenbrot, meine Damen. Wenn Sie etwas übriglassen, dann werde ich es alles selbst essen, und Sie müssen mich schließlich aus diesem Stuhl herausrollen.«

Sie ignorierten hartnäckig die Musik – bei der es sich nicht etwa um eine Single, sondern um das ganze Album mit *Richie Divines Greatest Hits* handelte – und beendeten ihr Mittagessen, um sich dann wieder an die Arbeit zu machen. Fiona beschäftigte sich damit, einige Tische in eine bessere Position zu rücken und gemietete, weiße Tischdecken darauf zu drapieren. Suzie erklärte sich dazu bereit, nach Shelleys Anweisung jeden Karton in den Raum zu tragen, in dem der Inhalt verkauft werden sollte. Shelley setzte sich auf den Boden und fertigte eine Art grobe Bestandsliste der Dinge an, die Suzie wegtrug, und Jane begann, Preise für die gehäkelten Kränze auf einen Bogen mit Klebeschildchen zu schreiben. »Ich finde, wir sollten allen, die über einen bestimmten Betrag hinaus etwas kaufen, einen Kranz gratis dazugeben«, sagte Jane. »Man könnte sie ihnen an den Mantel stecken, wenn sie aus der Tür gehen.«

»Gute Idee. Ich werde die Hälfte davon neben die Kasse legen, und einige werden sie vielleicht noch als letztes kaufen, während sie aufs Bezahlen warten.«

»Spontaner Einkauf. Sehr gut.«

»Oh, mein Gott, schaut euch nur diese Steppdecke an«, sagte Shelley. »Sie ist umwerfend. Und sie ist bereits ausgezeichnet mit … mit *fünfundzwanzig Dollar!* Das ist ja kriminell. Es sollten mindestens hundertfünfzig sein. Sie würde in meinem Gästezimmer bestimmt wundervoll aussehen. Ich werde sie für zweihundert selbst kaufen, aber wir werden sie mit einem ›Verkauft‹-Schild aufhängen, einfach weil sie so hübsch ist.«

Jane gab sich alle Mühe, nicht neidisch zu werden. Würde sie wohl jemals in der Lage sein, ganz impulsiv etwas für zweihundert Dollar zu kaufen? »Wo soll ich dieses Gelee hinstellen?« fragte sie.

Shelley wandte sich zu ihr um. »Gelee?« fragte sie mißtrauisch. »Der ist doch nicht zufällig von Marijo Fisher?«

»Doch, stimmt was nicht damit?«

»Oh, nein, außer, daß das Jahr für Jahr Marijos kleine Masche ist, uns übers Ohr zu hauen. Ich dachte, ich hätte ihr klargemacht, daß ich es ihr nicht noch einmal durchgehen lassen werde.«

»Ich verstehe nicht ganz. Wie kann sie uns mit Gelee übers Ohr hauen? Es sieht doch gut aus.«

»Oh, es ist auch gut. Es ist sogar fantastisch. Sie überläßt uns vier oder fünf armselige Gläser für den Basar und verteilt dann köstliche Proben an die Leute. Natürlich sind die fünf Gläser im Nu verkauft, aber wundersamerweise gibt es immer noch Proben, und sie nimmt Bestellungen für ungefähr eine Million weiterer Gläser entgegen.«

»Na und?«

»Nicht für den Kirchenfonds, Jane. Für sich selbst. Sie verschafft der Kirche zehn Mäuse und sich selbst später ein paar hundert. Es macht mich rasend. Steht da ihre Telefonnummer drauf? Ich werde ein paar Worte mit ihr wechseln.«

Sie stürmte davon und kehrte wenige Minuten später zurück wie ein General, der einen unerwartet guten Tag damit verbracht hatte, einfallende Armeen in Grund und Boden zu stampfen. »Alles erledigt«, sagte sie gelassen.

Jane hatte Angst, sich genauer zu erkundigen.

Nach weiteren zehn Minuten fragte Jane: »Geht dir die Musik genauso auf die Nerven wie mir?«

»Sie ist ja nicht so laut. Aber stell dir vor, wir hätten Frühjahr, und die Fenster wären alle geöffnet. Dennoch wundert es mich, daß noch niemand die Polizei gerufen hat, um ihn dazu zu bringen, sie abzustellen.«

Fiona kam mit einem Stapel Decken an der offenen Tür vorbei und sah elend aus.

»Ich werde nicht zulassen, daß er ihr das antut«, sagte Jane. Sie warf sich ihren Mantel über und schlüpfte zur Tür hinaus, bevor Shelley sie davon abhalten konnte. Sie stürmte die lange Einfahrt hinunter, den Gehweg entlang und die Auffahrt zum Nebenhaus hinauf, lehnte sich gegen die Türklingel und pochte zusätzlich noch gegen die Haustür.

Bobby kam an die Tür und trug sein übliches selbstgefälliges Grinsen zur Schau. »Jaaa?«

»Ich bin gekommen, um Sie höflich darum zu bitten, die Musik abzustellen. Wenn Sie es jedoch nicht tun, werde ich veranlassen, daß die Polizei kommt, um mit Ihnen darüber zu reden, Bobby.«

»Wir leben in einem freien Land«, sagte er, als hätte er diesen Spruch selbst erfunden. »Mögen Sie keine Rockmusik? Hätten Sie lieber ein bißchen Fred Waring?« Er lächelte spöttisch.

»Zufällig mag ich Fred Waring. Und ich mag auch Twisted Sister – bei angemessener Lautstärke und wenn *ich* Lust dazu habe. Im Augenblick glaube ich aber nicht, daß es die gesamte Nachbarschaft Ihnen überlassen möchte, die Wahl für alle zu treffen. Stellen Sie es ab!«

»Ich werde darüber nachdenken«, sagte er und kicherte auf widerwärtige Weise in sich hinein, bevor er ihr die Tür vor der Nase zuschlug.

Mit einer Riesenwut im Bauch kehrte Jane zum Haus der Howards zurück. »Sollte Phyllis im Himmel sein, dann ist sie wahrscheinlich immer noch dabei, sich dafür zu rechtfertigen, daß sie ein solches Monster geboren hat!« sagte sie, als Shelley ihr die Tür öffnete. »Ich werde ihm jetzt die Polizei auf den Hals hetzen.«

»Jane, du weißt, ich bin immer dafür, sich zu behaupten, aber ich glaube nicht, daß es besonders klug ist, sich mit diesem Jungen anzulegen. Er könnte immerhin ein Mörder sein.«

»Macht den Weg frei«, sagte eine Stimme hinter einem Riesenstapel leerer Kartons. Es war Suzie. »Und macht mir bitte die Tür auf. Ich will die hier in die Garage bringen.«

Jane und Shelley blieben noch eine Minute stehen und diskutierten halbherzig weiter. Da kam Suzie zurück und sagte: »Heh, Mädels, das müßt ihr euch ansehen.«

Shelley griff hastig nach ihrem Mantel, und sie folgten Suzie den Weg entlang, der zwischen dem Haus der Howards und dem von Bobby verlief. Bevor sie noch *sehen* konnten, was da vor sich ging, konnten sie die Auseinandersetzung *hören*. Mr. Finch stand an der Haustür, ruderte mit seinen Armen und schrie in einer hohen Stimme unverständliches Zeug. Bobby war nicht zu sehen, dafür aber seine Faust, die plötzlich hervorschoß und Mr. Finch am Kinn erwischte.

»Jane, du solltest vielleicht doch die Polizei rufen«, sagte Shelley.

»Und das hier verpassen? Nicht um alles in der Welt«, entgegnete Jane.

Finch war in den Schnee gestürzt, hatte sich aber mit unglaublicher Geschwindigkeit wieder aufgerappelt, war in Richtung Tür gestürzt und nun nicht mehr zu sehen. Eine Sekunde später rollte ein menschliches Knäuel mit vier Armen und vier Beinen die Stufen hinunter und in den Vorgarten hinaus. Einen Moment lang wälzten sie sich, ohne große Wirkung zu erzielen, in dem kümmerlichen Schnee herum und erweckten nicht den Eindruck, als würden sie sich großen Schaden zufügen. Gerade, als Jane genug hatte vom Zusehen und zum Telefon laufen wollte, ertönte über Richie Divines Stimme hinweg eine Sirene. Offensichtlich hatte jemand anders den Kampf kommen sehen oder genug von der Musik gehabt.

Ein Polizeiwagen kam abrupt vor dem Haus zum Stehen, und zwei uniformierte Beamte rannten über den Rasen und trennten Bobby und Mr. Finch ohne große Schwierigkeiten. »Die Vorstellung ist vorbei, meine Damen«, rief ihnen einer der Beamten zu.

Jane errötete verlegen.

Suzie dagegen hatte eine sehr viel höhere Verlegenheitsschwelle.

»Scheißkerl«, fluchte sie mit Nachdruck. Alle drei eilten zum Haus zurück, und Suzie schimpfte weiter. »Zwei echte Waschlappen. Ich wäre mit beiden fertig geworden.«

Fiona stand an der Tür. »Wo um alles in der Welt haben Sie gesteckt?«

Sie erzählten ihr von dem Kampf.

»O, je«, sagte Fiona niedergeschlagen. »Die ganze Sache ist so unerfreulich, und ich mache mich wirklich dafür verantwortlich. Wenn ich nicht erwähnt hätte, daß das Haus zum Verkauf steht, wäre es immer noch leer und alles friedlich hier. Was ist, wenn während des Basars wieder etwas passiert? Wir können ja wohl kaum erwarten, daß sich die Leute den Weg durch ein Kampfgebiet bahnen, nur um ein paar Weihnachtssachen zu kaufen.«

»Darüber werden wir uns den Kopf zerbrechen, wenn es soweit ist«, sagte Shelley schnell. »Es wird aber erst gar keinen Basar geben, wenn wir uns nicht wieder an die Arbeit machen.«

Von nebenan war nichts mehr zu hören. Die Musik verstummte ein paar Minuten nach dem Eintreffen der Polizei. Die vier Frauen konnten den restlichen Nachmittag über in Frieden arbeiten. Es gab nur noch eine Unterbrechung, als John Wagner vorbeikam, um Bescheid zu sagen, daß es am nächsten Morgen um zehn Uhr einen Trauergottesdienst für seine Stiefmutter geben werde. Glücklicherweise wurde er von Celia, Fionas Hausmädchen, direkt in das Zimmer geführt, wo Jane arbeitete, und so lief er weder Fiona noch Albert über den Weg.

»Dad wollte sie eigentlich von der alten Kirche aus beerdigen lassen, in die sie immer gegangen sind, als sie noch hier lebten, aber ich habe ihn davon überzeugen können, alles hier draußen zu machen.« Er verlor kein Wort über die Vorgänge des gestrigen Abends, und auch Jane sprach ihn nicht darauf an.

»Möchtest du, daß ich dich zum Begräbnis begleite?« fragte Shelley, nachdem er gegangen war.

»Großer Gott, nein! Du hattest doch schon versprochen, dich morgen nachmittag mit mir gemeinsam in den Rummel zu stürzen, um ein paar Weihnachtseinkäufe zu erledigen. Mehr kann ich von einer Freundin doch wirklich nicht verlangen.«

»Ich bin ja *so* froh, daß du das einsiehst. So und jetzt zum Preis für die Früchtekuchen …«

Shelley mußte um drei eine Fahrgemeinschaft kutschieren, Suzie um halb vier und Jane um Viertel vor vier, aber alle drei kamen anschließend noch einmal zurück, um die restliche Arbeit zu erledigen. Um fünf setzten sie sich mit der Gewißheit, daß sie die Veranstaltung gut im Griff hatten, zu einer letzten Scheibe von Fionas Bananenbrot und einer Tasse Kaffee zusammen.

Wenn sich nur der Rest des Lebens auch durch harte Arbeit und Organisation bewältigen ließe, dachte Jane sehnsüchtig. Wie unaussprechlich traurig es doch war, daß Phyllis nicht bei ihnen sein konnte. Einen Tag wie diesen hätte sie bestimmt genossen. Was hatte wohl Mel VanDyne den ganzen Tag über getan? Ob er dem Ziel, Phyllis' Killer aufzuspüren, näher gekommen war?

Jane stand am Samstagmorgen viel früher auf als notwendig. Es war ein belebendes Gefühl, sich der Illusion hinzugeben, das ganze Haus für sich zu haben. Die Kinder schliefen alle lange, und so brauchte sie sich keine Sorgen zu machen, daß beim Duschen das heiße Wasser zur Neige gehen könnte, bevor sie fertig war, oder daß sie sich mit Katie um die aufheizbaren Lockenwickler streiten würde, oder darüber, alles fallen lassen zu müssen, um ein Kind zur Schule zu fahren, bevor sie überhaupt ihr Gehirn richtig in Gang gesetzt hatte. Es plärrte keine Musik aus Stereoanlagen, keine Autos hupten ungeduldig in der Einfahrt, und niemand rannte auf der wilden Suche nach verlorengegangenen Büchern, Essensgeld oder Erlaubniszetteln durchs Haus.

Seligkeit.

Der erste Punkt ihres Pflichtprogramms für heute bestand darin, sich für Phyllis' Begräbnis fertig zu machen. Sie hatte vor, ihren dunkelgrauen Rock und die schwarze Seidenbluse anzuziehen. Shelley hatte die Sachen letzten Winter zu Steves Beerdigung für sie gekauft, und es war heute das erste Mal, daß sie sie wieder tragen würde. Sie holte die Sachen aus dem Schrank und schlüpfte mit einer gewissen Hemmung hinein. Schließlich verband sie düstere Erinnerungen damit. Und doch schaute sie in den Spiegel und war erstaunt, sogar ein kleines Lächeln auf ihrem Gesicht zu sehen. Dies war nicht dieselbe Frau, die im letzten Februar diesen Rock getragen hatte. Die Jane von damals war vollkommen erledigt gewesen – sowohl emotional als auch physisch.

Damals waren alle voller Mitgefühl gewesen und hatten sich doch so geirrt. Das war das Schlimmste: die Rolle einer Frau spielen zu müssen, die ihren geliebten Partner verloren hatte, und dabei im Innern diese wütende Ablehnung zu fühlen, außer sich zu sein angesichts seiner Untreue und sich selbst für die eigene Dummheit und das eigene Versagen zu hassen.

Aber dies hier war eine neue Frau. Unter Shelleys diktatorischer Führung hatte sie sich die Haare gesträhnt, regelmäßig Dauerwellen machen lassen, ein wenig Gewicht verloren und ein bißchen über Make-up gelernt, obwohl Wimperntusche ihr immer noch das Gefühl gab, als hätte sie Augen wie ein Waschbär. »Da kannst du mal sehen, was du aufgegeben hast, Steve«, sagte sie zu dem Spiegel und fühlte ein kleines Prickeln der Genugtuung.

Es war erst halb neun, als sie nach unten ging, um noch eine ruhige Stunde damit zu verbringen, ihre Decke fertigzustellen. Während sie die Tiere fütterte, hörte sie das leise Schnurren eines Wagens in der Einfahrt. Sie war überrascht – und ausnahmsweise auch einmal erfreut –, den roten MG zu sehen. Man stelle sich vor: Mel VanDyne erwischte sie ausnahmweise mal von ihrer besten Seite, statt von ihrer schlimmsten.

Als sie ihm die Haustür öffnete, freute sie sich über den Ausdruck auf seinem Gesicht. »Mrs. Jeffry ... Jane, ich hoffe, ich störe Sie nicht.«

»Überhaupt nicht. Kommen Sie herein.« Sie führte ihn in das Wohnzimmer und genoß das Bewußtsein, daß er sie anstarrte.

»Nehmen Sie doch bitte Platz. Darf ich Ihnen etwas anbieten? Kaffee?«

»Wenn Sie eine Cola greifbar hätten – ich kann einen Koffeinstoß gebrauchen.«

»Da kann ich Ihnen noch etwas Besseres bieten. Die Kinder haben da ein Getränk, das mit Koffein vollgestopft ist, zumindest wird damit geworben.« Sie kam mit einem Glas zurück, in dem sich ein paar Eisstücke befanden, und einer Dose, auf der ein Blitz zu sehen war.

Er nahm einen Schluck und schnitt fröhlich eine Grimasse.

»Wenn ich das sagen darf: Sie sehen fabelhaft aus!«

»Danke«, erwiderte Jane mit einem Lachen. »Wie nett, daß es Ihnen aufgefallen ist. Ich weiß, daß es als sehr altmodisch gilt bei einer Beerdigung dunkle Farben zu tragen, aber ich bin einfach nicht imstande, mich zu einem solchen Anlaß in ein pinkfarbenes Kleid zu werfen. Meine Mutter hat mich zu gut erzogen.«

»Lebt Ihre Mutter in der Nähe?«

Sie fragte sich kurz, warum er heute so leutselig war, entschied sich aber, einem geschenkten Gaul nichts ins Maul zu schauen. »Nein, meine Mutter lebt mal hier mal da. Im Moment hält sie sich mit meinem Vater in einem afrikanischen Land auf. Sie sind Mitarbeiter des Außenministeriums. Mein Vater hat ein unglaubliches Talent für Sprachen. Er kann fast alle sprechen und verstehen, sobald er sie auch nur einen Tag lang gehört hat, und daher haben meine Eltern ihr Leben überall dort auf der Welt zugebracht, wo unsere Regierung gerade mitbekommen wollte, was gesagt wird.«

»Sind Sie so aufgewachsen?«

»Oh, ja. Als ich mit meinem Mann hierherzog, hat es tatsächlich zwei Jahre gedauert, bevor ich in der Lage war, den letzten Koffer auszupacken und ihn im Keller zu verstauen. Macht der Gewohnheit – ich war sicher, daß ich wieder umziehen würde. Was genau führt Sie eigentlich heute morgen hierher?«

Sie hatte ihn überrumpelt. »Nun, ich ... Ich habe mich gefragt, ob ich Sie vielleicht zum Friedhof mitnehmen könnte. Nein, das entspricht nicht der Wahrheit. Ich wollte Ihnen einige Fragen stellen.«

»Worüber? Ich habe Ihnen schon alles erzählt, was ich über Phyllis weiß.«

»Es geht nicht um Phyllis.« Er schwieg einen Moment und fuhr dann schnell und mit professionellem Tonfall fort: »Heute morgen gegen fünf Uhr, als ein Müllabfuhrunternehmen den großen Müllcontainer hinter dem Einkaufscenter leeren wollte, lag daneben eine Leiche. Bobbys.«

Jane fühlte, wie ihre Heiterkeit schwand, als hätte ihr jemand einen Kübel mit kaltem Wasser über den Kopf gegossen. »Oh, nein. Wie ist er gestorben?«

»Wurde erstochen. Von hinten. Jemand muß ihn wohl vollkommen überrascht haben.«

»Hinter einem Müllcontainer am Einkaufscenter? Was um alles in der Welt wollte er denn da? Außer sich umbringen lassen?«

»Das war wahrscheinlich alles. Ich schätze, er wollte sich dort mit jemandem treffen.«

Mel schwieg, solange Jane in der Schublade des Beistelltisches herumkramte, bis sie eine alte Zigarette gefunden hatte. Er lehnte sich nach vorne und gab ihr Feuer.

Sie setzte sich zurück und nahm einen langen Zug. »Es ist merkwürdig«, sagte sie schließlich, weil sie fühlte, daß er darauf wartete, daß sie etwas sagen würde. »Ich bin nicht überrascht oder gar traurig, weil er wahrscheinlich einer der hassenswertesten, abscheulichsten Menschen gewesen ist, der mir jemals begegnet ist. Aber auf eine bestimmte Art tut es mir leid. Es ist einfach nicht richtig, Leute in den Rücken zu stechen, nur weil sie unausstehlich sind.«

»Das Empfinden habe ich in gewisser Weise auch immer gehabt«, sagte er mit ironischem Unterton.

»Das macht natürlich meine Theorie, daß Bobby Phyllis' Mörder ist, zunichte. Es sei denn, Chet ...« Sie erschrak, weil sie wieder einmal laut nachdachte.

Mel mußte angesichts ihres Unbehagens lachen. »Glauben Sie ernsthaft, daß mir das nicht einfallen würde? Bemühen Sie sich nicht unnötig, Dinge in meiner Gegenwart für sich zu behalten. Es wird mich nicht vom Denken abhalten, aber das, *was* sie mir sagen, könnte hilfreich sein.«

»In Ordnung. Es sei denn, Chet hat ihn aus Rache getötet.«

»Ich kann also davon ausgehen, daß Sie mit Chet Wagner gesprochen haben?«

»Oh, ja.« Jane erzählte ihm von dem Abend, als Shelley und sie hinübergefahren waren, um Phyllis' Sachen zusammenzupacken, und sich mitten in einem Streit zwischen Bobby und Vater und Sohn Wagner wiedergefunden hatten.

VanDyne war verblüfft und verärgert. »Warum haben

Sie um Himmels willen nicht einen Polizeibeamten gebeten, mit Ihnen zu gehen? Sie haben sich in eine gefährliche Situation gebracht.«

»Ich weiß es nicht. Im nachhinein hört es sich viel leichtsinniger an, als es an dem Abend schien. Ich schätze, wir haben einfach nicht nachgedacht. Dennoch könnte man sagen, daß es zumindest ein interessantes Erlebnis gewesen ist.«

»Hatten Sie den Eindruck, daß Chet Wagner wirklich glaubte, daß Bobby für den Tod seiner Mutter verantwortlich war?«

Jane dachte lange Zeit nach. »Das ist schwer zu sagen. Ich bin sicher, daß er Bobby die Schuld für die Umstände gibt, die zu ihrem Tod geführt haben, aber um ehrlich zu sein, ich denke, daß er Bobby, selbst in der Anwesenheit von Zeugen, auf der Stelle an den Kragen gegangen wäre, wenn er geglaubt hätte, daß er sie tatsächlich umgebracht hat. Er war außer sich, aber Chet selbst war derjenige, der John davon abgehalten hat, Bobby anzugreifen.«

»Dachte John Wagner, daß Bobby für ihren Tod verantwortlich war? Hat er deshalb versucht, Bobby anzugreifen?«

»Nein, es war, weil Bobby sagte, daß man Chet dafür die Schuld zuschieben würde. Ich glaube, er war stellvertretend für seinen Vater wütend, und natürlich hatte Bobby seine schlimmsten Ängste wachgerüttelt. Bobby benahm sich absolut widerlich.«

»Hmm. Erzählen Sie mir noch einmal von dieser Testament-Geschichte. Als ich ihn danach fragte, sagte Mr. Wagner, daß sich sein Testament und das seiner Frau bei einem Anwalt auf der Insel befinden würde, und er erteilte uns die Erlaubnis, eine Kopie anzufordern. Sie müßte eigentlich heute eintreffen. Er machte in dieser Hinsicht einen sehr gelassenen Eindruck auf mich. Das war natürlich, bevor Bobby die Bombe platzen ließ.«

»Aber wenn es ein erst kürzlich aufgesetztes Testament geben sollte, dann ist das frühere sowieso nicht mehr gültig. Im Grunde bin ich mir überhaupt nicht sicher, ob nicht alles ein Bluff war, einfach um Chet noch mehr zu beleidigen. Das einzig Überzeugende war, als er sagte, daß sie mit einer ›blauen Mappe‹ aus dem Büro des Anwalts gekommen sei und sie in ihre Tasche gesteckt habe. Das hörte sich ziemlich wahr an oder schien zumindest möglich zu sein. Ich glaube nicht, daß er soviel spontane Vorstellungskraft besitzt, um sich blitzschnell solche Details wie ›blau‹ oder ›Mappe‹ auszudenken. Ich schätze, er hätte einfach ›Papiere‹ gesagt, wenn er das Ganze erfunden hätte. In der Schule kannte ich einmal ein Mädchen, das eine wirkliche gute Lügnerin war. Sie kam fast immer damit durch, weil alle möglichen glaubhaften Details in ihren Geschichten zu finden waren. Man kaufte ihr die Details ab, und bevor man sich versah auch die ganze Geschichte.«

»Ich denke, das geht den meisten Menschen so«, sagte er kurz angebunden.

Jane wurde bewußt, daß sie wieder einmal vom Thema abschweifte, eine Angewohnheit, die ihm bekanntermaßen auf die Nerven ging. »Auf jeden Fall gab es bei ihren Sachen kein Testament oder irgend etwas, das so aussah«, fuhr sie weiter fort. »Wir haben alles durchgesehen, ohne zu schnüffeln ... nun, ja ..., vielleicht haben wir doch ein wenig geschnüffelt, und die einzigen Papiere, die wir gefunden haben, waren in einer bestickten Tasche. Ein Umschlag enthielt Memorabilien. Familienphotos, ein Jahrbuch der High-School, Geburtsurkunden – Dinge dieser Art. Der andere Umschlag war voller Handarbeitszeug, Muster, Bestellvordrucke von Wollgeschäften.«

»Ja, das habe ich auch gesehen.«

»Das dachte ich mir schon. Und ihre Handtasche?«

»Sie enthielt nichts Belastendes. Wenn tatsächlich ein Testament gemacht worden ist und sie es in New York in der Tasche hatte, wo könnte es hingekommen sein? War es ein Direktflug, oder sind sie auf ihrem Weg hierher noch woanders gelandet?«

»Ich glaube, es war ein Direktflug. Vielleicht hat sie es in einem Bankschließfach deponiert oder an jemanden geschickt.«

»Wäre möglich, aber warum sollte sie das getan haben?«

Es entstand eine lange Pause, bis Jane schließlich sagte: »Sollten wir uns nicht langsam auf den Weg machen? War es Ihnen Ernst damit, daß Sie mich zum Begräbnis fahren würden, oder ist das nur wieder einer Ihrer kleinen Tricks gewesen, um mich zu überrumpeln, so daß ich in hysterische Tränen ausbreche und zugebe, Bobby getötet zu haben?«

»Da habe ich bessere Tricks auf Lager. Ja, es war mir Ernst.«

Jane ging nach oben und gab einem sehr verschlafenen Mike Bescheid, daß sie nun gehen würde. Als sie in Mels Wagen saß, war sie – zur Abwechslung einmal – froh darüber, daß sie nicht groß und langbeinig war. Sonst hätte sie ihre Knie neben ihren Ohren wiedergefunden. »Was wissen Sie über Bobbys Tod? Gab es eine Waffe oder irgend etwas in der Art?« fragte sie, als sie unterwegs waren.

»Nichts. Er muß einen Telefonanruf erhalten oder selbst eine Verabredung ausgemacht haben, um sich dort mit jemandem zu treffen. Wir haben sein Telefon nicht abgehört – ein dämliches Versehen, verdammt noch mal. Er wurde erstochen. Die Waffe vom Tatort entfernt. Wahrscheinlich ist es zwischen ein und vier Uhr früh passiert.«

»Kein besserer Hinweis als das?«

»Leider nicht. Jane, die Sache passierte zu spät für die Morgenzeitungen, und ich nehme an, daß außer dem Killer bisher noch niemand darüber Bescheid weiß, also möchte ich nicht, daß Sie bei der Beerdigung etwas darüber sagen.«

Jane fühlte, wie sich Enttäuschung in ihr breitmachte. »Ich verstehe schon. Ich diene Ihnen als Rechtfertigung, um dort zu sein und zu beobachten, wie sich die Leute verhalten.«

Er legte einen Moment lang seine behandschuhte Hand auf ihre: »Das stimmt nur teilweise, Jane.«

Sie blickte aus dem Fenster. Mutter pflegte immer zu sagen: »Ein halbes Brot ist besser als gar keins.« Aber dies hier war die untere, klitschige Hälfte, und sie wollte die knusprige, mit Butter bestrichene obere.

Falls Mel VanDyne bei der Beerdigung ein Feuerwerk der Emotionen erwartet haben sollte, so wurde er enttäuscht.

Der Witwer machte einen gefaßten Eindruck. John Wagner blieb ganz in der Nähe seines Vaters, sah ein wenig angriffslustig aus, aber ansonsten nicht wesentlich erschütterter, als jeder andere Stiefsohn, der nicht übermäßig an seiner verstorbenen Stiefmutter gehangen hatte. Jane bemerkte, daß beide ein- oder zweimal kurz einen Blick über die Trauergemeinde gleiten ließen. Ob sie sich nach Bobby umschauten oder einfach nur neugierig waren, wer dem Begräbnis beiwohnte, ließ sich nicht erkennen. John hatte neben seinem Vater Platz genommen. Neben ihm, auf der andern Seite, saß eine Frau, die einen furchtsamen Eindruck machte und an die sich Jane noch aus ihren Volleyballtagen erinnerte – vermutlich die arg gebeutelte Joannie. Neben ihr wiederum saß ein schlanker, rothaariger Mann in den Dreißigern, der sich einige Male über Joannie hinweglehnte und John etwas zuflüsterte. Jane nahm an, daß dies der Bruder aus London war.

Nahe der Familie hielten sich eine Reihe von muskulösen, streng dreinblickenden jungen Männern auf. Jane wurde bewußt, daß es sich um Leibwächter handeln mußte. Es war nur natürlich, daß ein Mann, der so viel Geld besaß wie Chet und der einen internationalen Ruf hatte, Leute zu seinem Schutz engagierte. Warum also empfand sie deren Anwesenheit so befremdlich und alarmierend? Abgesehen von der Familie und den Leibwächtern wurde das Begräbnis von einer Reihe extrem wohlhabend aussehender Leute besucht, höchstwahrscheinlich Chets reiche Freunde, die aus irgendwelchen modischen Bars, die sie gemeinsam frequentierten, zusammengeströmt waren. Die Kleidung der Frauen war prachtvoll, und die Männer sahen alle wie alternde Filmstars aus. Jane versuchte, sich Phyllis im Kreise dieser Leute vorzustellen, aber es wollte ihr nicht gelingen.

Schließlich saß da noch eine kleine Legion von Leuten, von denen sie annahm, daß es Chets Mitarbeiter und Geschäftspartner waren. Zumindest ließen ihre Yuppie-Looks und ihr kriecherisches Verhalten darauf schließen.

In der ganzen Menge wurde keine einzige Träne für Phyllis vergossen. Falls irgend jemand – außer Chet – aufrichtig um Phyllis trauerte, dann überspielte er oder sie es gut. Jane saß ganz still und lauschte der unpersönlichen Messe, die ganz offensichtlich für eine Frau gehalten wurde, die keiner von ihnen gut gekannt hatte. Sie bemühte sich, irgendwo in ihrem Herzen ein Gefühl von echtem Verlust ausfindig zu machen. Alles, was sie fand, war Schuld.

Das einzig wirklich Interessante war, daß sich während der Messe draußen vor der Kirche eine Reihe von Nachrichtenteams der verschiedenen Sender eingefunden hatten. Chet, John, Johns Frau, Joannie und der rothaarige Wagner-Sohn hatten sich gemeinsam mit dem Geistlichen an der Tür in einer Art Empfangsreihe aufgestellt. Da sie in der letzten Bank gesessen hatte, gehörte Jane zu den ersten, die aus der Kirche heraustraten. Während Chet die Tür für sie öffnete, sprang ein Kameramann auf sie zu und richtete seine Kamera direkt auf Jane, die die Treppe hinunterging und sich dabei an Mels Arm festklammerte, um nicht auf den vereisten Stufen einen Salto zu vollführen.

VanDyne, der an Kameras gewöhnt war, knurrte: »Schert euch weg, Jungs« und schob sie ohne viel Federlesens durch die Menge und in den roten MG.

»Andy Warhol hat mir fünfzehn Minuten Ruhm versprochen«, sinnierte Jane, als sie davonbrausten. »Ich frage mich, ob er wohl in mehreren Fünf-Sekunden-Intervallen kommen wird. Haben Sie noch etwas herausgefunden?«

»Nicht einen verdammtem Hinweis. Und es schien ihnen nicht einmal aufzufallen, daß er nicht da war.«

»Wahrscheinlich waren sie alle zu erleichtert, um dieser erfreulichen Tatsache auf den Grund zu gehen.«

»Jane, würde es Ihnen etwas ausmachen, wenn ich Sie einfach zu Hause absetze? Ich muß zusehen, daß ich wieder zum Leichenbeschauer komme, um zu hören, was er herausgefunden hat.«

»Nichts liegt mir ferner, als einen Mann von seinem Leichenbeschauer fernzuhalten«, erwiderte Jane. Sollte das etwa bedeuten, daß er sie sonst zum Essen eingeladen hätte oder zu irgend etwas anderem, was einer halben Verabredung gleichgekommen wäre?

Als er fort war, rief sie Shelley an. »Ich habe gesehen, wie du mit VanDyne zurückgekommen bist«, sagte ihre

Freundin. »Übrigens siehst du klasse aus. Hast du Lust, in irgendein schickes Lokal zum Essen zu gehen, bevor der Verfall einsetzt?«

»Das würde ich unheimlich gerne tun. Shelley, Bobby ist letzte Nacht ermordet worden.«

»Ich weiß. Suzie hat es mir gesagt.«

»Es stand doch noch nicht einmal in der Zeitung! Woher wußte sie es?«

»Sie mußte heute morgen schon ganz früh im Einkaufscenter sein, um einige Sachen für einen Sonderverkauf von Damenunterwäsche zu organisieren. Es war *das* Stadtgespräch. Wer hat es getan? Warum gerade dort? Und wann? An wen sollen wir unsere Dankesschreiben richten?«

»Shelley, jetzt übertreibst du aber.«

»Ich weiß, ich weiß. Aber Mitleid mit diesem Menschen zu haben, ist etwas schwierig. War es schlimm bei der Beerdigung? Was ist mit unserem Mittagessen? Wir können doch auch dabei den ganzen Fall auseinandernehmen.«

Über Krabbenquiche und Weißwein hinweg erzählte Jane Shelley das wenige, was ihr von Bobbys Tod bekannt war.

Also gab es gar nichts am Tatort, was ihnen weiterhelfen könnte?« fragte Shelley.

»Offenbar nicht. Es sei denn, VanDyne hält irgendwelche Informationen vor mir zurück – was durchaus möglich ist. Der einzige Grund, warum er sich mir gegenüber so kameradschaftlich verhalten hat, ist der, daß er dadurch als Freund einer Freundin der Familie getarnt zum Begräbnis gehen konnte. Shelley, es *gibt* wirklich so etwas wie ein ungeklärtes Verbrechen ...«

»Wahrscheinlich öfter, als man uns glauben machen möchte«, stimmte Shelley zu.

»Ich habe das schreckliche Gefühl, daß Bobby und Phyllis in dieser Abteilung landen werden. Was mich am meisten ängstigt, ist der Gedanke, daß, wer immer sie getötet haben mag, vielleicht noch immer nicht genug hat.« Sie nahm den letzten Bissen ihrer Quiche. »Stell dir nur mal vor, es sei jemand wie Mr. Finch gewesen – nicht, daß ich glauben würde, er hätte es getan –, aber wenn er sie getötet hat, weil er glaubte, daß man ihn beleidigen wollte, dann könnte es doch sein, daß er weitermacht und Fiona oder jemand anders auch noch um die Ecke bringt. Andererseits, wenn wir annehmen, daß es Chet oder John Wagner gewesen ist …«

»Dann handelt es sich um eine familiäre Angelegenheit, die keine weiteren Kreise ziehen wird«, sagte Shelley mit fester Stimme.

»Nicht unbedingt. Wenn es einer von ihnen getan hat, könnte er denken, daß jemand anders eine Vermutung hat – vielleicht sogar wir beide – und somit eine Bedrohung darstellt, wenn er ungeschoren davonkommt.«

»Wir? Was wissen wir denn schon?«

Jane schwieg einen Augenblick. »Wir können viele Dinge wissen, von denen uns gar nicht bewußt ist, daß sie wichtig sind.«

Shelley wartete, während der Kellner an den Tisch trat, die Teller wegräumte und ihre Bestellung für das Dessert aufnahm. Nachdem er gegangen war, kreuzte sie ihre Arme über der Brust und lehnte sich nach vorn. »Jane, worüber denkst du nach?«

Jane senkte ihre Stimme. »Shelley, während der Messe schoß mir etwas durch den Kopf. Denk mal an den Abend, als Chet und John vorbeikamen und wir die Tür öffnen wollten, weil Bobby es nicht tat. Stell dir die Situation und das, was passiert ist, noch einmal vor!«

Shelley runzelte die Stirn. »Nichts ist passiert. Sie kamen zur Tür herein. Das ist alles.«

»Nein, sie kamen durch eine abgeschlossene Tür hinein ...«

Shelley lehnte sich in ihrem Stuhl zurück. »... die *wir* nicht geöffnet haben.«

»Genau. *John Wagner hatte einen Schlüssel.*«

Der Kellner drückte sich in ihrer Nähe herum, bis sie fertig waren, und im Einkaufscenter war es für eine weitere Unterhaltung zu laut. Also verließen sie das Restaurant, und Jane zog ein kleines Notizbuch aus ihrer Handtasche hervor. »Laß mich mal sehen. Ich will Mike CDs besorgen und etwas für Thelma und Dixie Lee. Dann müßte ich eigentlich schon alles haben.«

»Du kaufst Mike doch wohl keinen CD-Player, oder?«

»Großer Gott, nein! So ein Ding kann ich mir gar nicht leisten. Thelma schenkt ihm einen. Ich hasse es, daß sie den Kindern so teure Geschenke macht. Und sie tut es nur, um mich in ein schlechtes Licht zu rükken.«

»Komm schon, Jane das ist nicht fair. Es sind ihre einzigen Enkelkinder, und sie hat doch genug Geld zur Verfügung, also warum sollte sie es nicht tun?«

»Ja, du hast recht. Trotzdem wünsche ich mir, Steves Bruder Ted und Dixie Lee würden sich mal ans Kinderkriegen machen, dann könnte sie ihre Zuneigung ein wenig streuen. Ich sollte eigentlich dankbar sein, daß sie Mike keinen Wagen gekauft hat. Ich hatte schon Angst, sie würde es tun.«

»Also laß uns als erstes die CDs besorgen«, sagte Shelley und warf einigen Frauen, die sie angerempelt hatten, einen wilden Blick zu.

Während sie für einen Augenblick allein vor einem Gestell voller Billy-Joel-CDs standen, sagte Shelley: »Es gibt viele Gründe, warum er einen Schlüssel haben konnte. Phyllis hat ihm vielleicht einen gegeben. Wahrscheinlich sogar.«

»Ja – es ist auch nicht nur der Schlüssel, der mir Kopfzerbrechen bereitet. Ich fand es halt nur merkwürdig, und mehrere andere Sachen auch, die mir im Kopf herumschwirren – Shelley«, sagte sie plötzlich keuchend, »hast du eine Ahnung, was diese Dinger hier kosten?«

Nachdem sie vier dieser glänzenden Plastikscheiben gekauft hatten, zogen sie weiter zu einem Lederwarengeschäft, von dem Shelley wußte, daß es dort ausgesprochen gute, altmodische Handtaschen im Sonderangebot gab. Damit war Janes Schwiegermutter versorgt. »Sie wird sie sowieso wieder zurückbringen«, nörgelte Jane.

»Natürlich wird sie das, aber vielleicht verwendet sie das Geld dann als Anzahlung für einen Koffer und hat plötzlich den Drang, sich auf eine Reise zu begeben. Du kannst bei der Sache überhaupt nicht verlieren.«

»Oh, Shelley, du bist wirklich ein Trost für mich!« sagte Jane mit einem Lächeln.

Nachdem sie ein passendes Schmuck-Set, bestehend aus Halskette, Ohrringen und Armband in einer sehr guten Türkisimitation mit Silber gefunden hatte, konnte Jane auch den Namen ihrer Schwägerin von ihrer Einkaufsliste streichen. »Das ist wirklich hübsch«, sagte Jane. »Ich kann mir kaum vorstellen, daß es sich bei diesem Preis nicht um heiße Ware handelt. Sie wird Spaß daran haben. Mir jedenfalls gefällt es. Wenn Steve noch am Leben wäre, würde ich jetzt nach Hause gehen und wie verrückt Andeutungen machen. Weißt du, es ist sehr seltsam, nichts für ihn kaufen zu müssen. Ich habe seinen Namen doch anfangs tatsächlich auf die Liste gesetzt und fühlte mich danach wie eine Närrin.«

»Macht der Gewohnheit«, antwortete Shelley energisch.

»Wir sollten uns auf den Weg machen. Ich kriege langsam Platzangst.«

Auf dem Nachhauseweg kauten sie die Angelegenheit mit John Wagner und dem Schlüssel durch, aber außer der Überlegung, daß Jane es gegenüber Mel VanDyne zumindest erwähnen sollte, kamen sie zu keinem Ergebnis. Es schien bereits ein langer Tag gewesen zu sein, und Jane fühlte, wie ihr Kopf zu Brei wurde. Als sie zu Hause angelangt war, versteckte sie ihre Einkäufe und schob den Braten in den Ofen. Er hatte zwei Tage in Weinessig, Gewürznelken und Zwiebeln gelegen und roch schon jetzt gut genug, um roh gegessen zu werden. Es war Onkel Jims Lieblingsessen, und wenn er schon bis heraus in die Vororte gefahren kam – obwohl er das haßte – und wenn er sich schon ein ganzes Konzert der Musikgruppe anhören mußte, dann war ein gutes Abendessen wirklich das mindeste, was sie für ihn herrichten konnte.

Nachdem sie kurz mit den Kindern gesprochen hatte, ging sie in ihr Zimmer, zog den Rock, die Seidenbluse und die Strumpfhose aus und legte sich hin, um ein kleines Nickerchen zu machen. Aber ihre Gedanken wanderten immer wieder zu den Mordfällen zurück. Sie wußte irgend etwas Wichtiges, da war sie ganz sicher, aber sie kam einfach nicht darauf, was es war. Es war irgend etwas, das sie erst kürzlich bemerkt hatte.

Etwas, das sie gesehen hatte …

»Wirklich interessant gewürzt«, sagte Thelma Jeffry nachdenklich, während sie an einem Stück Braten kaute.

Onkel Jim zwinkerte Jane zu. »Es ist ein deutsches Rezept, Thelma«, antwortete er. »Als Janes Familie und ich in Berlin wohnten, bereitete ihre Mutter dieses Gericht beinah jeden Sonntag zu, nur weil ich es so gerne aß.«

»Jane, ich wußte gar nicht, daß du auch dort gelebt hast!« Bei ihr klang es so, als seien sie Vagabunden gewesen, deren Zuhause aus einem bemalten Wagen bestanden hatte. »Ein gefährlicher Ort, um mit Kindern dort zu leben, möchte ich meinen.«

»Das stimmt nicht«, erwiderte Jane laut. »Meine Schwester und ich spielten an der Berliner Mauer immer Verstecken. Die Wachen waren wirklich nett. Besonders die russischen.«

Thelma schnappte nach Luft, und man hatte den Eindruck, als wolle sie die Ohren der Kinder mit ihren Händen bedecken, damit sie nichts von den Dummheiten ihrer Mutter mitbekamen.

»Es war nur ein Witz, Thelma«, sagte Jane widerstrebend. »Meine Schwester und ich waren damals noch nicht geboren, und die Mauer existierte noch nicht. Mike, würdest du dich bitte auch mal am Gespräch beteiligen?«

Während des ganzen Essens hatte Mike für sein bevorstehendes Konzert geprobt. Er bewegte seinen Fuß zu einem Rhythmus, den niemand von ihnen hören konnte, und übte tief versunken seinen Fingersatz an seinem Milchglas. Er hatte während der gesamten Zeit noch nicht ein Wort gesagt.

»Was? Oh, Mom, du hast doch Öl und Wasser nachsehen lassen und etwas Luft in die Reifen gefüllt, oder?«

»Mike, es ist ja nur ein paar Straßen weiter«, sagte sie und reichte ihm die Kartoffeln. »Mike fährt heute abend selbst«, erklärte sie dann den anderen.

»Zum erstenmal mit deinem Führerschein unterwegs?« erkundigte sich Onkel Jim.

»Oh, Jane, meinst du *wirklich,* daß das eine gute Idee ist?« fragte Thelma.

»Nein, ich bin sogar ziemlich sicher, daß sie das nicht ist. Ich finde, daß Mike kein Auto fahren sollte, bis er mindestens fünfundzwanzig ist. Aber der Staat Illinois sagt, daß es in Ordnung ist, und er hat seine Prüfung mit Bravour bestanden – und das in einem wirklich unglaublichen Tempo!«

»Mike, ich kann dich und deine Freunde gern in meinem Lincoln mitnehmen«, bot Thelma an.

Mike sah angesichts der Vorstellung, mit seiner Großmutter am Steuer vor der Schule aufzutauchen, so geschockt aus, daß Jane Mitleid bekam. Sie würde ihn nämlich nicht einfach dorthin bringen wollen, sondern auch mit hineingehen und viel Aufhebens darum veranstalten, seinen Kragen geradezuziehen und Dutzende von Photos zu machen. »Nein, Thelma, ich habe Mike versprochen, daß er selber fahren darf. Er muß früher dort sein als wir anderen.«

»Ich kann mir denken, was Steve davon gehalten hätte«, antwortete Thelma mit gepreßter Stimme.

»Vielleicht auch nicht«, erwiderte Jane, der klar war, daß sie jetzt besser den Mund halten sollte, die aber keine Möglichkeit sah, sich zu bremsen. »Ich frage mich, ob du jemals von der Sache erfahren hast, als Steve mit dreizehn nach Michigan ausgerückt ist und das ganze Wochenende lang mit deinem Wagen dort herumkurvte? Er hat mir oft erzählt, was für einen Spaß er damals gehabt hat.«

Dieses Aufbauschen einer Geschichte, die ihr Steve lediglich ein einziges Mal erzählt hatte, reduzierte Thelma zu einem blubbernden Kochen, das bis zum Ende des Essens anhielt. Als Mike sich schließlich fertig machte, um zu gehen, begleitete ihn Jane bis zur Einfahrt, da sie sich von seinen Versuchen, ohne großes Tamtam zu verschwinden, nicht beeindrucken ließ. In dem Moment, als er sich ins Auto setzen wollte, griff sie nach seinem Arm. »Schatz, ich weiß, daß du das jetzt nicht hören willst und daß es eigentlich auch nicht nötig ist, aber ich muß es einfach sagen: Fahr vorsichtig!«

Zu ihrem Erstaunen umarmte er sie kräftig. »Danke, Mom und auch vielen Dank dafür, daß du mir Oma vom Hals gehalten hast.«

»Ich liebe dich, Mike.«

»Ich liebe dich auch, Mom, aber die Jungs warten auf mich. Denk daran, daß du versprochen hast, nicht ins Programmheft zu schauen, und dir auch nicht von irgend jemandem sagen läßt, was wir als letztes spielen. Es ist eine Überraschung, die dir gefallen wird.«

Sie trat zurück und wischte sich mit dem Handrücken über die Augen. Die Arme um den Körper geschlungen und zitternd stand sie in der Kälte und wich nicht eher von der Stelle, bis die Rücklichter des Kombi außer Sichtweite waren. Es war die einzige Möglichkeit für sie, nicht die Straße entlangzulaufen und laut zu rufen: »Komm zurück. Komm zurück! Bleib mein kleiner Junge. Bitte werde nicht erwachsen!«

Als sie wieder ins Haus zurückkam, setzte Thelma an, um etwas zu sagen, aber Jane hörte, daß Onkel Jim leise knurrte: »Laß sie in Ruhe, Thelma.«

Nachdem sie eine Weile leise im Gästebadezimmer vor sich hin geweint hatte, wusch Jane ihr Gesicht und ging wieder hinüber, um den Nachtisch zu servieren. Onkel Jims Warnung hatte gewirkt. Thelma gab nicht einmal einen Kommentar zu der Tatsache ab, daß die ganze Weihnachtsdekoration zwar fertig war, die Geschenke aber zu einem Haufen gestapelt in einer Ecke des Zimmers lagen und auf die Ankunft eines Baums warteten.

Als das Essen vorüber war, machten sie sich fertig, um zu dem Konzert zu gehen. Bei Todd dauerte es etwas länger, bis er soweit war, aber Katie stand wartend an der Tür und zappelte vor Ungeduld. »Was ist denn mit dir los?« fragte Jane. »Ich kann mich nicht daran erinnern, daß du schon mal so versessen darauf gewesen wärst, zu einem Konzert zu gehen, wenn ein Orchester spielt.«

»Ich gehe wirklich gerne hin, Mom. Und außerdem ist da so ein echt niedlicher Typ im Orchester der Junior-High-School, den ich dir gerne zeigen möchte.«

»Oh, natürlich. Wieso hab' ich mir das nicht denken können?« erwiderte Jane mit einem Lächeln.

»Ich finde, du solltest Mike wirklich ein eigenes Auto kaufen«, sagte Katie und folgte ihr zum Schrank. »Schließlich hat er einen Job, die Schule und die Band, und du mußt ihn andauernd irgendwohin fahren. Denk doch nur, wieviel einfacher es für dich wäre, wenn er immer selbst fahren könnte. Und du wärst dann viel unabhängiger!«

Jane schlüpfte in ihren Mantel und fischte in den Taschen nach ihren Handschuhen. »Ich bin doch nicht von gestern, Herzchen.«

»Was soll denn das heißen?«

»Daß ich ganz genau weiß, was diese überschäumende Sorge um Mike und mich zu bedeuten hat. Wenn ich einem sechzehnjährigen Mike ein Auto schenken würde, dann würdest du, wenn du sechzehn wirst, gleich sagen, daß ich dir auch eins schenken soll. Sonst wäre es ja nicht fair. Stimmt's?«

Katie grinste. »Es war ja einen Versuch wert. Das sagst du ja auch immer.«

Thelma bestand darauf, ihren eigenen Wagen zu nehmen, und beschlagnahmte Katie und Todd, die mit ihr fahren sollten – was Jane nur recht war. Dadurch konnte sie ein wenig Zeit allein mit Onkel Jim verbringen. Ohne sich vorher abgesprochen zu haben, hatte keiner von ihnen in Thelmas Gegenwart die Mordfälle erwähnt. Jane war überrascht, daß sie selbst das Thema nicht angeschnitten hatte, aber scheinbar hatte Thelmas Gespür für schlechte Neuigkeiten diesmal versagt, oder sie hatte einfach nicht die Verbindung zur Nachbarschaft gezogen.

Leider erlangte Jane auf der kurzen Fahrt zur Schule keine einzige nützliche Information. Onkel Jim hatte nicht nur in der Akte über Phyllis herumgeschnüffelt, er hatte sogar VanDyne angerufen und mit ihm über den Fall gesprochen. Außerdem hatte er die Berichte zu Bobbys Tod durchgeschaut. Und trotz all dieser Informationen hatte er dem, was Jane bereits wußte, nichts hinzuzufügen.

»Werden die Tatorte nicht für gewöhnlich noch einmal ganz genau nach Hinweisen abgesucht?« fragte Jane.

»Sicher, und sie haben tonnenweise Schrott gefunden, der nichts mit der Sache zu tun hat. Manchmal kommt wirklich nichts dabei herum, aber jede Kleinigkeit muß überprüft werden. Das ist es ja, was so viel Zeit kostet. Der Müllcontainer ist ein echter Alptraum. Offensichtlich ist dahinter ein Treffpunkt. Alle möglichen Sorten von Bierdosen, zerbrochenen Flaschen, Kippen alter Joints, dazu Papier und anderes Zeug, das vielleicht von dem Killer zurückgelassen wurde, wahrscheinlich aber einfach aus dem Abfallcontainer hervorgequollen ist. Sie müssen die Fingerabdrücke von dort mit all denen vergleichen, die auch nur entfernt mit den Opfern, dem Einkaufscenter und dem Müllabfuhrunternehmen in Verbindung stehen.«

»Aber das kann Jahre dauern! Was ist mit den Alibis?«

»John Wagner behauptet, daß er an den beiden in Frage kommenden Nächten zu Hause im Bett gewesen ist. Seine Frau hat das bestätigt, aber etwas anderes war von ihr wohl auch nicht zu erwarten, nicht wahr? Chet Wagner – nun, du bist informiert, soweit es um die Nacht geht, in der seine Frau getötet wurde, und was letzte Nacht betrifft, so sagt er, daß er gemeinsam mit seinem Sohn in einem Doppelzimmer im Hotel geschlafen hat.

Der andere Sohn, Everett heißt er, glaube ich, bestätigte das. Everett scheint übrigens hinsichtlich des Todes seiner Stiefmutter von jedem Verdacht frei zu sein. Er wurde bei irgendeiner Jagdgesellschaft in einem Landhaus in Yorkshire gesehen und auch photographiert. Natürlich könnte es auch sein, daß die Söhne lügen – entweder, um sich selbst oder ihren Vater zu schützen.«

»Was ist mit Mr. Finch?«

»Das gleiche wie bei den anderen. Versichert, er sei zu Hause im Bett gewesen. Könnte stimmen oder auch nicht. Keiner der Nachbarn behauptet, daß er gesehen hätte, wie er in der Nacht sein Haus verließ, aber offensichtlich wären einige von ihnen nicht abgeneigt, ihm die ganze Angelegenheit anzuhängen. Dann gibt es noch die Eltern des Jungen, das heißt die Adoptiveltern. Halten sich wahrscheinlich in Florida auf und haben ein Wahnsinnsalibi für letzte Nacht. Der Vater ist Diabetiker und hatte Probleme mit seinem Blutzucker oder was auch immer. Hat die Nacht zur Beobachtung in einem Krankenhaus verbracht. Seine Frau war die ganze Zeit bei ihm.«

Sie bogen auf den Parkplatz der Schule ein. Als Onkel Jim sah, daß er wahrscheinlich erst im nächsten Staat würde parken können, ließ er Jane vor dem Eingang aussteigen und machte sich dann auf die Suche nach einem Platz. Jane wanderte langsam die Gänge entlang. Nostalgische Gefühle überkamen sie. Das Schulorchester begann in der vierten Klasse mit jährlich zwei Konzerten, an denen alle Kinder von neun Jahren aufwärts teilnahmen. Seit Mike dieses Alter erreicht hatte, kam Jane zweimal im Jahr hierher. Steve hatte es immer gehaßt, aber sie liebte es. Tatsächlich war dies die einzige ihrer Mutterpflichten, die sie als ehrliches Vergnügen ansah. Im Gegensatz zu den Pfadfindern oder Exkursionen oder dem Training der Cheerleader wurde hier nichts von ihr verlangt, außer anwesend zu sein und sich unterhalten zu lassen. Und ganz anders als so viele der Preisverleihungen, die sie abgesessen hatte, war es wirklich unterhaltsam. Selbst die kleinen Kinder, die Geigenspielen lernten und sich so anhörten, als würden sie auf Gänse treten, besaßen einen gewissen Charme, der die musikalische Abschlachterei wieder ausglich.

Sie machte Thelma und die Kinder ausfindig, und gemeinsam gelang es ihnen, freie Plätze zu finden und Onkel Jim herüberzulotsen, als er schließlich eintraf. Thelma studierte das Programm und wollte Jane gerade auf etwas hinweisen, als Jane hastig sagte: »Nein, ich darf nicht wissen, was gespielt wird. Ich habe es Mike versprochen.«

Zusammengequetscht wie eine Reihe von Brathühnchen auf dem Spieß sahen sie zu, wie die Kinder langsam hereinmarschiert kamen und ihre Plätze einnahmen. Vorne und in der Mitte befanden sich die beiden Gruppen der Grundschule. Die kleinen Mädchen trugen alle die Kleidchen, die ihnen ihre Mütter für die Weihnachtsparty gekauft hatten, und die kleinen Jungen sahen rosig und glänzend aus, als hätte man sie erst wenige Augenblicke zuvor aus der Badewanne gezogen.

Flankiert wurden diese Gruppen von den beiden Musikgruppen der Junior-High-School. Die Kleinen waren in die Turnhalle hineingehüpft, die Teenies der Junior-High-School dagegen schlichen verlegen und mit gebeugten Schultern hinein. Die Mädchen waren auf eine zu erwachsene Weise gut angezogen, so wie es gerade schrecklich modern war, und die Jungen hatten sich mit voller Absicht überhaupt keine Mühe mit ihrer

Kleidung gemacht. Wie immer handelte es sich bei ihnen um eine Mischung aus »Shrimps und Riesen«, wie Jane diese Altersgruppe vor Jahren einmal im stillen getauft hatte. Einige von ihnen waren immer noch Babys, andere (meist die Mädchen) waren bereits zu der Größe von Erwachsenen aufgeschossen.

Nachdem sie alle endlich an Ort und Stelle waren, marschierte die Gruppe der High-School hinein. Ihre Mitglieder trugen als einzige eine ›Uniform‹. Die Jungen hatten alle schwarze Hosen und hellgrüne Blazer mit dem Schulabzeichen auf der Brusttasche an. Die Mädchen trugen weiße Blusen, dunkelgrüne Westen und bodenlange Röcke. Zugegebenermaßen blitzten unter einigen Röcken Turnschuhe hervor, aber insgesamt stellten sie eine tolle Gruppe dar, die mit frischem, lebhaftem Selbstbewußtsein auftrat. Sie nahmen ihre Plätze auf den zu einem Halbkreis angeordneten Stühlen hinter den Grundschülern ein – mehr oder weniger wohlwollende große Brüder und Schwestern der Kleinen vor ihnen.

Mike setzte sich auf seinen Stuhl in der hinteren Reihe, und als er seinen Blick über die Zuschauer gleiten ließ, gelang es Jane, seine Aufmerksamkeit zu erregen. Sie winkte, und er nickte einmal kurz bestätigend mit dem Kopf.

Nach einigen unvermeidlichen Ankündigungen – »An einem silberblauen Oldsmobile Cutlass, der direkt vor der Tür geparkt ist, brennt das Licht«, »Letzte Möglichkeit, um ein Abonnement vom Spendenkomitee zu erwerben«, »Nach dem Konzert sind alle herzlich zu Gebäck und Punch drüben im Mehrzweckraum eingeladen«, – konnte das Konzert endlich beginnen.

Die Jüngsten eröffneten den Abend, und Jane ließ

ihren Gedanken freien Lauf. Die einzige Möglichkeit, um herauszufinden, was sie spielten, bestand schlichtweg darin, das Programmheft zu Rate zu ziehen, und Jane war es ja verboten, einen Blick darauf zu werfen. Wie oft hatte sie in den letzten Jahren hier gesessen und darauf gewartet, daß Mike an der Reihe war, und sich dabei gefragt, was es wohl für ein Gefühl sein mußte, die Mutter eines dieser wunderbaren jungen Erwachsenen dort hinten zu sein – und nun war sie es. Und sie hatte herausgefunden, daß diese Kinder genau so anständig waren, wie sie aussahen. Ihr war klar, daß die Mitglieder des Orchesters oft als »Schlappis« angesehen wurden. Mike und seine Freunde hatten sich mal den Videofilm *Die Wiederkehr der Luschen* angesehen und waren in hysterisches Gelächter ausgebrochen, als in der letzten Szene die Hauptfigur denjenigen der Anwesenden einer Schulversammlung bittet, tapfer vorzutreten, der eine Lusche sei – woraufhin die gesamte Kapelle nach vorne kommt.

Trotzdem waren es gute Kinder. Sie war zu der Ansicht gelangt, daß ein deutlicher Unterschied sichtbar würde, wenn irgend jemand einmal eine Erhebung der Fälle von Jugendkriminalität im allgemeinen machen würde und diese mit den Fällen der Jugendkriminalität unter Mitgliedern einer Musikgruppe vergleichen würde. Jane glaubte, daß das Erlebnis in der Gruppe den Ausschlag gab. Mehr noch als bei Gruppensportarten ergab sich eine gelungene Vorstellung nur, wenn jeder einzelne seine zugewiesene Rolle, so gut er nur konnte, erledigte, ohne zu versuchen, sich selbst ins Rampenlicht zu rücken. Wenn doch nur Jungen wie der verstorbene Bobby Bryant in Schulorchestern sein könnten, dann würden sie sich vielleicht ganz anders entwickeln.

Die Grundschüler erhielten ihren verdienten Applaus, und die Gruppen der Junior-High-School begannen zu spielen. Der Gegensatz war beeindruckend. Dies hier hörte sich wirklich an wie Musik – nicht von vorne bis hinten wie gute Musik, aber es ging. Sie absolvierten ein glaubwürdiges *Jingle Bells*, was ein Lächeln auf die Gesichter im Zuschauerraum zauberte.

Schließlich waren die Schüler der High-School an der Reihe. Jane kannte die ersten beiden Stücke nicht. Sie gehörten zu der Art von Musik, die Lehrer mehr zu schätzen wissen als das Publikum – Stücke, die eine technische Herausforderung für die Schüler darstellen und deren Wiedergabe dem Leiter in den Augen seiner Kollegen einen guten Ruf einbringt, die aber nicht zum Mitsummen geeignet sind. Die dritte Nummer war ein leichtes, klassisches Stück, das Jane wiedererkannte, aber nicht benennen konnte. Chopin, schätzte sie. Als sie damit fertig waren, gab es eine bedeutungsvolle Pause. Um was für ein Stück konnte es sich bei dem letzten wohl handeln, von dem Mike der Ansicht war, sie würde es so gerne mögen?

Die Geiger erhoben ihre Bogen und starrten einen langen Moment wie hypnotisiert auf den Dirigenten. Nachdem er den Einsatz gegeben hatte, begannen sie, die langsamen Anfangsklänge zu der *Ouvertüre 1812* zu spielen. Ihr liebstes Musikstück auf der ganzen Welt! Jane blickte zu Mike hinüber, der mit einem breiten Grinsen hinter seiner Tuba saß und sie anschaute. Du lieber Gott, wenn sie sich nicht schon durcheinander genug fühlen würde, dann gäbe ihr das hier den Rest, bevor es überhaupt vorbei war.

Fasziniert vom Können der Schüler hörte sie zu. Ein Musikexperte hätte sicherlich eine Menge Schwächen in ihrem Spiel entdeckt, Jane fand keine. Es war prachtvoll. Die Kanonen wurden von einem Jungen an einem großen Schlagzeug gespielt. Er hatte das Stück wie die Trommler schottischer Marschkapellen einstudiert, die ihre Stöcke mit Bändern an den Handgelenken tragen, was ihnen zwischen den Schlägen ein ausgefallenes, dramatisches Wirbeln erlaubte. Als schließlich die Glocken ertönten – gespielt von einem sehr zierlichen Mädchen, das sich tief über das Xylophon beugte – weinte Jane, wie so viele andere Mütter im Publikum auch. Selbst die Eltern, die keine Kinder in der High-School hatten, waren von der Vorstellung wie verzaubert.

Als die letzte, tiefe Note verklungen war, herrschte lange eine elektrisierte Stille, bevor das ganze Publikum auf die Füße sprang und wie wild zu applaudieren begann. Mütter zogen Papiertaschentücher aus ihren Handtaschen und wischten sich damit über die Augen, Väter klatschten in die Hände, als ginge es um ihr Leben, und kleine Brüder brachten ihre Anerkennung durch Pfiffe und Bravorufe zum Ausdruck. Einige der Eltern stürzten zum Gang und sahen aus, als könnten sie kaum den Drang bezähmen, loszulaufen und ihre Kinder zu umarmen, die wiederum zusammenschrumpften und vor Verlegenheit tot umfallen würden, wenn sie es täten.

Jim Spelling legte seinen Arm um Jane und zog sie nahe an sich heran. »Gott, ich bin so stolz auf ihn«, sagte er, und seine rauhe Stimme klang ein bißchen erstickt.

Jane fragte sich, wie ein Tag, der mit einem Begräbnis begonnen hatte, nur so wundervoll enden konnte. Wie war es bloß möglich, daß häßliche, gemeine Morde in derselben Welt geschahen, in der Schulorchester so wundervoll die *Ouvertüre 1812* spielten?

Als Jane am nächsten Morgen aufstand, summte sie vor sich hin. Es war erst acht Uhr, aber sie fühlte sich ausgeruht und hellwach und spürte immer noch die Nachwirkung des Konzerts. Sie machte sich eine Tasse Kaffee, fütterte die Tiere und tapste in ihren Hausschuhen ins Wohnzimmer, um eine halbe Stunde lang in Ruhe an ihrer Decke zu arbeiten, bevor sie die Kinder für die Sonntagsschule wecken mußte. Sie vertiefte sich so sehr in ihre Arbeit an den letzten Reihen, daß sie jedes Zeitgefühl verlor. Sie vernähte den letzten losen Faden an ihrer Kreation und breitete sie dann auf dem Boden aus, um sie zu bewundern. Was für eine Schande, daß sie sie nicht eher fertig bekommen hatte, dann hätte sie sich noch länger daran erfreuen können, bevor sie zum Verkauf angeboten wurde. Die Decke heiterte nicht nur den Raum, sondern auch ihre Stimmung auf. Willard warf einen Blick darauf und begann zu bellen. Sie nahm es als Kompliment.

»Haben wir heute morgen frei?« fragte Mike, stolperte ins Zimmer und ließ sich aufs Sofa fallen, als habe er keine Knochen im Leib. Max schlich oben auf der Sofakante entlang und versuchte herauszufinden, auf welchem Teil von Mikes ausgestreckten Körper er sich niederlassen konnte.

»Was willst du damit ... oh, Viertel vor zehn! Ich nehme nicht an, daß du Lust hast, mit mir in die Messe um halb elf zu gehen, oder doch?«

»Nee. Haben wir noch Orangensaft?«

»Mike, hast du auch nur einmal in deinem ganzen Leben erlebt, daß mir der Orangensaft ausgegangen wäre? Toilettenpapier, ja. Butter, Shampoo, Glühbirnen, Katzenfutter, saubere Laken, ja. Aber niemals Orangensaft.«

Jane ließ die anderen beiden weiterschlafen und genoß es, einen ruhigen Morgen mit Mike zu verbringen. Während sie sich gegenseitig Teile der Sonntagszeitung reichten und mit süßen Brötchen vollstopften, sprachen sie zwar nicht viel, und das wenige, was sie sagten, betraf keine wichtigen Dinge. Jane hatte jedoch das Gefühl, daß diese gemeinsame Zeit ihnen beiden wahrscheinlich mehr brachte als ein hektisches Rennen zur Kirche. Qualität kontra Quantität. Wie eine dieser modernen populären Psychotheorien, die manchmal eine große Wahrheit enthielten, meist aber als Entschuldigung für Eltern dienten, die nicht noch mehr Zeit für ihre Kinder erübrigen wollten. Genau wie bei Natur kontra Erziehung. Das war der aktuellste Spruch, dachte Jane, während sie die zerknitterte Zeitung zusammenlegte und die Gläser, in denen die Orangensaftreste antrockneten, zur Seite stellte. Es war eine interessante Idee. Seit Jahren, wenn nicht bereits seit Generationen, hatte man Müttern das Gefühl gegeben, daß jeder Fehler, der sich bei einem Kind zeigte, im

Grunde auf ein Versagen der Eltern zurückzuführen war. Seit kurzem brachten die Frauenzeitschriften Artikel über die entgegengesetzte Theorie, daß keines der Probleme des Kindes eine Schuld der Eltern sei. Sondern daß die Menschen als das, was sie sind, geboren werden und nichts in ihrer häuslichen Umgebung diesen Grundcharakter verändern kann.

Die Wahrheit mußte wohl irgendwo in der Mitte liegen oder sich bei verschiedenen Menschen unterschiedlich auswirken. Aber es mußte immerhin etwas mit dieser Erziehungstheorie auf sich haben. Wie sonst war es zu erklären, daß jemand wie Bobby Bryant ein Sohn von Phyllis gewesen sein konnte? Niemand käme auf die Idee, Phyllis als eine Intellektuelle anzusehen, aber andererseits war sie auch kein bißchen gemein oder selbstsüchtig. Bobbys widerlicher Charakter konnte also nicht ihren Genen zugeschrieben werden. Aber das war irgendwelchen unbekannten Adoptiveltern gegenüber auch nicht gerade fair. Sie hatten ihn gewollt, und – auch wenn Joan Crawfords Tochter anderer Meinung wäre – die meisten Leute setzten nicht gerade alle Hebel in Bewegung, um ein Kind adoptieren zu dürfen, nur, um es dann zu mißhandeln.

Außerdem waren zwei Leute nötig, um ein Baby zu zeugen. Vielleicht lag es nicht an Phyllis' Genen, sondern an denen des jungen Mannes, mit dem sie nur so kurze Zeit verheiratet gewesen war. Jane wünschte, sie hätte sich genauer nach ihm erkundigt. Was für eine Art Jugendlicher war er wohl gewesen? Phyllis hatte ihn als ›ehrgeizig und klug‹ bezeichnet oder zumindest ähnliche Worte benutzt. Aber aus ihrer simplen Sicht der Dinge heraus betrachtet, konnte sie mit diesen Adjektiven praktisch jeden gemeint haben. War es denn möglich, daß es sich bei ihm wirklich um einen Jungen mit starkem Charakter gehandelt hatte? Immerhin war er bereit gewesen, bei diesem abgekarterten Spiel mitzumachen. War ihm denn nicht einmal der Gedanke gekommen, daß Phyllis vielleicht schwanger war – oder hatte es ihn einfach nicht interessiert?

»Willst du nicht die Tür aufmachen, Mom?« schrie Mike die Treppe hinunter. Sie war so in Gedanken vertieft gewesen, daß sie weder bemerkt hatte, wie Mike das Zimmer verließ, noch daß Willard jetzt wie ein Wilder bellte.

Als sie die Tür öffnete, schlug ihr ein Schwall kalter Luft entgegen, und sie stand einer Suzie Williams gegenüber, die sie nie zuvor gesehen hatte. »Großer Gott, du siehst aus, als wärst du von einer ganzen Kavallerie überrannt worden«, begrüßte sie ihren Gast höflich.

»Danke«, krächzte Suzie. Ihr Gesicht war blaß, aber mit hektischen roten Flecken auf den Wangen, wie bei einem kleinen Mädchen, das mit dem Rouge seiner Mutter gespielt hat. Ihr Haar, das unter einer Strickmütze hervorhing, war strähnig, ihre Augen blutunterlaufen, und sie wischte sich mitleiderregend ihre Nikolausnase. »Ich fühle mich zum Kotzen«, sagte sie unnötigerweise. »Dürfte ich hereinkommen oder willst du mich wie ein Biologieexperiment beobachten, das heißt zusehen, wie ich auf deiner Türschwelle krepiere?«

»Ich schätze, du kannst genausogut hereinkommen, wenn du schon nicht genug Grips hast, dich in dein Bett zu legen.«

Suzie taumelte zur Tür hinein und bis zu einem Stuhl in der Küche. Nachdem sie auf melodramatische Weise darauf zusammengesunken war, sagte sie mit einer Stimme, der zuzuhören weh tat: »Ein Ast ist auf die Telefonleitung gefallen. Ich konnte nicht anrufen. Jane, ich brauche Hilfe.«

»Du brauchst einen Arzt.«

»Den habe ich angerufen und mir auch schon die Medizin geholt.« Zum Beweis ihrer Behauptung griff sie in ihre Manteltasche und zog eine orangefarbene Plastikflasche voller Kapseln hervor. Aber ich muß heute abend beim Konzert des Kirchenchores singen.«

»Das kannst du nicht nur nicht tun, sondern ich bin auch sicher, daß es keiner begrüßen würde, wenn du es überhaupt versuchst. Du verbreitest Bazillen wie Typhus-Maria.«

»Der springende Punkt ist der, daß die Aufstellung des Chores ebenso wichtig ist wie die Stimmen. Wir stehen in einer Art Pyramide auf Sockeln. Alles, was ich brauche, ist jemand, der auf meinem Platz steht.«

»Oh, nein ... ohne mich, Suzie. Ich kann keinen Ton halten, und der Leiter haßt mich.«

»Du mußt auch keinen Ton halten. Bewege einfach nur deinen Mund und steh auf meinem Platz. Jane, ich würde das gleiche auch für dich tun«, fügte sie pathetisch hinzu.

Dieser kleine Gefallen verursachte doch mehr Umstände und erwies sich zudem um ein ganzes Stück interessanter, als Jane sich es vorgestellt hatte. Die Probestücke vom Basar waren am Morgen ausgestellt und dann wieder weggeschlossen worden, und deshalb ging Jane ein wenig früher hin, um sie wieder hervorzuholen, was sich als eine gute Entscheidung erwies. Der Chorleiter, ein ehemaliger Musikstudent namens Ed Shurran, der nun als Versicherungsvertreter arbeitete, war verständlicherweise verwirrt, als sie ihm mitteilte, daß sie Suzies Platz einnehmen, aber nicht – und das versicherte sie ihm nachdrücklich – singen würde.

»Aber Sie sind doch gut zehn Zentimeter kleiner als Mrs. Williams!« sagte er in einem Tonfall, der kurz davor war, in Hysterie abzugleiten. »Es wird das ganze Bild verderben. Und was ist mit der Robe? Sie werden bei der Prozession darüber stolpern.«

Die meisten Büros der Kirchengemeinde waren abgeschlossen, und eine eilige Suche brachte zwar weder Nadel noch Faden zum Vorschein, aber immerhin eine Heftmaschine und transparentes Klebeband. Jane gelang es, die Robe wenigstens halbwegs anständig zu kürzen, während Ed Shurran neben ihr stand und die Hände rang. Dann legte sie Decken über die Ausstellungstische und begann, die Probestücke des Basars darauf zu arrangieren, während die Chormitglieder nach und nach eintrafen. Als sie gerade den letzten leeren Karton unter dem Tisch verstaut hatte, kam Albert Howard auf sie zu.

»Ich hörte gerade, daß Sie für Suzie Williams einspringen. Der arme, alte Ed macht sich deshalb vor Angst fast in die Hosen.«

Jane mußte lachen. »Ich tue das nur mit großem Widerwillen, der übrigens von Sekunde zu Sekunde zunimmt.«

»Es ist doch gar nichts dabei. Bei der Prozession sind Sie hinter mir, und auf dem Podest stehen Sie neben mir. Nur Mut. Ich werde es mal mit Ihnen proben.«

»Das ist sehr nett von Ihnen.«

»Nein, das ist purer Selbstschutz. Wenn ich zu lange im Umkleidezimmer bleibe, versucht er, mir eine Versicherung anzudrehen. Das macht er immer so.«

Sie probten den gemäßigten Schritt den Gang entlang bis auf die Bühne hinauf. Albert zeigte ihr eine Liste der Lieder, und sie stellte fest, daß sie alle kannte. Es würde ihr keine allzu großen Probleme bereiten, die Lippen dem Wortlaut entsprechend zu bewegen. »... und dann folgen Sie mir wieder nach draußen«, fügte er abschließend hinzu. »Möchten Sie es noch einmal durchgehen?«

»Nein, ich glaube, ich habe alles im Kopf. Albert, ich bin Ihnen so dankbar. Das wird nicht halb so kompliziert werden, wie ich erwartet hatte.«

Sie gingen zu den anderen ins Umkleidezimmer. Ed Shurran unterhielt sich mit irgend jemandem über Kollisionen und Haftung, und Albert Howard blinzelte Jane zu. Als es Zeit wurde, stellten sie sich auf, und Jane verspürte einen plötzlichen Drang, sich hinten an Alberts Robe zu klammern, um ihn ja nicht zu verlieren. »Das wird Suzie noch teuer zu stehen kommen«, murmelte sie leise vor sich hin.

Trotz ihres Lampenfiebers schaffte es Jane, den Gang entlang bis auf das Podest zu kommen, ohne sich selbst oder den Chor zu blamieren. Als sie erst einmal beim zweiten Stück angelangt waren, hatte sie sich beruhigt. Beim vierten hatte sie bereits Spaß an der Sache. So wenig Talent zu singen sie auch besaß, liebte sie doch die Musik, und es war ein besonderes Erlebnis für sie, sich inmitten dieser großartigen und kräftigen Stimmen zu befinden. Es war vor allem schön, direkt neben Albert zu stehen. Er hatte eine ausgesprochen gute Stimme. Sie hatte es immer schon genossen, ihm beim Singen zuzuhören.

Ihr wurde bewußt, daß das Blödsinn war. Sie hatte ihn noch nie alleine singen hören. Nur als ein anonymer

Teil des Chores. Und dennoch gab es da etwas so Vertrautes in seiner Stimme, daß sie das Gefühl hatte, ihm schon oft zugehört zu haben. Verblüffend. Bei welcher Gelegenheit sollte sie ihn denn nur gehört haben? Vielleicht hatte er mal ein Solo in der Kirche gesungen – nein, daran konnte sie sich nicht erinnern.

»Uns ist ein Kind geboren ...« sang der Chor.

Janes Verwunderung wuchs. Sie konzentrierte sich aufs Zuhören. Der kehlige Klang bei den tiefen Noten, das kaum hörbare Zittern in den höheren Tonlagen, die Abfolge der Töne ohne offensichtlich erkennbare Unterbrechung zum Luftholen.

Sie machten zwischen zwei Liedern eine Pause. Der Chorleiter, der mit dem Rücken zu den Stuhlreihen stand, warf ihnen ein scheußliches Grinsen zu, um sie daran zu erinnern, daß sie Lächeln sollten. Jane grinste zurück.

»Nun freut euch, ihr Christen ...«

Sie starrte auf die hintere Wand der Kirche, um sich besser aufs Zuhören konzentrieren zu können. Vielleicht hörte er sich einfach wie ein anderer Sänger an. Es würde sie tagelang verrückt machen, wenn sie es nicht herausbekommen konnte. Vielleicht war er auch insgeheim irgendein bekannter Sänger. Sie begann in Gedanken ihre Lieblingskassetten durchzugehen, die überall im Haus und im Auto herumlagen.

»... kommt, lasset uns anbeten, kommt, lasset uns anbeten ...«

Plötzlich wußte sie es. Er klang genauso wie Richie Divine!

Aber wie absurd dieser Gedanke war. Warum sollte ... wie *könnte* Fionas zweiter Mann genau die gleiche Stimme wie ihr erster gefeierter Ehemann haben? Hatte er womöglich Jahre daran gearbeitet, um so zu klingen wie er oder …«

Jane betrachtete ihn aus dem Augenwinkel und studierte seine unscheinbaren Züge. Die Haare hatten die falsche Farbe, aber das mußte gar nichts bedeuten. Haare ließen sich tönen oder bleichen. Der Schmerbauch? Lag am Alter. Das zurückweichende Kinn? Der Schnäuzer trug zu diesem Eindruck bei, der vielleicht sogar mit Hilfe eines plastischen Chirurgen entstanden war. Der Schnäuzer selbst verdeckte völlig die Oberlippe.

Albert Howard *klang* nicht so wie Richie Divine.

Er *war* Richie Divine.

Es bedurfte all ihrer Selbstkontrolle, damit sie sich nicht zu ihm umdrehte und rief: »Ich weiß, wer Sie sind! Ich liebe Ihre Platten!« Hätten sie nicht auf einer Bühne vor diesen vielen Leuten gestanden, dann wäre sie wohl nicht davon abzuhalten gewesen.

Während sich das letzte Stück in die Länge zog, kamen ihr allerdings wieder Zweifel. Es war unmöglich. Richie Divine war schon seit vielen Jahren tot. Er starb, als Katie noch ein Baby war. Diesen Monat waren es fünfzehn Jahre. Jeder wußte das. Oder nicht? Jeder wußte, daß sein Flugzeug abgestürzt war. Sie erinnerte sich an ihre Unterhaltung mit Mel. Er hatte gesagt, daß das Flugzeug und die Passagiere derart in Stücke gerissen worden seien, daß nichts mehr identifiziert werden konnte. Bestand die Möglichkeit, daß Richie Divine gar nicht als Passagier an Bord des Flugzeugs gewesen war?

Wenn es sich bei dem Mann neben ihr tatsächlich um Richie Divine handelte, dann war er ganz offensichtlich nicht über dem Ozean gestorben, als das Flugzeug explodierte.

Aber warum nicht? Wie war er davongekommen?

Sie verpaßte beinahe den Moment, als sie heruntersteigen mußten. Albert Howard rüttelte sie am Arm, und sie fuhr erschreckt auf und folgte ihm. Während sie hinter ihm herging, bemerkte sie eine kahle Stelle auf seinem Hinterkopf. Wie traurig, daß dieses goldene Idol der Jugend nun in der Dunkelheit seines eigenen Schattens füllig geworden war und sich im mittleren Alter befand. Er hatte tatsächlich diese ganzen Jahre über als der bedauernswerte zweite Mann von Richies Witwe gelebt. Wie schrecklich es für ihn gewesen sein mußte, von einem internationalen Superstar zu einem unbekannten Durchschnittsamerikaner zu werden.

Im Umkleidezimmer hätte sie ihn beinahe angesprochen, wußte aber nicht, was sie sagen sollte. Es kam ihr außerdem in den Sinn, daß sie nicht das Recht hatte, ihn zu befragen oder zu entlarven, daß sie unbeabsichtigt seinem sehr privaten Geheimnis auf die Spur gekommen war. Während sie ihre Robe aufhängte und dann die Stücke für den Basar wieder weg-packte, erinnerte sie sich daran, wie Fiona ihr die Geschichte von Albert und seiner finanziellen Unterstützung eines bestimmtes Projektes erzählt hatte. Jane erinnerte sich genau, wie beleidigt Fiona sich bei der Andeutung gefühlt hatte, daß es in Wirklichkeit Richie Divines Geld war und nicht Alberts. Nun verstand sie die schmerzliche Ironie dieses Vorfalls. Der arme Albert mußte die Beleidigung doppelt empfunden haben.

Gleich, nachdem sie nach Hause gekommen war, rief sie Shelley an. »Ich habe heute nachmittag einen Kuchen gebacken«, erklärte sie mit verführerischer Stimme. »Wenn du rüberkommst und ein Stück davon mit mir ißt, dann erzähle ich dir etwas, das dich aus den Socken hauen wird.«

»Ich bin nicht angezogen ... Beide Socken?«

»Beide Socken«, versicherte ihr Jane.

Einen Augenblick später kam Shelley zur Küchentür herein. Sie trug einen kurzen Mantel über ihrem Nachthemd und dem Morgenmantel, hatte Pauls große Schneeschuhe an den Füßen und Lockenwickler im Haar. »Ich hoffe für dich, daß es die Sache wirklich wert ist.«

Jane spähte um die Ecke. Mike sah sich über sein Chemiebuch hinweg MTV an. Todd baute eine Raumstation aus Legosteinen. Katie telefonierte oben, das wußte sie. Jane stellte Kuchen und Teller auf den Tisch, und nachdem sie sich gesetzt hatten, sagte sie: »Wenn ich dem *National Enquirer* diese Geschichte erzählen würde, hätte ich ausgesorgt, aber keine von uns wird sie jemals weitersagen. Abgemacht? Ich bin sicher, daß bloß noch ein anderer Mensch auf dieser Welt darüber Bescheid weiß.«

»Ist dir die Sache mit dem Basar so zu Kopf gestiegen? Was brabbelst du denn da?«

Jane senkte ihre Stimme und beugte sich nach vorne. »Richie Divine ist nicht gestorben. Er ist Albert Howard.«

»Was?«

»Schhhh. Das ist mein Ernst! Ich stand heute im Chor neben ihm, und da ich nicht singen sollte, habe ich einfach zugehört. Plötzlich wurde mir klar, daß ich ihn schon einmal singen gehört habe. Ich schwöre, daß es wahr ist, Shelley.«

»Jane, ich als deine Freundin ...«

»Mir ist klar, daß du glaubst, ich hätte eine Schraube

locker. Aber so ist es nicht. Hör zu, bei diesem Unglück, bei dem er angeblich ums Leben kam, explodierte das Flugzeug in der Luft, und die Leichen wurden nie gefunden. Mel hat mir das erzählt. Seine Schwester war gerade bei Richies letztem Konzert gewesen, und er konnte sich an die Einzelheiten erinnern.«

Shelley lehnte sich verblüfft zurück. »Aber warum sollte er sich für einen Menschen wie Albert Howard ausgeben?«

»Die Frage hat mich auch beschäftigt. Es kursierte damals ein Gerücht, daß er mit der Mafia zu tun habe. Das gehört auch zu den Dingen, die mir Mel erzählt hat. Ich habe es entweder vergessen, oder ich wußte nie etwas darüber.«

»Deshalb wurde eine Bombe oder was weiß ich für ein Ding an Bord der Maschine versteckt«, bestätigte Shelley. »Ich habe in einer Zeitschrift darüber gelesen.«

»Tja, wenn er aus irgendeinem Grund das Flugzeug verpaßt hat, dann wäre es nur zu verlockend gewesen, mitzuspielen und sich tot zu stellen. Es war die einzige Möglichkeit für ihn, fortan vor ihnen sicher zu sein. Wenn sie gewußt hätten, daß er am Leben ist, wären sie so lange hinter ihm her gewesen, bis sie ihr Ziel erreicht hätten.«

»O, Jane. Ich weiß nicht ...«

»Shelley, wenn du ihm beim Singen gehört hättest, würdest du es glauben. Seine Stimme ist jetzt, wo er älter ist, tiefer, aber ich schwöre, daß es sich um denselben Mann handelt.«

»Aber sie sehen sich überhaupt nicht ähnlich!«

»Stimmt, aber Sharon Kellick sieht auch nicht wie sie selbst aus.«

»Wer zum Teufel ...? Oh, ja. Die Frau unten an der

Ecke, die sich das Gesicht hat liften lassen und die beinahe verhaftet worden wäre, als sie ihr eigenes Haus betrat, weil ein Nachbar, der sie für eine Einbrecherin hielt, die Polizei alarmiert hatte.«

»Erinnerst du dich noch an diese Sendung, die wir vor einem Jahr auf PBS gesehen haben, und in der es um plastische Chirurgie ging, die schwer deformierten Kindern hilft? Sie waren in der Lage, abstoßenden Gesichtern ein normales Aussehen zu geben. Stell dir nur vor, wie leicht es so jemandem fallen muß, ein gutaussehendes Gesicht in ein durchschnittliches zu verwandeln. Richie Divine konnte es sich erlauben, den besten Arzt dafür zu bezahlen und ihn zum Schweigen zu verpflichten. Vielleicht gab es damals sogar ein Zeugenschutzprogramm des FBI.«

»Ich weiß nicht, sie sind ja wohl kaum autorisiert, Flugzeuge in die Luft zu jagen.«

»Das meinte ich auch nicht, aber nachdem es geschehen war, hat er sich vielleicht an sie gewandt, um Hilfe bei der Suche nach einem guten plastischen Chirurgen zu bekommen.«

»O. K., das lasse ich noch gelten. Aber was ist mit seinen Haaren? Sie sehen nicht gefärbt aus, und ich habe noch nie davon gehört, daß es eine Möglichkeit gibt, das Haar in einer anderen Farbe nachwachsen zu lassen.«

»Aber als er noch ein Star war, machte es doch einen sehr gebleichten Eindruck. Niemand, der nicht gerade ein Albino ist, hat so blonde Haare. Vielleicht ist das jetzt seine natürliche Haarfarbe!«

Shelley knabberte gedankenverloren an ihrem Kuchen. »Du, das ist wirklich gut. Was ist mit dem Körperbau? Albert Howard wirkt irgendwie untersetzt.«

»Komm schon, Albert Howard ist fünfzehn Jahre älter als Richie Divine. Jeder kann an Gewicht zunehmen, selbst wenn es das Alter nicht für ihn erledigt. Insbesondere dann, wenn ein Ansporn wie die Rettung des eigenen Lebens vorhanden ist. Ich könnte innerhalb eines Monats wie ein Ballon aussehen, ohne auch nur einen halb so guten Grund zu haben.«

Trotz ihrer Bedenken begann Shelley langsam daran zu glauben. »Denk nur an die arme Fiona. All die schrecklichen Dinge, die die Presse über sie berichtete, weil sie so schnell nach Richies Tod wieder geheiratet hat. Und sie hat es alles schweigend ertragen. Jetzt kennen wir den Grund. Sie hat keinen anderen Mann geheiratet, sondern noch einmal Richie. Das weiß sie doch, oder?«

»Ich denke ja. Sie haben nur ein Jahr nach Richies ›Tod‹ geheiratet.«

Sie saßen eine lange Zeit schweigend da. Schließlich sagte Shelley: »Deshalb macht es Albert auch nichts aus, daß dieses Zimmer im Haus existiert, von dem du mir erzählt hast. Dieser Schrein für Richie. Es ist ein Schrein für ihn.«

»Natürlich! Das hatte ich ganz vergessen.«

»Glaubst du, daß noch jemand darüber Bescheid weiß?«

»Ich bin ziemlich sicher, daß das nicht der Fall ist. Außer diesem plastischen Chirurgen vielleicht. Eigentlich ist es ein zu großes Geheimnis, als daß es unabhängig von den beiden noch von einer anderen Person bewahrt worden sein könnte. Albert und Fiona würden es aus Furcht, daß geplaudert wird, nicht wagen, andere einzuweihen. Wie ich schon im Zusammenhang mit dem *National Enquirer* erwähnte – du und ich, wir werden nichts verraten, aber eine Menge anderer Leute würden es tun.«

»O, Jane. Es tut mir fast leid, daß ich Bescheid weiß. Diese Sache für mich zu behalten, wird mich bestimmt umbringen. Stell dir nur vor: wir *kennen* Richie Divine! Es ist fast so, als sei der Gitarrenlehrer deines Kindes der wieder von den Toten auferstandene Elvis.«

»Ein guter Vergleich. Ich schätze, Richie war in der Lage, auf den ganzen Ruhm zu verzichten, konnte sich aber nicht gänzlich von der Musik fernhalten. Deshalb gehört er dem Chor an.«

»Eigentlich hat er damit doch riskiert, entdeckt zu werden, oder?«

»Wohl kaum. Ich glaube nicht, daß er jemals Soli singt. Und obwohl mir jedes aktive Talent abgeht, habe ich ein ungewöhnlich gutes Ohr, wenn es um das Musikhören geht. Ich glaube nicht, daß sehr viele Leute in der Lage gewesen wären, diese Verbindung herzustellen. Es ist ja nicht so, als ob der Chor jemals *Red Christmas* mit ihm als Solisten aufführen würde. Eine völlig andere Art von Musik schien ihm wohl sicher zu sein. Und er hatte recht.«

»Es ist eine Schande, daß wir Fiona nicht danach fragen können. Um zu erfahren, wie sie das alles bewerkstelligt haben. Warum Richie nicht an Bord des Flugzeugs war. Was es für ein Gefühl ist, ein solch verrücktes Geheimnis zu bewahren.«

»Ich weiß. Ich würde mich liebend gern mit ihr darüber unterhalten. Aber das werden wir nicht riskieren. Es würde sie zu Tode ängstigen, daß wir möglicherweise unsere Klappe nicht halten können und es weitererzählen. Sie kennt uns nicht gut genug, um uns zu vertrauen.«

Jane unternahm noch einen weiteren schwachen Protestversuch und bot an, Ethels Schicht zu übernehmen, war aber erleichtert, als Fiona darauf bestand, selbst einzuspringen. Jane mußte sich unbedingt hinsetzen. Sie ließ sich auf ein komfortables Ledersofa sinken und knabberte, während sie die Bilder an der gegenüberliegenden Wand betrachtete, an ihrem Croissant. Wie anders dieses Zimmer nun auf einmal wirkte. Als sie es zum erstenmal gesehen hatte, war sie angesichts der Gefühllosigkeit entsetzt gewesen, daß Richie Divine ein ganzer Raum gewidmet worden war, den sich der arme Albert jeden Tag ansehen mußte und dabei immer wieder an die Tatsache erinnert wurde, daß er nie ein so berühmter Mann werden würde. Nun machte es einen gemütlichen, freundlichen Eindruck auf sie, war lediglich ein Zimmer, in dem sich Albert und Fiona an die Vergangenheit erinnerten und zugleich das sichere, zurückgezogene Leben genießen konnten, das sie sich geschaffen hatten.

»Du liebe Güte! Situationen wie diese bringen wirklich das Beste und das Schlimmste, was in den Leuten steckt, zum Vorschein«, sagte Shelley, die gerade hereinkam und sich in einen der tiefen Polstersessel warf. »Eine Frau hat mich gebeten, einen Preis heraufzusetzen, weil es ja für eine gute Sache sei. Dann hatte ich da ein makabres Trio, das kein Geheimnis daraus machte, daß sie nur gekommen waren, um etwas über den Mord nebenan herauszubekommen. Sie taten nicht einmal so, als ob sie irgend etwas kaufen wollten, sondern stellten mir nur ekelhafte Fragen.«

»Bestimmt ein paar von VanDynes Undercover-Agenten«, sagte Jane. »Ich frage mich, ob er irgendwelche Fortschritte macht. Es ist schrecklich, das zugeben zu

»Das wäre nicht schlecht. Ich brauche irgendeinen Grund, um Paul zu erklären, warum ich im Nachthemd losgezogen bin. Einen anderen als den wirklichen Grund.«

»Denk jetzt immer daran, daß wir niemandem auf der Welt von Richie Divine erzählen dürfen.«

»Versprochen«, antwortete Shelley.

Jane aber fragte sich, ob sie selbst wohl in der Lage sein würde, dieses Geheimnis für sich zu behalten.

Der Basar lief am Montagmorgen gut an. Es war ein Risiko gewesen, ihn so spät im Jahr stattfinden zu lassen. Die meisten Handarbeitsmärkte wurden im September oder im Oktober veranstaltet, wenn die Leute langsam daran dachten, mit ihren Weihnachtseinkäufen zu beginnen. Das Kirchenkomitee hatte jedoch beschlossen, die Leute am Schluß ihrer Einkäufe zu erwischen, wenn sie nur noch wenige ausstehende Geschenke zu besorgen hatten und verzweifelt bemüht waren, ihre Listen zu vervollständigen. Als Jane um halb neun in Fionas Einfahrt bog, parkten auf der Straße bereits einige Wagen mit Frauen, die auf die Eröffnung des Basars um halb zehn warteten. Es schien so, als würde der Marketingtrick funktionieren. Glücklicherweise versprach es, ein außergewöhnlich milder Tag zu werden. Das würde eine große Hilfe sein.

Jane und Shelley teilten die Schilder mit den Plakaten an die Frauen aus, die sich bereit erklärt hatten, sie aufzustellen. Dann gingen sie von Raum zu Raum und vergewisserten sich, daß alle Stücke den richtigen Preis trugen. Jane war dazu eingeteilt, die erste Schicht im »Kranzzimmer« zu übernehmen, das sie so getauft hatten, weil die meisten Arbeiten dieser Art hier gelandet waren. Es war erstaunlich, woraus die Leute alles Kränze herstellten: neben echten Kiefernzweigen oder solchen aus Plastik war Weinlaub am beliebtesten. Aber es gab auch Kränze aus Kienapfel, aus Dutzenden von winzigen, in Folie verpackten Päckchen und selbst eine Mißgeburt, die als Schmuck für die Küche gedacht war und aus zusammengebundenen, in Bogenform gebrachten, pastellfarbenen Schwämmen bestand, in die Trockenblumen und Miniaturküchenutensilien eingearbeitet waren.

Jane würde nicht wirklich verkaufen müssen. Alle Verkäufe fanden an einem langen Tisch in der Nähe der Eingangstür statt, wo auch drei Frauen saßen. Alle anderen brauchten nur herumzustehen, freundlich auszusehen und ein Auge auf die Diebe zu haben.

»Es ist schon erstaunlich, mit welchen Sachen Leute sich davonzumachen versuchen«, sagte Shelley. »Letztes Jahr habe ich eine Frau dabei erwischt, wie sie ein Glas eingemachte Gurken in die Manteltasche steckte. Es verursachte eine Wölbung wie ein schrecklicher Auswuchs. Ich kann mir einfach nicht vorstellen, daß sie wirklich geglaubt hat, ich würde es nicht bemerken.«

»Die Vorstellung ist unglaublich, daß Leute versuchten, Weihnachtssachen von der Kirche zu stehlen«, sagte Jane.

»Was sagt man zu jemandem, der etwas stiehlt?«

»Ich habe gesagt: ›Ich werde das für Sie zum vorderen Tisch bringen, und Sie können dann beim Hinausgehen dafür bezahlen.‹ Es funktionierte, sie zog das Glas hervor, knallte es auf den Tisch und stampfte hinaus, als ob ich sie beleidigt hätte. Ich habe keine Ahnung, was meine Reaktion gewesen wäre, wenn sie alles abgestritten hätte. Du mußt ganz besonders auf diejenigen achten, die zu zweit kommen. Einer von ihnen verwickelt dich in ein Gespräch über irgendein angebotenes Teil und stellt sich dabei so hin, daß du nicht sehen kannst, was der andere tut. Deshalb mußt du auch den größten Teil der Zeit auf den Beinen sein, denn es ist wichtig, hin- und herzulaufen und alle im Auge zu behalten.«

»Ich fühle mich schon wie eine Gefängniswärterin.«

»Mach dir keine Sorgen. Es gibt nicht so viele, die lediglich kommen, um zu klauen. Den überwiegenden Teil der Zeit macht es wirklich Spaß, herumzustehen und mit den Leuten zu schwatzen. So, ich glaube, es ist Zeit zum Öffnen.«

Es hatte sich bereits eine ziemliche Schlange gebildet, als sie die Leute hereinließen. Einige der ersten gehörten zu den Baracudas – gerissene Käufer, unter ihnen auch Antiquitätenhändler, die früh kamen und durch die Räume hetzten, um ein schnelles Geschäft zu machen, etwas, das sie sich schnappen und zu einem überteuerten Preis weiterverkaufen konnten. Die Steppdecke, die so niedrig ausgezeichnet gewesen war, wäre so ein Schnäppchen gewesen, wenn Shelley sie nicht heraufgesetzt und selbst gekauft hätte. Zu den ersten Käuferinnen gehörten auch Frauen, die auf dem Weg zur Arbeit waren und in aller Eile einkaufen mußten. Dementsprechend hektisch verlief dann auch die erste Stunde, aber je weiter der Morgen fortschritt, desto gemütlicher wurde das Tempo, und Jane stellte fest, daß sie die Gelegenheit genoß, sich mit verschiedenen Nachbarn, die sie eine ganze Weile nicht gesehen hatte, zu unterhalten.

Um elf Uhr kam die Frau, die sie ablösen sollte, und

Jane wanderte ins Wohnzimmer hinüber, um zu sehen, wie Shelley zurechtkam. »Meine Decke ist weg«, sagte Jane enttäuscht. sie hatte so hübsch ausgesehen, wie sie ausgebreitet auf dem Klavier gelegen hatte, und sie hätte zumindest gerne noch einmal einen Blick darauf geworden.

»Ja, eine Frau hat sie in der ersten Stunde gekauft. Hast du gerade Pause? Suzie Williams sollte eigentlich für mich übernehmen, und sie hat doch wahrhaftig den Anstand besessen, eine Vertretung für sie vorbeizuschicken. Sie hängt gerade ihren Mantel auf. Ich treffe dich in der Küche, wenn sie soweit ist.«

Die Küche und ein weiteres Zimmer waren für die Benutzung der Helferinnen reserviert worden. An den Türen hingen Schilder, auf denen stand: KEIN ZUTRITT. NUR FÜR MITARBEITERINNEN. Jane betrat die Küche, holte sich eine Tasse Kaffee und ein Croissant und ging zu Fiona ins Wohnzimmer hinüber. Es war erst das zweite Mal, daß sie sie heute sah, nachdem sie ihnen vor Stunden die Tür geöffnet hatte, um sie ins Haus zu lassen.

»Es läuft alles ganz wunderbar, nicht wahr?« sagte Fiona. »Ich habe eben mit den Frauen vorne am Tisch gesprochen, und sie erzählten, daß bereits fast eintausend Dollar eingenommen wurden. Nun, ich mache mich wohl besser auf den Weg. Ich muß die Überwachung des Gästezimmers im Erdgeschoß übernehmen.«

»Oh, nein, Fiona. Dazu habe ich Sie nicht eingeteilt. Wir möchten nicht, daß Sie noch mehr tun müssen, als Sie ohnehin schon getan haben.«

»Das ist schon in Ordnung. Ethel Besley hat angerufen und Bescheid gesagt, daß ihr Auto nicht anspringt. Ich vertrete sie nur, bis sie kommt.«

»Ich kann mir nicht vorstellen, wie ich ihn jemals wieder anschauen kann, ohne ihn gleich anzustarren oder ihn aus Versehen mit Richie anzusprechen.«

»Das wirst du schon schaffen, Shelley, und ich auch. Das müssen wir einfach. In gewisser Weise liegt sein Leben in unseren Händen. Und wir müssen morgen damit anfangen.«

»Der Basar! Ich hatte ihn doch tatsächlich einige segensreiche Sekunden lang vergessen. Hast du die Decke fertig bekommen?«

»Ja, komm und schau sie dir an.«

Als sie das Wohnzimmer betraten, schaltete Mike den Fernseher aus und erhob sich vom Sofa, damit Jane ihr Kunstwerk ausbreiten konnte. Nachdem Shelley sie einen Augenblick lang mit einer wahren Flut schwärmerischen Lobes bedacht hatte, sagte Mike: »Mrs. Nowack, könnte ich Sie einen Moment sprechen? In der Küche?«

Jane beschäftigte sich eingehend damit, Todd dabei zu helfen, die Teile seines Bauwerkes wieder einzusammeln. Mike erkundigte sich bei Shelley zweifellos nach ihren Größen. In den Jahren zuvor hatten die Kinder immer Steve konsultiert, wenn sie Geschenke für sie besorgen wollten. Es war schon erstaunlich, wieviel Zeit es in Anspruch nahm, bis sich alles wieder neu eingespielt hatte, wenn ein Familienmitglied nicht mehr da war. »Ich komme!« sagte sie, als sie zur Küche zurückging.

Mike grinste, sagte den beiden Frauen gute Nacht und verschwand.

»Shelley, möchtest du etwas von diesem Kuchen mit nach Hause nehmen? Ich habe die doppelte Menge Teig genommen.«

müssen, aber in dem ganzen Trubel um diese Sache hier habe ich es fast vergessen.«

»Du bist mir ja eine schöne Detektivin. Vorgestern hast du noch vorgegeben, daß dir die Lösung förmlich auf der Zunge liegt. Jetzt, da du ein anderes, kleines Geheimnis gelöst hast, sind die Morde ganz aus deinem Gedächtnis verschwunden.«

»Nein, überhaupt nicht. Ich bin immer noch der Meinung, daß wir bereits irgend etwas Winziges wissen, das die ganze Angelegenheit aufklären könnte. Ich kann es nur nicht benennen. Und was das andere betrifft ...« Sie blickte über ihre Schulter, um zu sehen, ob noch jemand anders in der Nähe war. »... das hat überhaupt nichts gelöst. Es war lediglich die sagenhafte Offenbarung einer interessanten Tatsache.«

»Interessant? Das ist wirklich eine Untertreibung. Übrigens, Wo ist Albert? Ich habe ihn den ganzen Tag noch nicht gesehen.«

»Versteckt sich wahrscheinlich vor den herandonnernden Horden. Ich kann es ihm nicht verdenken.«

Die Frage nach Alberts Verbleib wurde einige Minuten später beantwortet, als er mit zwei Kentucky-Fried-Chicken-Behältern zur Hintertür hereingetaumelt kam. »Ich dachte mir, wer fleißig arbeitet, hat sich auch sein Mittagessen verdient«, sagte sie.

Sie langten kräftig zu und machten sich dann wieder an die Arbeit. Jane übernahm eine Zwei-Stunden-Schicht am vorderen Tisch, eine sehr geschäftige Tätigkeit, bei der sie sich allerdings hinsetzen konnte. Als sie damit fertig war und eine weitere Stunde für eine Frau übernommen hatte, deren Kind man mit Windpocken von der Schule nach Hause geschickt hatte, legte sie eine weitere Pause ein.

Dieses Mal befand sich niemand in der Küche oder nebenan, und sie war froh, daß es ihr erspart blieb, Konversation machen zu müssen. Von der ganzen Rederei wurde ihre Stimme langsam rauh, und um ihren Kopf war es noch schlimmer bestellt. Sie sank aufs Sofa und starrte mit leerem Blick auf die Wand mit den Photos.

Die letzte Woche war eine der hektischsten in ihrem Leben gewesen. Außer dem ruhigen Morgen, den sie am Tag zuvor mit Mike verbracht hatte, war sie die ganze Zeit, seit Phyllis und Bobby angekommen waren, nur gerannt. Es handelte sich aber nicht bloß um eine körperliche, sondern auch um eine geistige Erschöpfung. Bilder der vergangenen Woche wirbelten ihr im Kopf herum: Phyllis' Körper, der abtransportiert wird, der Aufbau des Basars, John und Chet Wagner, die Bobby anbrüllen, Mikes Konzert mit dem Orchester, das Kirchenchorkonzert, der Kampf zwischen Bobby und Mr. Finch, die Beerdigung, auf der Mel VanDyne sie an den Kameras der Nachrichtenteams vorbeimanövriert. Und irgendwo in diesem ganzen geistigen Müll befand sich etwas Wichtiges, was sie alle übersehen hatten. Etwas so Kleines und Gewöhnliches, daß es niemand bei all dem Streß, der durch die außergewöhnlichen Vorfälle der Woche entstanden war, bemerkt hatte.

Sie war müde und wäre fast eingeschlummert, als ihre Augen sich plötzlich auf eines der Bilder, die an der gegenüberliegenden Wand hingen, konzentrierten. Ohne genau zu wissen warum, stand sie auf und ging hinüber, um es sich genauer zu betrachten.

Natürlich!

Mit einem Klick, von dem sie fast befürchtete, daß er zu hören gewesen war, begannen die Dinge plötzlich einen Sinn zu ergeben. Sie trat überrascht einen Schritt zurück, verblüfft über das, was ihr durch den Kopf ging. Es könnte möglich sein. Nein, es *MUSSTE* so sein. Nachdem sie sich umgesehen hatte, um sicherzugehen, daß sie nicht beobachtet wurde, nahm Jane das Bild von der Wand und schob es sich unter den Pullover. Sie quetschte sich zwischen den Käufern hindurch, ging auf einen Schrank zu und holte ihren Mantel und ihre Handtasche heraus. Shelley stand an dem Verkaufstisch. »Wohin gehst du, Jane?«

»Ich muß nur schnell etwas erledigen, Shelley. Es dauert nicht lange. Aber es ist wichtig.« Bevor Shelley ihr noch weitere Fragen stellen konnte, rannte Jane zur Tür hinaus und machte sich auf den Weg zu ihrem Haus. Nachdem sie dort angekommen war, zog sie das Bild hervor und betrachtete es erneut. Dann wählte sie eine Telefonnummer. Nach dem dritten Klingeln antwortete Mel VanDyne. »Ich habe es«, sagte sie. »Zumindest die Hälfte, und Sie können die andere Hälfte herausbekommen.«

»Jane, was um alles in der Welt ...«

»Ich muß Sie sehen. Wie wäre es mit dem Coffee Shop im Einkaufscenter? Sie müssen folgendes erledigen: Treiben Sie John Wagner auf und bringen Sie ihn dazu, sich auch mit uns zu treffen. Er soll diese bestickte Tasche von Phyllis samt Inhalt mitbringen. Ich muß Ihnen etwas zeigen, was sich darin befindet.«

»Jane, sagen Sie mir doch einfach ...«

»Das kann ich nicht. Es handelt sich um etwas, das Sie sehen müssen, und ich muß es auch mit meinen eigenen Augen sehen, um sicher zu sein, daß ich recht habe. Ich mache mich jetzt sofort auf den Weg. Wir sehen uns dann dort.«

Sie legte den Hörer auf, stopfte das Bild in eine Tüte

und machte sich auf den Weg zum Einkaufscenter. Bevor sie zum Coffee Shop ging, machte sie noch fünf Minuten lang einem Buchhändler das Leben schwer, den sie bat, ein bestimmtes Buch für sie herauszusuchen. Dann sauste sie, bewaffnet mit ihren Beweisstücken, zum Coffee Shop hinüber, setzte sich und begann, während sie wartete, eilig in dem Buch zu lesen.

Mel VanDyne und John Wagner trafen kurz nacheinander ein. Jane hatte eine Nische in der Ecke freigehalten, die ein wenig Privatsphäre bot. »Bitte, setzen Sie sich«, sagte sie mit ernster Stimme.

Die Männer tauschten einen Blick, der vielleicht Überraschung oder Amüsement ausdrückte, aber sie taten, was von ihnen verlangt wurde und nahmen ihr gegenüber am Tisch Platz. Jane bemerkte, daß VanDyne darauf achtete, daß Wagner innen saß. Ob er das tat, weil er damit rechnete, daß sich der Mann vielleicht aus dem Staub machen würde?

»Als erstes muß ich einige Dinge wissen«, sagte Jane an John Wagner gewandt. »Wie kommt es, daß Sie einen Schlüssel zu dem Haus besitzen, in das Phyllis gerade eingezogen war?«

»Sie hat ihn mir gegeben«, erwiderte er. Jane blickte flüchtig zu VanDyne hinüber, der mit einem ausdruckslosen Blick zurückstarrte. Offensichtlich handelte es sich um einen Punkt, der bereits zu seiner Zufriedenheit geklärt war.

»Zweitens, und mir ist klar, daß dies nichts mit den Morden zu tun hat, aber ich möchte es trotzdem wissen: Haben Sie jemals Albert Howard kennengelernt?«

»Ja, das ist schon eine Weile her. Ich habe versucht, ihn zu einer Beteiligung an dem Bau des Parks neben dem alten Orville-Wagner-Gehöft zu überreden.«

»Orville Wagner? Ein Verwandter?«

»Nein.«

Das erklärte den Unterschied zwischen dem John Wagner, der Fiona gefühllos und schleimig erschienen war, und dem angenehmen John Wagner, den sie während der polizeilichen Untersuchungen erlebt hatte. Es war gar nicht seine Absicht gewesen, das Projekt nach sich zu benennen, wie Fiona gedacht hatte. Erleichtert zog Jane das Bild, das sie gestohlen hatte, aus ihrer Einkaufstüte und reichte es ihm hinüber. »So, das ist jetzt der wesentliche Punkt. Erkennen Sie das hier?«

Es war die Photographie der High-School-Band.

»Sicher«, antwortete er. »Phyllis hat es mir ein Dutzend Mal gezeigt.«

»Ja, mir auch, als wir vor Jahren nebeneinander wohnten, aber ich hatte es bis heute vergessen.«

»Ich wußte nicht, daß sie eine gerahmte Aufnahme besaß«, sagte John. »Warum ist dieser Junge in der letzten Reihe eingekreist?«

»Worum handelt es sich eigentlich?« fragte Mel.

John reichte ihm das Bild. »Es ist eine Aufnahme der High-School-Band. Phyllis war eine der Cheerleader in der ersten Reihe. Sehen Sie, die zweite von rechts. Sie war unglaublich stolz darauf, ein Cheerleader gewesen zu sein. Es war einer der Höhepunkte in ihrem Leben.«

»Und?« sagte VanDyne ungeduldig.

Jane sagte: »John, würden Sie ihr Jahrbuch an dieser

Stelle aufschlagen? Nur um sicherzugehen. Diese Orchesterbilder sehen sich alle so ähnlich. Als ich es das erste Mal anschaute, hatte ich das Gefühl, es schon einmal gesehen zu haben, aber dann dachte ich, daß es mir wohl nur deshalb so vorkam, weil sie sich alle ähnlich sehen.«

John nahm das Jahrbuch aus der bestickten Tasche. Er schlug es an der entsprechenden Stelle auf. Die drei studierten es sorgfältig. Die Bilder waren identisch.

»Na und?« sagte Mel erneut. »Sie besaß also außer dem Photo im Buch noch eine gerahmte Aufnahme.«

»Nein, das tat sie nicht«, entgegnete Jane. »Die gerahmte ist aus dem Haus der Howards. Schauen Sie sich das Jahrbuch an. Wie lautet der Name des Jungen in der obersten Reihe, der auf dem gerahmten Photo eingekreist ist?«

Mel nahm das Buch und fuhr mit dem Finger die Liste der Namen unter dem Bild entlang. »Richard Devane«, sagte er.

Jane zog das Buch hervor, das sie gerade gekauft hatte: *Richie Divine: Der Tod eines Stars.* Sie schlug es an einer Stelle ganz vorne auf, die sie markiert hatte, und las die Zeilen laut vor: »›Richie Divine, mit bürgerlichem Namen Richard Lewis Devane, war das zweite Kind einer mittelständischen Familie aus Philadelphia. Schon in jungen Jahren begann er sich für Musik zu interessieren. Sein Schlagzeug- und Trompetenunterricht, der von einem Nachbarn bezahlt wurde, begann sich auszuzahlen, als er einen Platz in der Marschkapelle seiner High-School bekam.‹«

»Wollen Sie damit sagen, daß dieser Junge zu Richie Divine wurde und Phyllis mit ihm zur Schule gegangen ist?« fragte John verblüfft.

»Er ist nicht nur mit ihr zur Schule gegangen«, antwortete Jane. »Ich glaube, sie hat ihn geheiratet.«

Mel hatte begonnen, in seiner Tasche nach einem kleinen Notizbuch zu kramen. Er überschlug ein paar Seiten und schaute sie verwundert an. »Ich habe Bobbys Geburtsurkunde überprüfen lassen. Als Vater hat sie Richard Louis Devane angegeben. Andere Schreibweise des zweiten Vornamens, aber vielleicht wußte sie nicht, daß es zwei Schreibweisen gibt. Hat sie Ihnen gesagt, daß sie mit ihm verheiratet gewesen ist?«

»Nein. Sie erzählte mir lediglich, daß sie sich nicht so gut gekannt hätten und daß sie ihn, nachdem die Hochzeit annulliert worden war, nie wiedergesehen hat. Nein ... nein, das waren nicht genau ihre Worte ...« Jane schloß ihre Augen und versuchte, sich an die Unterhaltung zu erinnern. Phyllis hatte eine lange Zeit geschwiegen und dann gesagt, daß sie sich nie wieder getroffen hätten. Jane hatte damals vermutet, daß sie zögerte, weil sie die Frage, die Jane gestellt hatte, noch nie überlegt hatte. Das war aber nicht der Grund gewesen. Es hatte sich um den Versuch einer Frau gehandelt, die nicht daran gewöhnt war, zu lügen, und die bemüht war, eine ehrliche und gleichzeitig irreführende Antwort zu geben. Und das hatte sie wirklich ganz hervorragend geschafft. Sie hatten sich nie wieder *getroffen,* aber sie hatte ihn ganz sicher noch einmal gesehen. Fast die ganze Welt hatte ihn gesehen – im Fernsehen, auf Postern und Plattenhüllen. »Sie hat mir gesagt, daß sie sich nie wieder getroffen hätten. Aber das war, bevor ich sie zu Fiona Howards Haus mitgenommen hatte.«

»Großer Gott! Sie ist mit Bobby in ein Haus gezogen, das sich in der unmittelbaren Nachbarschaft der Witwe seines biologischen Vaters befindet«, sagte John Wagner.

»Wollen Sie damit sagen, daß Mrs. Wagner versucht hat, bei Mrs. Howard etwas herauszuschlagen, weil sie Richies Sohn geboren hat?« fragte Mel. »Nach allem, was ich bisher über sie gehört habe, erscheint mir das nicht sehr wahrscheinlich.«

»Nein, das hätte Phyllis gar nicht fertiggebracht«, erwiderte Jane. »Es gibt da noch etwas, was Sie wissen sollten. Es ist schrecklich für mich, Ihnen das jetzt zu sagen, und Sie müssen mir beide schwören, daß Sie, falls ich Unrecht haben sollte, niemals ein Wort davon an irgend jemanden zu verraten. Versprochen?«

Beide Männer nickten. Es war offensichtlich, daß sie von den bisherigen Enthüllungen überrascht waren, aber nicht überzeugt, daß sie etwas zu bedeuten hatten.

Jane lehnte sich nach vorne und sprach so leise, daß sie sie kaum verstehen konnten. »Phyllis hat nicht das Haus neben Richie Divines ›Witwe‹ und ihrem ›zweiten‹ Mann bezogen. Albert Howard *ist* Richie Divine. Er ist nicht bei dem Flugzeugabsturz ums Leben gekommen. Er hat eine andere Identität angenommen.«

»Das ist unmöglich«, erwiderte Mel mit einem Lachen.

»Ist es nicht. Hören Sie auf, mich so herablassend zu behandeln. Sie sind derjenige, der mir gesagt hat, daß keine identifizierbaren Leichen gefunden worden sind und nicht einmal alle Teile des Flugzeugs auffindbar waren. Erinnern Sie sich noch?« fragte Jane.

»Sie meinen, er war gar nicht an Bord dieses Flugzeuges?« erkundigte sich John. »Warum nicht?«

»Ich habe keine Ahnung. Vielleicht hatte er sich im letzten Moment einfach entschlossen, mit Fiona zurückzubleiben. Es war kurz vor Weihnachten. Das nächste Konzert sollte erst vier Tage später stattfinden«, sagte Jane und tippte mit dem Finger auf das Buch, das sie gekauft hatte. »Hier steht alles drin. Vielleicht hatten sie sich entschlossen, alle in dem Glauben zu lassen, daß er bereits in San Francisco sei, und sind statt dessen in einem Mietwagen die Küste entlanggefahren, ohne, daß irgend jemand wußte, wer er war. Etwas in der Art ist sicher möglich. Als dann der Unfall passierte, sahen sie darin die Gelegenheit, für immer in Sicherheit zu sein. Sie mußten nur die Illusion aufrechterhalten, daß er getötet worden war. Geldprobleme gab es keine. Tantiemen – oder Umsatzbeteiligungen oder wie immer man es nennt – von seinen Platten würde es noch jahrelang geben, und Fiona würde all das erben, was sich bisher angesammelt hatte …« Sie hielt inne, da sie bemerkte, daß die Hälfte ihres Publikums nicht mehr zuhörte.

Mel starrte in den Raum. »Oder …, oder er könnte gewußt haben, daß sich eine Bombe an Bord des Flugzeuges befand.«

»Was wollen Sie damit andeuten?« fragte Jane. »Er hätte die anderen nicht dieser Gefahr ausgesetzt, wenn er darüber Bescheid gewußt hätte. Und wie hätte er es auch wissen sollen?«

Mel warf ihr einen langen, bedeutsamen Blick zu.

John Wagner beantwortete die Frage: »Er hätte es wissen können, wenn er es selbst arrangiert hat.«

Jane nickte. Es war ein Gedanke, der irgendwo, im tiefsten, dunkelsten Teil ihres Unterbewußtseins geschlummert hatte, den sie bisher aber nicht hatte wahrnehmen wollen.

Die Kellnerin, ein munteres Mädchen mit einem Glitzern in den Augen, brachte ihnen die Rechnung. Sie versuchte, mit VanDyne zu flirten, holte sich aber eine Abfuhr. Als sie gegangen war, sprach John Wagner weiter.

»Und nach all den Jahren, in denen es ihm gelungen war, die Wahrheit geheimzuhalten und er sich ziemlich sicher sein konnte, daß niemand sie jemals herausfinden würde, taucht plötzlich Phyllis, seine Exfrau, auf.«

»Und redet sich den Mund fusselig über ihren Sohn, einen Jungen, der genau das richtige Alter hat, um Richie Divines Sohn zu sein«, fügte Jane hinzu.

»Woher wissen Sie, daß sie über Bobby gesprochen hat?« fragte VanDyne.

»Ich habe es gehört. Die liebe, geschwätzige, vollkommen indiskrete Phyllis«, sagte Jane leise.

»Und hat sie ihn erkannt?« erkundigte sich Mel.

»Das muß sie wohl, denke ich, vielleicht nicht sofort. Ich bin aber sicher, daß er sie erkannt hat. Als er das Zimmer betrat, sah er aus wie vom Donner gerührt. Damals dachte ich, es sei, weil ein solches Durcheinander in dem Raum herrschte, aber es muß wohl der Anblick von Phyllis gewesen sein. Fiona mußte ihn praktisch dazu zwingen, Phyllis hinüber zu begleiten, damit sie einen Blick auf das Haus nebenan werfen konnte. Er wollte es nicht. Er benahm sich deshalb fast unhöflich. Aber als er zurückkam, wirkte er richtig ausgeglichen. Als ob alles geklärt worden wäre. Vielleicht haben sie sich unterhalten und sie stimmte zu, niemandem etwas zu verraten.«

»Das sähe ihr ähnlich«, sagte John. »Aber ich glaube nicht, daß sie sich daran gehalten hätte. Sie trug ihr Herz auf der Zunge.«

»Das muß ihm später klargeworden sein«, ergänzte Jane.

Mel sagte: »Wir haben einen ganz wesentlichen Teil bei dieser ganzen Geschichte übersprungen. Warum glauben Sie, daß es sich bei Albert Howard um Richie Divine handelt? Zwischen den beiden besteht keine Ähnlichkeit. Wie hätte ihn Phyllis erkennen sollen, wenn es der Rest der Welt nicht getan hat? Und wie sind Sie darauf gekommen?«

Jane erzählte ihnen von dem Kirchenchor und von ihren Theorien über plastische Chirurgie und das Alter.

»Aber wenn Sie recht haben sollten, dann sind Sie nur darauf gekommen, weil Sie ihn singen hörten und ein gutes Ohr haben. Es erklärt noch nicht, warum Phyllis ihn erkannt haben sollte. Ich möchte bezweifeln, daß er einige Takte aus *Red Christmas* vor sich hin summte, während er sie zum Nebenhaus begleitete.«

»Aber sie kannte ihn ziemlich gut. Sie war immerhin einmal mit ihm verheiratet gewesen, wenn auch nur für kurze Zeit. Außerdem denke ich, daß eher Albert derjenige war, der die Sache verraten hat. Er kannte sie. Er erinnerte sich wahrscheinlich liebevoll an sie, und er muß zumindest den Verdacht gehabt haben, daß der Sohn, von dem sie sprach, vielleicht seiner war. Er und Fiona hatten keine Kinder. Die Möglichkeit, den eigenen Sohn kennenzulernen, ist ein mächtiger Anreiz für einen Mann in den mittleren Jahren, um sich zu verraten.«

»Um dann Zweifel zu bekommen in bezug auf sein eigenes künftiges Wohlergehen«, fügte Mel hinzu. Er griff nach der Rechnung, warf einen Blick darauf und kramte in seiner Hosentasche nach dem Portemonnaie. »In Ordnung, Jane. Ich denke, Sie sind da einer Sache auf der Spur.«

»Das zuzugeben ist wirklich großzügig von Ihnen«, erwiderte Jane.

»Geben Sie mir das ganze Zeug«, sagte er zu ihnen beiden. Jane händigte ihm die gerahmte Photographie des Orchesters aus sowie das Buch, das sie gekauft hatte. John Wagner reichte ihm Phyllis' Jahrbuch. »Ich werde ins Büro zurückfahren und sehen, was ich sonst noch herausfinden kann. Mr. Wagner, ich muß Sie bitten, dies noch eine Weile für sich zu behalten. Ich weiß, daß Sie darauf aus sind, es ihrem Vater mitzuteilen, aber ...«

»Ich verstehe schon. Es könnte falsche Hoffnungen wecken. Außerdem wäre mein Vater imstande, dorthin zu stürzen und Albert Howard mit bloßen Händen auseinanderzunehmen. Machen Sie sich keine Sorgen. Ich werde noch nichts sagen. Aber wie lange werden Sie brauchen?«

»Wenn sich an diesen Dingen irgend etwas als richtig erweisen sollte, dann dürfte es wohl nicht länger als ein paar Stunden dauern«, entgegnete Mel.

»Nur noch eins«, sagte Jane, als sie sich aus der Sitzecke schob. »Bitte verderben Sie nicht den Basar.«

»Was?«

»Er läuft nur noch ein paar Stunden. Wir schließen um halb sieben. Eine Menge Leute haben sehr hart dafür gearbeitet. Bitte verderben Sie nicht alles.«

»Jane, Sie setzen wirklich die seltsamsten Prioritäten«, antwortete Mel. »In Ordnung. Ich werde bis halb sieben nichts unternehmen, aber wie soll ich das meinem Vorgesetzten erklären? Es tut mir leid, Chef, aber ich konnte keine Verhaftung vornehmen, bevor nicht der letzte Weihnachtsschmuck verkauft war ...«

Jane warf ihm ein Lächeln zu. »Es ist mir wirklich wichtig.«

»O.K., aber sorgen Sie dafür, daß genau um halb sieben zugemacht wird.«

John Wagner verabschiedete sich von ihnen, und Mel begleitete Jane zu ihrem Auto. Sie blieb noch einen Moment mit der Hand am Türgriff stehen. »Mel, ich bin nicht besonders begeistert von mir, was diese ganze Sache betrifft. Was ich Fiona angetan habe …«

Er legte seinen Arm liebevoll um ihre Schulter. »Sie haben ihr das nicht angetan, Jane. Und Sie sollten an Ihre Freundin Phyllis denken, nicht an Fiona Howard. Sie haben das Richtige getan.«

Sie schaute zu ihm auf. »Ich weiß. Es hinterläßt aber einfach kein gutes Gefühl.«

Auf dem Weg zurück vom Einkaufscenter wurde Jane bewußt, daß sie Shelley nicht erklären durfte, was vor sich ging.

Es stand ihnen weder die Zeit noch die Abgeschiedenheit zur Verfügung, um die ganze Geschichte zu erzählen, und es handelte sich schließlich nicht um etwas, von dem sich nur ein Teil berichten ließ. Der Rest des Nachmittags zog sich endlos in die Länge. Die meiste Zeit blieb sie in der Eingangshalle an dem geschäftigen Verkaufstisch, um zu vermeiden, daß sich ihre Gedanken ausschließlich darum drehten, was sie getan hatte. Den ganzen Nachmittag lang sah sie weder Fiona noch Howard, aber jedesmal, wenn sie eine erhobene Stimme hörte, dachte sie, es sei Fiona, die entdeckt hatte, daß das Orchesterphoto fehlte.

Gegen fünf Uhr fuhr sie kurz nach Hause. »Mike, fahr mich zurück zum Basar, dann kannst du das Auto haben, um etwas zum Abendessen zu besorgen. Hier ist Geld.«

»Kommst du denn nicht nach Hause?« fragte er und nahm hastig seinen Mantel, bevor sie es sich wieder anders überlegen würde.

»Doch, aber wohl erst später. Ich werde schon eine Mitfahrgelegenheit finden.«

Als sie wieder bei Fiona ankam, begannen gerade einige der Helferinnen das, was noch übriggeblieben war, in zwei Räume zusammenzutragen. Außerdem setzten sie die Preise kräftig herunter. »Gleich kommt noch mal ein großer Ansturm«, sagte Shelley. »Die Leute sind auf dem Rückweg von der Arbeit. Wir müssen versuchen, soviel wie möglich loszuwerden.«

Um sechs Uhr machte sich die letzte Gruppe der freiwilligen Helferinnen auf den Weg, um die Schilder draußen wieder einzusammeln. Um Viertel nach hängten sie ein ›*GESCHLOSSEN – BIS NÄCHSTES JAHR*‹ Schild an die Haustür und schlossen ab. Die wenigen noch verbliebenen Menschen schauten sich die letzten Teile an, während die Preise noch einmal purzelten. Um zwanzig nach sechs lief Albert in Mantel und Stiefeln durch die Eingangshalle auf die Haustür zu.

»Wohin gehen Sie?« erkundigte sich Jane. Großer Gott! Wollte er etwa dem Netz entkommen? Nein, natürlich nicht. Wie sollte er davon wissen?

»Ich hatte Ihre Kartons in die Garage gestellt, und das Dach ist wohl undicht. Sie sind alle naß geworden, und Sie werden trockene brauchen, um das einzupacken, was übrig ist«, erklärte er. »Ich laufe nur schnell zum Lebensmittelladen, um noch welche zu holen.«

»Oh, das ist doch nicht nötig. Ich werde das schon erledigen.«

»Das macht mir überhaupt keine Umstände«, erwiderte er. »Stimmt übrigens etwas nicht? Sie sehen so schrecklich blaß aus?«

»Es ist nichts. Es war nur ein langer Tag.«

Sie mußte hilflos zusehen, wie er wegging.

Um fünf vor halb sieben waren die letzten Käufer verschwunden. Nur Shelley und zwei andere freiwillige Helferinnen waren noch zurückgeblieben. »Sie können ruhig gehen«, sagte Jane zu den beiden anderen. »Shelley und ich erledigen den Rest gerne alleine.«

»Aber Jane ...«, begann Shelley, verstummte jedoch, als sie den betretenen Gesichtsausdruck ihrer Freundin bemerkte. »Ja, Jane hat recht. Wir werden das bißchen Zusammenpacken schon schaffen.«

Jane begleitete die Frauen zur Tür, und als sie sie öffnete, stand sie Mel VanDyne gegenüber. »Es ist halb sieben, nicht wahr?« fragte sie überflüssigerweise.

Er blickte grimmig drein. »Mrs. Jeffry, würden Sie bitte Mr. Howard fragen, ob ich mit ihm sprechen kann?«

Es war ganz so, als seien sie Fremde. »Er ist nicht hier. Er ist zum Lebensmittelladen gegangen, um Kartons zu besorgen«, antwortete sie in dem gleichen unpersönlichen Ton.

»Dann werde ich wohl mit Mrs. Howard reden, solange er weg ist.«

Shelley betrat lächelnd die Eingangshalle. Ihr Lächeln verschwand, als sie sah, daß sich Jane und Mel mit versteinerten Mienen gegenüberstanden. »Was ist los?«

Mel wandte sich ihr zu. »Sind Sie die einzige der Basarhelferinnen, die sich außer Mrs. Jeffry noch hier aufhält?« Shelley nickte. »Würden Sie das Haus bitte verlassen – Und zwar möglichst schnell?«

»Natürlich. Jane, kommst du mit?«

»Ja.«

»Nein«, sagte Mel. »Sie bleibt noch hier. Ich werde später dafür sorgen, daß sie nach Hause kommt.«

In diesem Moment kam Fiona die Treppe herunter.

»Sind alle weg? Was haben wir wohl eingenommen? Brauchen Sie Hilfe beim Geldzählen oder beim Zusammenpacken – oh, Sie sind es, Detective ... hm ...«

»VanDyne, gnädige Frau. Könnte ich mich einen Augenblick mit Ihnen unterhalten?«

Fiona wurde blaß. »Eigentlich paßt es mir gerade nicht besonders. Können wir es auf später verschieben?«

»Ich fürchte, es muß jetzt sein«, erwiderte VanDyne.

»Also gut«, sagte Fiona und ging in Richtung des Zimmers mit den Andenken.

Shelley blickte ihr nach und flüsterte Jane kaum hörbar zu: »Albert?«

Jane nickte unglücklich. Mel nahm ihren Arm und schob sie hinter Fiona her. Jane hörte, wie die Haustür hinter Shelley ins Schloß fiel und verspürte den verrückten Drang, sich umzudrehen und davonzulaufen. Mel mußte es gespürt haben. Sein Griff um ihren Arm wurde fester. »Ich brauche Sie als Zeugin. Mein uniformierter Kollege ist in der Einfahrt ausgerutscht und sitzt jetzt jammernd im Wagen und hält sein Handgelenk«, flüsterte er.

Als sie das Zimmer betraten, saß Fiona auf dem Sofa, auf dem Jane kurz zuvor gesessen hatte. Auch sie starrte auf die Wand mit den Bildern. »Jane, da fehlt ein Photo«, sagte sie mit leiser Stimme.

»Ich weiß. Ich habe es genommen«, sagte Jane.

Fiona sah sie lange an und sagte dann: »Sie wissen Bescheid, nicht wahr?«

»Ja, Fiona. Ich weiß, wer Albert in Wahrheit ist.« Jane fühlte sich krank.

»Was wollen Sie?« fragte Fiona an VanDyne gewandt.

»Ich möchte mit Ihrem Mann über den Tod von Phyllis Wagner und Bobby Bryant reden.«

Fiona stand auf, ging zur Wand hinüber und legte ihre Handfläche auf die Stelle, wo das Photo der Band gehangen hatte. Jane wünschte, sie könnte einfach in den Boden versinken.

»Natürlich sind Sie nicht verpflichtet, eine Aussage zu machen«, sagt Mel. »Als seine Frau …«

Sie fuhr herum und blickte ihn an. »Es gibt keinen Grund, mit Richie zu reden. Er hat diese Leute nicht umgebracht – ich war es.«

»Was!« Janes Ausruf klang wie ein erstickter Schrei.

Mel drückte sie energisch in einen Sessel, wandte sich dann wieder zu Fiona um und sagte sehr ruhig: »Warum setzen Sie sich nicht hin, Mrs. Howard und erzählen uns einfach alles?«

Fiona zuckte die Schultern. »Ja, warum nicht.«

»Möchten Sie nicht einen Anwalt anrufen?« fragte Jane.

Fiona ignorierte sie. Mel hatte eine Karte aus seiner Jackentasche gezogen und las ihr ihre Rechte vor. Sie benahm sich, als hätte sie ihn nicht gehört oder als sei es ihr gleichgültig. Er zog einen kleinen Kassettenrecorder aus einer anderen Tasche und stellte ihn auf den Tisch. Nachdem er die Start-Taste gedrückt hatte, sagte er: »Ist Ihnen klar, daß alles, was Sie sagen, aufgezeichnet wird, Mrs. Howard?«

»Ja, das ist mir klar.«

»Und Sie stimmen dieser Aufzeichnung zu?« Mel sah so überrascht aus, wie Jane sich fühlte.

»Ja.«

»Bitte schildern Sie in Ihren eigenen Worten, was geschehen ist«, sagte er und setzte sich langsam hin. Seine Bewegungen und seine Stimme waren so, als befinde er sich in der Gegenwart eines wilden Tieres, das beim Anblick einer schnellen Bewegung vielleicht ängstlich werden und die Flucht ergreifen könnte. Jane erinnerte sich, daß er vor Tagen einmal erwähnt hatte, daß er ein Geständnis benötige, da möglicherweise zu wenig Beweise vorhanden waren.

Fiona blickte zu ihm hinüber, dann zu Jane, schaute schließlich aus dem Fenster und begann, mit einer eintönigen Stimme zu erzählen. »Mein Mann war in erster Ehe mit Mrs. Wagner verheiratet. Die Ehe wurde annulliert, und bis letzte Woche hatte er keine Ahnung, daß ein Kind aus dieser Verbindung existierte. Als sie hierherkam und ich vorschlug, daß sie sich das Haus nebenan anschauen sollte, erkannte er sie. Auf dem Weg nach drüben hat sie ihm von ihrem Sohn – ihrer beider Sohn – erzählt.«

»Wußte Mrs. Wagner sofort, wer er war?« erkundigte sich VanDyne.

»Nein. Er hat es ihr gesagt. Er hat es ihr *gesagt*«, erwiderte Fiona. Sie sah um Jahre gealtert aus, wie die Mutter eines erwachsenen Kindes, das etwas Dummes angestellt hat.

»Sehen Sie, Richie ist nicht sehr geschickt, wenn es darum geht, sich ... sich selbst zu schützen. Er war so aufgeregt angesichts der Vorstellung, daß er einen Sohn hat, daß er ihr sagte, wer er ist. Das war sehr dumm. Ich konnte es nicht riskieren, daß jemand anders von unserem Geheimnis wußte. Ich habe all die Jahre soviel getan, damit es niemand erfuhr. Hat sie es Ihnen gesagt, Jane?«

»Nein, das hat sie nicht. Mir wurde es klar, als ich neben ihm im Chor stand.«

»Der Chor. Ich habe ihm gesagt, daß er nicht eintreten soll, daß es riskant sei, aber es gefiel ihm so gut. Er liebt das Singen doch so, verstehen Sie. Ruhm und Geld waren fast nichts gegen die unsägliche Freude, die er beim Singen empfindet. Es war das einzige, was ich ihm nicht geben konnte. Nein, das stimmt nicht ganz. Ich konnte ihm auch keine Kinder geben. Ich glaube, er hätte gerne welche gehabt ...«

Sie verstummte und schwieg eine Weile. Mel durchbrach die Stille und sagte sanft: »Also haben Sie sie umgebracht, um das Geheimnis zu bewahren? Erzählen Sie darüber.«

»Da gibt es nicht viel zu erzählen. Als Richie an diesem Abend zu Bett ging, wartete ich, bis der Junge nach Hause gekommen war. Aus der Art, wie er sang, konnte ich schließen, daß er betrunken war. Ich wartete eine weitere Stunde, um sicher zu sein, daß er fest schlief, dann ging ich hinüber. Ich kannte mich noch aus von der Zeit, als ich mich um die alte Dame kümmerte. Beinahe wäre ich ins falsche Zimmer gelaufen, aber der Junge sprach im Schlaf, und da wußte ich, daß er das große Zimmer hatte. Ich ging also in das kleine Schlafzimmer und brachte sie mit einem Messer um, das ich aus der Küche genommen hatte. Ich hatte auch eins meiner eigenen dabei, aber ich wollte es nicht benutzen.« Sie lehnte sich im Sessel zurück und schloß lange die Augen. Das einzige Geräusch im Zimmer wurde durch ihr Atmen verursacht.

»Haben Sie Ihrem Mann erzählt, was Sie getan haben?« fragte Mel.

»Es Richie erzählt? Nein, natürlich nicht!«

»Was ist mit dem Jungen? Bobby. Haben Sie ihn auch getötet?«

Fiona nickte. »Ich wollte es nicht. Zuerst dachte ich, es sei nicht notwendig. Richie berichtete mir, daß ihm diese Frau erzählt hatte, daß sie dem Jungen nie gesagt habe, wer sein Vater ist. Das entsprach wahrscheinlich der Wahrheit, aber ich konnte nicht sicher sein.«

Jane lief es kalt den Rücken hinunter. Fiona redete in einem rauhen, aber nüchternen Tonfall, als bespräche sie gerade etwas Ernstes, aber Alltägliches, wie etwa die Frage, ob das Haus ein neues Dach benötigte.

»Aber dann«, fuhr Fiona fort, »dann begann er diese Musik zu spielen. Immer nur Richies Lieder. Jeder dachte, daß er einfach ein Quälgeist sei, aber es war eine Nachricht. Mir war klar, was es zu bedeuten hatte. Er wollte uns damit sagen, daß er wußte, wer er ist und wer Albert ist, und daß er uns erpressen würde. Richie war so glücklich, als er herausfand, daß er einen Sohn hatte, aber dieser Sohn empfand überhaupt nichts für ihn. Er ... er war ein Erpresser. Er rief an, nachdem ihn die Polizei dazu gebracht hatte, die Musik abzustellen, und erkundigte sich bei Albert, ob er sie gehört habe. Ich hörte am anderen Apparat mit, aber davon wußten die beiden nichts. Er sagte, daß er Richie am nächsten Tag treffen wolle, um über ein ›Taschengeld‹ zu reden. So drückte er sich aus. Richie war am Boden zerstört. Also rief ich den Jungen am selben Abend zurück und sagte ihm, daß Albert ihn im Einkaufscenter treffen wolle.«

»Haben Sie das auf Anweisung Ihres Mannes getan?«

»Nein, er wußte nichts von dem Telefonat. Warum fragen Sie mich immer wieder, ob er davon wußte? Ich habe ihm gar nichts gesagt. Ich nahm dasselbe Messer mit und kam früher dort an. Glücklicherweise hatte er schon wieder getrunken. Ich konnte es riechen. Wenn das nicht so gewesen wäre, glaube ich nicht, daß es mir so einfach gelungen wäre, ihn zu überraschen. Ich habe ihn getötet.«

Mel runzelte die Stirn. »Wenn Sie bitte Ihren Mantel holen würden, Mrs. Howard, ich muß Sie verhaften. Noch einmal, es ist Ihnen klar, daß dieses Band als Beweisstück beim Prozeß Verwendung finden wird ...?«

Fiona stand auf. »Es wird nicht zu einem Prozeß kommen. Ich sage Ihnen, daß ich schuldig bin. Sie müssen nichts beweisen. Niemand muß erfahren, warum ich es getan habe.«

»Sie können die wahre Identität Ihres Mannes nicht weiterhin verbergen«, sagte Mel.

»Oh doch, das kann ich. Dafür habe ich zwei Leute ermordet. Ich hätte notfalls auch zwanzig umgebracht. Richie haßte die geifernden Fans, die Geier, den Pöbel, der ihn auseinandernehmen wollte. Kennen Sie nicht diese Geschichte – als er noch Richie Divine war, ging er einmal in einem Hotel auf die Toilette, und irgendein schrecklicher Mann kam hereingerannt, wischte das Urinal mit einem Schwamm aus und verkaufte anschließend den Schwamm in kleinen Teilen.« Sie schüttelte sich vor Abscheu. »Ich würde alles tun, um ihn davor zu schützen, wieder solch eine öffentliche Persönlichkeit zu werden. Ich habe gestanden. Das ist es doch, was Sie benötigen – ein Geständnis. Sie haben keinen Grund, einen Zirkus für die Presse zu veranstalten. Ich würde gerne ein paar Dinge zusammenpacken. Darf ich nach oben gehen und sie holen?«

»Ja. Möchten Sie, daß Ihnen Mrs. Jeffry dabei hilft?«

Fionas Kampfgeist blitzte noch einmal auf.

»Nein, ich denke, Mrs. Jeffry hat bereits genug getan.«

Mel warf Jane einen schnellen, mitfühlenden Blick zu und wandte sich noch einmal an Fiona. »Übrigens habe ich Männer rings um das Haus postiert. An Flucht sollten Sie also nicht einmal denken.«

Sie lächelte ihn fast mitleidig an. »Das war nie und ist auch jetzt nicht meine Absicht, Detective VanDyne. Ich bin durchaus darauf vorbereitet, den Preis für das, was ich getan habe, zu zahlen. Daß es einmal dazu kommen könnte, war mir vorher bewußt. Solange Albert nur nicht dafür büßen muß. Ich werde nur ungefähr zehn Minuten zum Packen benötigen.«

Sobald sie fort war, sprang Jane auf und eilte an die Schiebetür. Sie trat nach draußen und nahm mehrere lange, tiefe Atemzüge, um gegen die Übelkeit anzukämpfen, die in ihr hochstieg. Mel war sofort bei ihr.

»Sie werden sich hier draußen zu Tode frieren.«

»Das hoffe ich sehr.«

Er führte sie zu einem Gartenstuhl und brachte sie dazu, sich auf das harte, kalte Metall zu setzen. »Beugen Sie Ihren Kopf zwischen die Knie hinunter.«

»Ich werde nicht ohnmächtig.«

»Sind Sie sicher?« fragte er. Sie nickte und sah zu, wie er ein kleines Sprechfunkgerät aus seiner Tasche nahm und etwas hineinmurmelte.

Der Mann ist ein wandelnder Elektroladen, dachte sie wirr. Sie verspürte den Drang zu lachen, wußte aber, daß sie nicht mehr in der Lage sein würde, aufzuhören, wenn sie erst einmal angefangen hatte. Sie stand zitternd auf. Mel machte ein Zeichen zu jemandem hinüber, der sich anscheinend in den Büschen versteckt hielt. Er nahm eine Decke, die zusammengefaltet über einer Stuhllehne lag und wickelte sie um ihre Schultern.

Gerade, als er sich wieder hingesetzt und auf seine Uhr geschaut hatte, hörten sie, wie die Tür geöffnet wurde.

»Wo sind denn alle?« rief Albert Howard. »Ich habe die Kartons mitgebracht – oh, Jane, Sie sind noch hier«, fügte er hinzu, als er das Andenken-Zimmer betrat. »Was ist los?«

Mel sagte: »Ich denke, Sie sollten erst einmal Platz nehmen, Mr. Howard. Ich fürchte, ich habe einige schlechte Nachrichten für Sie. Ihre Frau hat die Morde an Phyllis Wagner und Bobby Bryant gestanden.«

Zuerst stand Albert nur da, und sein Mund öffnete und schloß sich wie bei einem Fisch, der an Land gespült worden war. »Was? Das ist verrückt. Wie kommen Sie dazu, so etwas zu behaupten? Fiona? Meine Frau würde nie jemanden umbringen.«

»Ich fürchte, genau das hat sie getan.«

»Ich glaube Ihnen kein Wort. Sie sind verrückt geworden. Wo ist sie? Wir werden diese Sache klären, sobald ich meinen Anwalt angerufen habe.«

»Ich denke, das sollten Sie tun«, sagte Mel. »Ihre Frau ist oben, um einige Sachen zusammenzupacken, bevor ich sie mitnehme.«

Albert machte einige unverständliche Geräusche, ließ dann die ganze Ladung Kartons auf den Boden fallen und stürmte die Treppe hinauf. Sie konnten seine Schritte hören, als er oben durch die Diele rannte und Fionas Namen rief. Er hämmerte gegen eine Tür. Mel zog erneut sein Sprechfunkgerät aus der Tasche. Plötzlich ertönte das Geräusch von splitterndem Holz. Mel bellte einen schnellen Befehl in das Funkgerät und sagte dann zu Jane: »Sie bleiben hier.«

Aber Jane folgte ihm. Als sie mit langsamen Schritten

am Fuß der Treppe angelangt war, hörte sie den markerschütternden Schrei eines Mannes. Ihr war klar, daß sie tun sollte, was Mel ihr gesagt hatte, aber ihre Beine schienen sich unabhängig von ihrem Willen zu bewegen und führten sie langsam die Treppe hinauf.

Die anderen waren im Badezimmer. »Treten Sie zurück, damit ich den Stöpsel ziehen kann«, rief Mel gerade.

»Fiona! Fiona!« stammelte Albert, als Mel ihn in den Flur hinausschob.

Das Geräusch von platschendem Wasser und etwas Schwerem, das auf dem Badezimmerboden abgelegt wurde, war zu hören. Albert stürzte wieder hinein. »Es ist zu spät«, sagte Mel.

Jane blieb auf der Türschwelle stehen. Fiona lag völlig bekleidet und naß auf dem Boden. Albert hatte sich neben sie gekniet und versuchte, Mund-zu-Mund-Beatmung zu machen. Jane wandte sich ab. Im selben Moment, als Mel aus dem Bad heraustrat, hasteten drei weitere Männer die Stufen hinauf. »Sie hat die Wanne vollaufen lassen, sich hineingelegt und dann ein Radio ins Wasser fallen lassen«, sagte er. »Ruft einen Krankenwagen und sagt Bescheid, daß sie etwas mitbringen sollen, um den Ehemann ruhigzustellen.«

Albert schluchzte. »Fiona! Fiona! Bitte sag etwas. Du darfst nicht sterben. Was soll ich ohne dich anfangen? Fiona! Antworte mir. Sag etwas. Oh, Gott!«

Einer der Männer ging hinein und begann, beruhigend auf ihn einzureden, ein anderer lief wieder die Treppe hinunter, und ein dritter blieb kopfschüttelnd im Türrahmen stehen. »Das will mir nicht in den Kopf«, sagte er verwirrt. »Sie ist in einem Badezimmer, zum Teufel noch mal. Warum hat sie es so gemacht? Sie hätte sich doch nur die Pulsadern aufschneiden müssen. Ordentlicher und schneller.«

»Das hätte sie nie getan«, erklärte Jane mit zitternder Stimme. »Fiona konnte den Anblick von Blut nicht ertragen. Selbst wenn sie nur davon hörte, fiel sie fast in Ohnmacht.«

Mel drehte sich um und starrte sie an. »WAS HABEN SIE GESAGT?«

»Fiona konnte den Anblick von Blut nicht ertr..., oh, mein Gott, sie kann Phyllis gar nicht getötet haben!«

»Oder Bobby«, fügte Mel hinzu. »Oh, Mist! Das habe ich ja schön versaut. Dabei hat sie es uns doch fast auf die Nase gebunden. Sie sagte, daß sie alles tun würde, um ihn zu schützen.«

Jane blickte auf Richie Divine hinunter, der die leblose Hand seiner Frau umklammert hielt. »Sie hat ihm alles gegeben, was sie besaß. Selbst ihr Leben.«

Mel schob sich an ihr vorbei und beugte sich vor. »Albert Howard, auch bekannt als Richie Divine, auch bekannt als Richard Lewis Devane, ich verhafte sie wegen Mordes an ...«

Jane stieg die Treppe hinunter und ging in das Andenken-Zimmer. Sie starrte lange Zeit auf den Streifen von Automatenphotos, auf dem Richie und Fiona zu sehen waren. Wenn sie ihre Augen und ihr Gedächtnis doch nur mit diesen glücklichen, hoffnungsvollen, jungen Gesichtern füllen könnte, um damit die Erinnerung an die tote Frau dort oben im Badezimmer und an den Mörder, zu dessen Schutz sie sich das Leben genommen hatte, auszulöschen ...

Am nächsten Morgen kam Shelley herüber, um zu hören, was geschehen war, während Jane die Einkäufe ihres hastigen Abstechers in den Lebensmittelladen wegräumte. Jane sprach zusammenhanglos vor sich hin und schob dabei den Inhalt des Kühlschrankes hin und her, damit sie Platz für die neuen Sachen hatte.

»Du machst mich noch ganz verrückt! Laß das, was nicht so leicht verdirbt, einen Augenblick liegen«, drängte Shelley sie schließlich. »Komm her, setz dich hin und erzähle mir alles.« Sie nahmen zwei Tassen mit dampfendem, aromatisiertem Tee und eine Packung Plätzchen mit ins Wohnzimmer hinüber.

»Jane, du hast ja einen Baum aufgestellt! Wann hast du um Himmels willen denn dafür Zeit gefunden?«

Es war ein riesiger Baum, und die Katzen tollten unter ihm herum und brachten den Schmuck zum Zittern. »Die Kinder haben ihn gestern nachmittag gekauft und sogar selbst geschmückt. Katie hat die Jungen dazu gebracht, weil es immer Steves Job gewesen ist. Ich schüttele mich bei dem Gedanken daran, was sie wohl gegen sie in der Hand hat, daß sie sie dazu zwingen konnte, sich diese ganze Mühe zu machen. Das große Paket dort drüben kommt mir übrigens sehr verdächtig vor.«

»Welches?« erkundigte sich Shelley mit Unschuldsmiene.

»Dieses hier. Es ist riesig und weich. Es fühlt sich an wie ein Plaid oder eine ... eine DECKE! Shelley, du hast mir meine Decke gekauft!«

Shelley antwortete mit gespielter Entrüstung: »Ganz bestimmt nicht. Wirf doch nur einen Blick auf den Anhänger.«

»Es ist von den Kindern! Oh – deshalb hat dich Mike also beiseite genommen, als du am Sonntagabend hier warst.«

»Ich weigere mich, irgend etwas zuzugeben.«

Willard, der versucht hatte, es sich mit seinem Kopf auf Janes Schoß gemütlich zu machen und eventuell ein paar Plätzchenkrümel aufzuschnappen, setzte sich plötzlich auf und begann schrecklich zu heulen. Jane ging zur Tür und ließ Mel VanDyne hinein.

»Ich wollte Ihnen nur Bescheid sagen, daß Sie heute nachmittag wieder ins Haus der Howards hinein können, wenn Sie die Sachen von Ihrem Verkauf wegbringen möchten. Hallo, Mrs. Nowack.«

»Er hat also gestanden?« fragte Jane und nahm ihren und Shelleys Mantel von Steves altem Lieblingssessel, damit sich Mel hinsetzen konnte.

»Das kann man wohl sagen. Nachdem er einmal angefangen hatte, zu reden, schien er nicht mehr aufhören zu können. Er wird wohl in eine psychiatrische Anstalt statt ins Gefängnis kommen. Immerhin hat die Presse bisher noch keinen Wind von der Sache bekommen. Es wird einen Riesenzirkus geben, wenn sie herausfinden, das Richie Divine noch am Leben ist und kurz davor steht, eingesperrt zu werden.«

»Ich fühle mich schrecklich wegen dieser ganzen Angelegenheit«, sagte Jane. »Wenn ich Phyllis nicht dort hinübergeschleppt hätte ...«

»Sie dürfen sich keine Vorwürfe machen, Jane. Leute umzubringen war nichts Neues für ihn. Er hat gestanden, damals dafür gesorgt zu haben, daß die Bombe in dieses Flugzeug gelangte. Er hat den Tod von einem halben Dutzend Menschen in Kauf genommen, nur damit er Albert Howard sein konnte.«

»Die arme Fiona«, sagte Shelley.

»Oh, das würde ich nicht so sehen. Er gibt sich alle Mühe, sie als Unschuldslamm hinzustellen, aber je mehr er erzählt, desto mehr scheint es so, als ob sie verantwortlich gewesen ist. Nicht, daß sie alles geplant hätte, aber sie war es, die ihn davon überzeugt hat, daß er den Augen der Öffentlichkeit entkommen müsse – wie hoch der Preis dafür auch immer sein würde. Ich bin gar nicht so sicher, daß er die Publicity so sehr gehaßt hat. Aber mit ihr scheint auch sein Selbsterhaltungstrieb verschwunden zu sein. Der Mord an dem Jungen war natürlich etwas anderes ...«

»Sein eigener Sohn«, warf Jane ein, der ein Schauer über den Rücken lief.

»Ja, aber das war ja gerade der Grund. Es lag nicht nur an der drohenden Erpressung. Es war die Tatsache, daß Bobby tatsächlich *sein* Sohn war. Statt zu seinem berühmten Vater aufzublicken, war er bereit, ihn zu verraten. Hat gedroht, die Zeitung zu informieren, es allen zu erzählen und damit die ganze Tarnung, die sich die Howards so sorgfältig aufgebaut hatten, auffliegen zu lassen. Richie – oder Albert – konnte den Gedanken nicht ertragen. All die Jahre des von ihm selbst oder von Fiona auferlegten Durchschnittslebens, und dann kommt der einzige Mensch daher, den er wirklich beeindrucken möchte, und wendet sich gegen ihn.«

»Wie außergewöhnlich! Wenn man an die vielen Leute auf dieser Welt denkt, die alles dafür geben würden, berühmt zu sein, und wenn man sich dann Richie und Fiona anschaut, die genau dies besaßen und dennoch dazu bereit waren, alle Regeln der Zivilisation zu brechen, um dem Ruhm zu entfliehen. Andy Warhol hätte zu seiner Theorie von den fünfzehn Minuten im Rampenlicht hinzufügen sollen, daß alles, was über fünfzehn Minuten hinausgeht, nur schädlich ist. Oh – ich habe hier etwas für Sie«, sagte Jane. Sie stand auf und zog einen Plastikbeutel aus dem Schrank unter dem Bücherregal. »Phyllis hatte ihr Strickzeug hier vergessen. Sie arbeitete an einem Pullover für Bobby.«

VanDyne blickte auf den ausgebeulten Beutel. »Und? Hat sie einen Hinweis hineingestrickt? War es nicht so in Dickens *Zwei Städte?*«

»In gewisser Weise hat sie das tatsächlich getan.« Jane wühlte im Beutel herum und zog das Strickbuch mit den Anleitungen hervor. Zwischen verschiedenen Seiten schauten Wollfäden und Ecken von Zetteln hervor. »Sie hat es hier liegenlassen. Letzte Nacht habe ich es hervorgeholt, um zu sehen, ob ich den Pullover zu Ende stricken kann«, erläuterte Jane und blätterte, bis sie an die Stelle kam, die sie suchte. Sie zog mehrere getippte Seiten hervor, die in einem blauen Mäppchen gesteckt hatten und reichte sie Mel.

»Das Testament!« rief er und nahm die Seiten. »Hat sie es zugunsten von Bobby geändert?«

»Ich weiß es nicht. Ich habe es nicht gelesen. Ich habe

meine Quote, was Schnüffelei betrifft, wohl schon mehr als erfüllt, und ich war der Ansicht, daß ich kein Recht hatte, einen Blick darauf zu werfen«, erwiderte Jane. »Wie unhöflich ich bin! Möchten Sie gerne eine Tasse Tee und ein paar Plätzchen?«

»Ich dachte schon, Sie würden nie fragen.«

»Ich muß los«, sagte Shelley und folgte Jane in die Küche. »Wirst du ihn immer noch zum Weihnachtsessen einladen, wie du es vorhattest?« flüsterte sie.

»Hör auf zu bohren. Alles zu seiner Zeit.«

»Noch vor einem Jahr?«

»Mach, daß du raus kommst«, sagte Jane und öffnete ihr die Tür.

Als Jane mit Mels Tee ins Wohnzimmer zurückkam, schaute er sich gerade die letzte Seite des Testaments an. »Bobby wäre enttäuscht gewesen. Er sollte bis an sein Lebensende maximal eintausend Dollar im Monat bekommen. Genug, um über die Runden zu kommen, aber nicht genug, um in Saus und Braus zu leben. Es fällt alles zurück an ihren Mann.«

»Ich bin so froh, daß sie ..., daß sie, obwohl sie sich ihm gegenüber scheinbar so dumm verhalten hat, letztendlich doch noch vernünftig wurde.«

»Sie haben übrigens besser abgeschnitten als Bobby.«

»Ich? Was wollen Sie damit sagen?«

»Sie hat Ihnen glatte zwanzigtausend hinterlassen.«

»Dollar? Zwanzigtausend Dollar? fragte Jane entgeistert und setzte das Tablett mit einem Klirren ab. »Ich hätte nie gedacht, daß Phyllis so etwas tun würde.«

Er nahm einen Schluck von seinem Tee und lehnte sich zurück. »Also, wenn das mein Geld wäre, würde ich zusehen, daß ich über Weihnachten ein wenig Sonne abbekäme – auf den Bermudas vielleicht.«

Jane atmete einmal tief durch, schluckte und sagte so beiläufig, wie sie nur konnte: »Dann haben Sie also keine Pläne für Weihnachten? Hätten Sie Lust, zum Weihnachtsessen zu uns zu kommen?«

»Was? Um auf diese Weise ein wunderbares Mikrowellengericht zu verpassen?« Er grinste. Oh, dieses Grübchen!

»Ich würde sehr gerne kommen. Ich würde sogar das Dessert beisteuern. Im Büro hat mir jemand einen Früchtekuchen geschenkt ... Warum lachen Sie?«